OVERSTEKEN

Van dezelfde auteur:

Stuk

Judith Visser

OVERSTEKEN

2009 – De Boekerij – Amsterdam

Omslagontwerp: Wil Immink Design
Omslagbeeld: Kris Seraphin / Millennium Images, UK / Imagestore
Zetwerk: Mat-Zet bv, Soest

ISBN 978-90-225-5224-7

for my babe

Dreams are real as long as they last. Can we say more of life?

Henry Havelock Ellis, 1859-1939

Ondanks het late tijdstip was het heet in de auto. Broeierig. Het was een van die benauwde en klamme zomeravonden zoals je die alleen in augustus hebt, en die werd verzwaard door de nevel van alcohol in mijn hoofd.

'Dit vraagt om champagne!' had Matt eerder op de avond besloten, ondanks het feit dat hij nog moest rijden en hierdoor bijna niets kon drinken. Ik was het helemaal met hem eens: we verloofden ons tenslotte niet iedere dag.

Zijn aanzoek, tussen het voorgerecht en het hoofdgerecht in, was een verrassing geweest, maar ik hoefde geen moment na te denken over mijn antwoord. Na drie jaar was ik nog altijd verliefd op hem. En hij op mij, dat wist ik. Dat voelde ik.

De Italiaanse ober die ons de champagne kwam brengen en zag hoe Matt de ring om mijn vinger schoof, had ons met een stralende glimlach gefeliciteerd.

'Ik denk dat er onweer op komst is,' merkte Matt op terwijl hij door de voorruit naar de lucht keek, waar de zon weg was maar de benauwdheid toenam.

'Ik hoop het,' zei ik. Ik bond mijn haar in een knot op mijn hoofd om mijn nek te verkoelen. 'Een flinke bui zou wel lekker zijn na zo'n bloedhete dag.'

Matt knikte en veegde met de rug van zijn hand het zweet van zijn voorhoofd. Toen hij zich bij een rood stoplicht naar me toe-draaide voor een vlugge kus, smaakten zijn lippen zout. Nadat het licht op groen was gesprongen en we verder reden, leunde ik met mijn gezicht tegen de glazen koelte van het raam naast me en sloot loom mijn ogen. Ik proefde de champagne nog en glimlachte. *We gingen trouwen.* We –

'JEZUS!'

Meteen vlogen mijn ogen open. Mijn hoofd stuiterde tegen het zijraam. Matt gooide het stuur om. Banden piepten, de auto slingerde opzij. Het felle licht van koplampen voor ons ver-blindde me. Naast me draaide Matt uit alle macht aan het stuur en in een flits zag ik het gezicht van de bestuurder van de andere auto. Zijn hoofd hing naar beneden. Verontrustend getoeter van andere auto's klonk om ons heen en sloot ons in.

'Kijk uit!' hoorde ik mezelf gillen.

In een reflex boog ik mijn hoofd voorover en greep me met beide handen vast aan de zijkanten van mijn stoel. Terwijl ik me schrap zette voor het onvermijdelijke, kneep ik mijn ogen dicht.

Een paar seconden lang was alles donker.

Ik wachtte op de klap, maar die kwam niet. In plaats daarvan minderde de auto vaart, en voorzichtig opende ik mijn ogen. De koplampen van de spookrijder waren weg en het was Matt ge-lukt om de auto weer recht op de baan te krijgen. Zijn handen, die het stuur zo stevig omklemden dat zijn knokkels wit zagen, trilden.

Matt parkeerde de auto in de berm. Zijn hoofd was rood aan-gelopen en zijn kaak stond gespannen, maar zijn blik verzacht-te toen hij naar mij keek. 'Heb je je pijn gedaan?' vroeg hij be-zorgd.

Ik schudde mijn hoofd, en toen ik mijn hand uitstak naar

Matt zag ik dat ik ook beefde. Mijn hart bonkte zo hard dat het leek alsof het in mijn hoofd zat.

In de achteruitkijkspiegel zag ik hoe de auto die zo plotseling vanuit het niets was opgedoken nog steeds in de verkeerde richting reed en ternauwernood werd ontweken door geschrokken tegenliggers. Maar uiteindelijk verdween hij uit het zicht en vervaagde het getoeter.

Matt legde zijn hand op mijn been en ik plaatste mijn klamme palm eroverheen. We zwegen, geschrokken. Het had echt bijna niets gescheeld.

Thuis hing de schrik nog om ons heen. Matt en ik zaten samen op de bank, zijn bewegingen waren onrustig en hij zag bleek.

'Wat bezielt zo iemand?' mompelde hij uiteindelijk. 'Om op de verkeerde baan te gaan rijden, recht tegen het verkeer in? Dan ben je toch niet goed snik?'

'Misschien was hij onder invloed van drugs,' opperde ik, maar ik klonk niet overtuigd. Er viel geen logische verklaring te bedenken.

Er schoot een huivering door me heen bij het beeld van de auto die met zo veel vaart recht op ons was afgekomen. Matt wreef over mijn armen om het kippenvel eraf te krijgen.

'Ik denk dat we maar gewoon dankbaar moeten zijn dat het goed is afgelopen,' zei hij.

'Ik dacht echt dat die man op ons in ging rijden,' bekende ik zacht, 'dat dit het einde was.'

Hij knikte. 'Ik ook.'

Pas na middernacht lukte het ons om het ontspannen gevoel van eerder op de avond terug te vinden. Met mijn handen omlijstte ik Matts gezicht en ik drukte zachtjes mijn mond op de zijne. Hij nam me aan mijn hand mee naar de slaapkamer, waar hij me optilde en me in zijn armen over de drempel droeg alsof ik een drenkeling was.

Lachend trappelde ik met mijn benen. 'Wat doe je?'

'Dat hoort zo,' zei hij met een plechtig gezicht. Voorzichtig legde hij me op bed neer. 'Als je net bent verloofd dan dien je als man de vrouw over de drempel te tillen.'

Ik giechelde. 'Dat is na het trouwen, gek, niet na het verloven. Je –'

De rest van mijn woorden ging verloren in zijn kus.

Later lagen we uitgeput naast elkaar op bed, met gesloten ogen. Langzaam kalmeerde onze hartslag. In de verte begon het inderdaad te onweren, en de plotselinge koelte van de nacht streek langs onze naakte lichamen. Ik rilde. Matts hand, die net nog verzadigd loom in de mijne had gelegen, spande zich langzaam weer. Ik wist wat er gebeurde, want ook bij mij kwam de herinnering aan de spookrijder terug. We hadden beiden dezelfde gedachte: dat het maar een seconde had gescheeld of...

Beschermend trok ik het dekbed over ons heen.

Die nacht werd ik in mijn slaap geteisterd door het witte licht van felle koplampen voor me, die steeds weer verblindend in mijn gezicht schenen.

Langzaam opende ik mijn ogen. Eerst op een kiertje, toen helemaal. Ik geeuwde. De zon deed pogingen om door de gesloten gordijnen heen te prikken, maar de stralen konden ons niet bereiken. Het was zaterdag, de dag waarop we eindelijk konden uitslapen en tijd niet van betekenis was. Ik glimlachte en sloot mijn ogen weer. De wekkerloze ochtenden in het weekend waren dierbaar geworden. Sinds Matt was begonnen aan zijn nieuwe functie bij *Ori Advertising*, het bedrijf waar hij nu twee jaar werkte, moest hij iedere ochtend om zes uur opstaan. En ondanks het feit dat ik als freelance tekstschrijver thuis werkte en dus eigenlijk kon uitslapen wanneer ik wilde, had ik er een gewoonte van gemaakt om tegelijk met hem uit bed te gaan zodat we samen konden ontbijten.

Ik draaide me op mijn rug, traag door de luxe van het luieren. Mijn gedachten dwaalden terug naar het etentje van gisteravond. Matts aanzoek had me oprecht verrast, hij had het goed verborgen weten te houden. Onder het dekbed streek ik met mijn duim over de kersverse ring aan mijn vinger en ik voelde me warm worden. Het was soms bijna niet voor te stellen dat er ooit een tijd was geweest waarin Matt en ik nog niet samen waren. De relaties die ik voor hem had gehad, stelden niets voor:

met geen van die mannen had ik het langer dan een paar maanden uitgehouden. Op Adam na dan, de enige met wie ik lang genoeg samen was geweest om hem daarna daadwerkelijk een ex te kunnen noemen. Maar we hadden nooit samengewoond, en bovendien had ik bij Adam altijd het idee gehad dat er meer moest zijn in het leven, in de liefde, in alles eigenlijk. Een klein jaar hadden we het met elkaar uitgehouden, al kon ik me nu echt niet meer voorstellen hoe, maar uiteindelijk was zijn ziekelijke jaloezie me te veel geworden en had ik een punt achter onze relatie gezet. Ik vond het niet eens erg dat het voorbij was, het was een opluchting. Pas toen ik Matt leerde kennen ervoer ik hoe liefde voelde. Met hem was mijn echte leven begonnen.

Langzaam draaide ik me op mijn rug en raakte mijn voet die van hem. Zijn voeten waren, zoals altijd als hij sliep, ontsnapt aan de warmte van het dekbed en staken eronder vandaan. Ze voelden koud aan. Ik strekte mijn arm uit om zijn buik te strelen. Het was tijd om hem op te warmen.

'Goedemorgen, sexy,' fluisterde ik, terwijl ik mijn ogen opende en mijn hoofd naar hem toe draaide. Ook hij lag op zijn rug. Hij was nog in diepe slaap: zijn ogen waren gesloten en zijn donkere wimpers rustten op zijn wang. Ik richtte me half overeind op een elleboog en boog mijn gezicht over hem heen om hem een kus te geven.

Zijn lippen voelden koud aan.

'Matt?'

Maar Matt, die normaal gesproken altijd zo licht sliep dat hij al wakker schrok van Purr wanneer ze 's nachts zachtjes op het bed sprong, bleef bewegingloos liggen. Ik legde mijn hand op zijn gezicht, maar ook zijn wangen waren koud. Ik schudde hem heen en weer, maar nog steeds reageerde hij niet.

112 bellen, schoot het door me heen. *Nu!*

Maar mijn hoofd was te verdoofd om te geloven dat dit echt

gebeurde. Alles vond plaats in slow motion. Wazige beelden die niets met dit moment te maken hadden dansten door mijn hoofd. Visioenen van Matt die in de keuken een ontbijtje voor ons maakte en dat samen met mij in bed opat.

'MATT!' riep ik.

Maar hij bleef liggen, stil. *Doodstil*, fluisterde een stem in mijn hoofd, maar ik drukte de gedachte zo hard als ik kon weg. Dat woord zou ongeluk brengen, zelfs door het alleen maar te denken. Matt voelde zich niet goed, dat was alles. Hij was wel eens vaker beroerd geworden nadat we uit eten waren geweest. Hij zou gewoon zo wakker worden, hij was jong en sterk!

Toch legde ik met een trillende hand mijn vingers in zijn nek. Dat moest ik doen, ik moest het controleren. De handeling zou me geruststellen. Want hij zou een hartslag hebben, dat kon niet anders. Ik zou de dokter bellen en die zou hem in *no time* weer weten op te peppen. Het zou net zo zijn als die keer met Purr, toen we dachten dat ze dood was omdat ze helemaal stijf in haar mandje lag en nergens op reageerde, maar wat vervolgens ook alleen maar een heel diepe slaap bleek te zijn geweest. Dit was een soort *wake up call* om me te laten beseffen dat ik ons geluk nooit vanzelfsprekend mocht gaan vinden. Matt kon ieder moment zijn ogen opendoen, ik wist het zeker. Het kwam gewoon door de champagne. Het gebeurde wel vaker dat mensen ineens heel raar reageerden op alcohol, ook als ze eraan gewend waren.

Maar er was geen hartslag.

Ik verplaatste mijn vingers, zette wat meer kracht.

'Nee!' Met een ruk trok ik het dekbed van hem af en acute misselijkheid sloeg als een natte, stinkende doek in mijn gezicht toen ik zag hoe wit zijn lichaam was. Ik hapte naar adem. Het gekrijs in mijn hoofd schreeuwde dat dit niet gebeurde. Ik legde mijn oor op Matts borst.

Niets.

Ik trok zijn ooglid omhoog. In plaats van de vertrouwde, helderblauwe kleur was alleen het wit van zijn weggedraaide oogbollen te zien.

'Nee, *nee!*' Ik wierp me op hem en ging met mijn benen aan weerszijden van zijn middel zitten. Gisteravond nog had ik precies zo gezeten en had hij vol vuur en passie naar me opgekeken. Maar nu bleef hij roerloos liggen. Geen handen op mijn heupen, geen verlangende blik. In één nacht was de hemel de hel geworden.

Onbeheerst begon ik hem te beademen. Ik drukte met mijn hand op zijn borst, duwde tegen zijn bovenlichaam, deed wat ik dacht dat moest. Maar er kwam geen enkele reactie of beweging. Ik stopte toen ik een gorgelend geluid hoorde. Het drong niet meteen tot me door dat het uit míjn keel kwam en dat het een snik was. Ik liet de tranen over mijn wangen stromen en wierp me op Matt. Wild kuste ik zijn ogen, zijn wangen, zijn koude mond. Tranen druppelden op zijn gezicht. Ik greep zijn handen, die bewegingloos naast zijn lichaam lagen, en vlocht mijn vingers door de zijne. Ze bleven stijf.

Zijn borsthaar kriebelde vertrouwd, en toch was alles anders. Het gevoel van zijn hartslag ontbrak en zijn buik, die zachtjes hoorde te rijzen en dalen, bewoog niet. Nog nooit was ik zo alleen geweest.

'112 alarmcentrale, wie wilt u spreken: politie, brandweer of ambulance?'

'Ik heb een ambulance nodig!' Mijn stem was dik van tranen.

'Sorry, kunt u dat herhalen? Met wie kan ik u doorverbinden?'

'Een ambulance, ik heb een ambulance nodig!' riep ik. 'Een ambulance, voor mijn vriend!'

De vrouwenstem aan de andere kant bleef kalm en rustig als

een pratende robot. 'Een moment graag, ik ga u doorverbinden met de ambulancedienst. Blijft u aan de lijn?'

'Schiet in hemelsnaam op!'

Ze zouden er binnen vijftien minuten zijn, werd me beloofd. Ik zat aan de rand van het bed met mijn gezicht naar Matt toe. Zachtjes streelde ik zijn wang. Mijn bewegingen waren langzaam, als verdoofd. Het was nog steeds niet te bevatten dat ik dit meemaakte, dat dit daadwerkelijk gebeurde. Matts sokken lagen nota bene gewoon op de grond alsof er niets aan de hand was, ik had mijn gloednieuwe verlovingsring om mijn vinger, en aan de andere kant van het slaapkamerraam liepen nietsvermoedende mensen over de galerij met elkaar te praten. Waar sloeg dit op? Het klopte niet. Niets klopte meer.

Weer drukte ik mijn gezicht op dat van Matt, mijn trillende mond op zijn droge, paarsige lippen. 'Ik hou van je,' fluisterde ik.

Maar ik wist dat hij het nooit meer zou terugzeggen.

Het ambulancepersoneel had Matts ouders gebeld en op de hoogte gebracht. Ze gaven me iets kalmerends, en een ambulancier had me een kaartje in mijn handen gedrukt met een telefoonnummer. Hulp voor nabestaanden, of iets dergelijks. Ik wist na een minuut al niet meer waar ik het had gelaten.

Mijn eigen ouders had ik zelf gebeld en die waren er snel. Mijn moeder zag er geschrokken uit toen ze de flat binnenkwam met mijn vader in haar kielzog. 'Het is toch niet waar,' fluisterde ze.

Mijn vader wierp vanuit de gang een blik in de slaapkamer en sloot gekweld zijn ogen. Toen hij ze weer opende zag ik dat het echt waar was. Ik kon me niet langer vastklampen aan de illusie dat ik dit droomde, of dat Matt heus nog wel wakker zou worden. Niet als mijn vader zo naar mij keek.

Hij omhelsde me. 'Meisje toch…'

'Waar zijn Matts ouders?' vroeg mijn moeder. 'Zijn ze onderweg?'

Ik schudde mijn hoofd. 'Die gaan vanuit Brabant rechtstreeks naar het ziekenhuis.' Matt zou daar straks door de mensen van de hulpdienst naartoe worden gebracht om de doodsoorzaak vast te stellen.

Schoorvoetend liep ik terug de slaapkamer in, waar Matt nog lag. Mijn ouders bleven in de gang staan.

Mijn vader en moeder stapten opzij toen Mat op een brancard met een wit laken over hem heen de slaapkamer uit werd gedragen. Ik liep er verdoofd achteraan, mijn armen naar hem uitgestrekt, mijn wangen nat.

Mijn vader legde voorzichtig zijn hand op mijn arm om me tegen te houden.

'Maar ik wil mee,' fluisterde ik toen de ambulancebroeders naar de deur liepen. Ik schudde zijn hand van me af. 'Ik kan hem toch niet zomaar laten gaan? Ik heb niet eens afscheid van hem kunnen nemen!'

'Je kunt nu niets meer voor hem doen, lieverd,' zei mijn vader rustig. Hij gedroeg zich kalm, maar zijn gezicht verraadde zijn emoties. Mijn moeder sloeg haar arm om me heen en samen keken we toe hoe mijn vader het ambulancepersoneel uitliet en langzaam de deur van de flat sloot.

Even stonden we alle drie in de gang. Het gorgelende geluid klonk weer uit mijn keel en ik slikte. Het hielp niet. Matt was weg. Ik liep terug de slaapkamer in en liet me op bed vallen. Het dekbed trok ik over me heen.

Matts moeder had uiteindelijk alles geregeld. De crematie, het papierwerk. Zij en Matts vader hadden niet geprobeerd om mij erbij te betrekken. Of misschien wel en had ik het niet gemerkt. Het uitzoeken van de kist, de tekst die op de rouwkaarten moest komen, het boeket, het ging allemaal langs me heen. Het leven was een slechte film geworden waar iedereen in meespeelde terwijl ik zelf op een andere set stond, een verlaten set waar de lampen uit waren en het decor ontbrak. En doordat ik me in mezelf terugtrok, botste het dominante karakter van Matts moeder voor één keer niet met mijn eigen aard. Ze deed maar. Ik gaf door welke muziek hij graag had willen horen en wat de adressen waren van vrienden die een kaart moesten ontvangen, maar de rest liet ik aan hen over. Het was nog steeds alsof het allemaal niet echt gebeurde, alsof mijn echte leven ergens anders gewoon verder ging maar ik er niet bij kon komen. In dat leven was ik bezig met het uitzoeken van een trouwjurk, in plaats van een doodskist.

Mijn ouders hadden voorgesteld dat ik een paar dagen bij hen zou komen logeren tot alles achter de rug was, maar dat had ik niet gedaan. Uiteindelijk zou ik toch moeten terugkomen in deze flat en zou ik alsnog 's nachts alleen in het grote bed liggen.

Vluchten had geen zin. Matt was er niet meer en mijn kop in het zand van mijn ouderlijk huis stoppen zou daar helemaal niets aan veranderen.

Zijn moeder bracht me telefonisch op de hoogte van de lijkschouwing die zou komen. *Lijkschouwing.* Het was niet te begrijpen dat Marijke zo'n vreselijke term zo nuchter kon uitspreken terwijl ze het over haar eigen zoon had. Mijn grote liefde wás geen lijk, hij hoorde niet op een klinische onderzoektafel te liggen waar ze zouden gaan snijden in het lichaam dat ik zo vaak had bemind.

Een autopsie was wettelijk verplicht als iemand onverwachts overleed, legde Marijke geduldig uit. Ze moesten kunnen vaststellen wat de doodsoorzaak was. Dat snapte ik ook wel, daar ging het niet om. Het punt was dat we het hier over *Matt* hadden, niet over een of ander medisch studieobject of een kikker in een biologieles. En of het nu volgens de wet verplicht was of niet, de gedachte aan een lijkschouwing was gewoon pijnlijk. Niet dat Marijke bang hoefde te zijn dat ik het proces zou gaan tegenhouden, dat zou ik heus niet doen. Ondanks mijn emotionele bezwaren wilde ik niets liever dan weten hoe deze ramp in godsnaam had kunnen gebeuren. Maar dat hoefde nog niet te betekenen dat ik er dan ook maar meteen gemakkelijk en koeltjes over kon praten zoals zij en Wouter dat kennelijk konden. Ik hield verdomme van Matt.

Ik luisterde goed naar de verklaring van de dokter. Ik nam de woorden in me op en in gedachten herhaalde ik eindeloos het feit dat Matt in ieder geval geen pijn had geleden. Die gedachte kon troost bieden, zei de arts. Maar troost was een groot woord, dat in dit geval niet deed wat het moest doen, en het bracht Matt niet terug.

De arts, die zich had voorgesteld als dokter Nichopoulos, zat voor ons, aan de andere kant van het bureau in zijn kamer in het ziekenhuis. Hij had een witte jas aan, net zo wit als zijn dikke haardos, en hij had ons aangekeken met een jarenlang getrainde blik van sympathie. Hij deed zijn best om uit te leggen hoe het kwam dat de man met wie ik zou trouwen er niet meer was. Zijn stem was zacht en meelevend, maar onwillekeurig vroeg ik me toch af wat het hem écht deed. Ik wist heus wel dat hij zodra wij de deur uit liepen met zijn gedachten bij iets anders zou zijn. Het raakte hem niet. Dat kon ook niet, dan zou zijn werk ondraaglijk zijn. Voor hem was de dood iets dat nu eenmaal hoorde bij zijn beroep, iets waar hij al tijdens zijn studie en zijn vele coschappen op was voorbereid. *All in a day's work.* 's Avonds ging hij gewoon weer naar huis om daar zijn vrouw en misschien nog thuiswonende kinderen een kus te geven, zijn golden retriever te aaien en geen seconde meer aan Matt of mij denken.

'Er is een plek in het hoofd die de Cirkel van Willis heet,' legde dokter Nichopoulos uit. 'Dat is een vaatkring van slagaders die de hersenen van bloed voorzien. Een van Matthews bloedvaten was verwijd. Hierdoor ging de vaatwand kapot en dat had een hersenbloeding tot gevolg. Dit is hem helaas fataal geworden.'

Ik nam de informatie zwijgend in me op en naast me knikten Wouter en Marijke begrijpend. Er viel niets te vragen, de feiten waren duidelijk.

Dokter Nichopoulos ging verder en legde uit dat iedereen werd geboren met licht imperfecte aderen. 'Zwakke plekken, kun je dat noemen. De meeste mensen worden daar oud mee en merken er niets van. Bij hen zitten de zwakke gedeeltes op plaatsen waar het niet zo veel uitmaakt, bijvoorbeeld hun armen of benen. Bij andere mensen zitten de zwakke plekken ergens waar het wel gevaarlijk is, maar zelfs dan merken ze er soms hun hele leven niets van. Maar bij een kleine groep mensen, bij wie een dergelijk zwak gedeelte op een belangrijke plek zit, gaat het helaas fout. En tot op heden weet niemand waarom bepaalde mensen het overleven en andere eraan overlijden.'

'Kan het komen door een onverwacht hevige spanning of een schok?' vroeg ik.

Alle drie keken ze me verbaasd aan.

'Hoe bedoel je?' vroeg dokter Nichopoulos vriendelijk.

'Nou, de avond voordat het gebeurde hadden Matt en ik bijna een auto-ongeluk,' legde ik uit. 'Een spookrijder, die we nog maar net konden ontwijken. En Matt was zo geschrokken dat het hem de hele avond bleef dwarszitten.'

Marijke duwde haar bril wat steviger op haar neus en keek me aan met een blik die duidelijk maakte dat ze zich afvroeg waarom ik dit niet eerder had verteld.

Ik negeerde haar en keek naar de dokter, die zijn handen vouwde. 'Voor zover ik weet kan zo'n ervaring dit niet tot gevolg hebben,' zei hij. 'Het kan schokkend zijn, zeker op korte termijn, en het zou in veel gevallen misschien kunnen leiden tot een slapeloze nacht, maar ik denk dat we het los moeten zien van de somatische verwikkelingen.'

Marijke pakte haar tas van de grond en zette hem op haar schoot, alsof ze wilde zeggen: 'Nou, dat weten we dan ook weer.' Ze stond op, gaf de arts een hand en bedankte hem voor zijn tijd. Wouter volgde haar voorbeeld.

Bij het verlaten van het ziekenhuis bekeek ik Marijkes gezicht van opzij, maar er viel geen enkele emotie op te lezen. Ze voelde mijn blik en knikte naar me. Met zijn drieën liepen we door de glazen schuifdeur naar buiten.

Toen we van de parkeerplaats van het ziekenhuis weg reden

– ik op de achterbank van hun zilvergrijze Volvo, want ze hadden me opgehaald en zouden me ook weer thuisbrengen – staarde ik naar de twee onbeweeglijke, stille hoofden voor me. Zouden ze ook blijven zwijgen nadat ik was uitgestapt, en heel de weg van Rotterdam terug naar Bergen op Zoom stil blijven? Misschien dachten ze wel dat het allemaal mijn schuld was, omdat Matt bij mij was geweest op het moment dat het gebeurde. Ik was de enige geweest die hem had kunnen beschermen, en daar was ik schandelijk in gefaald. Als ik beter had opgelet, had ik erop voorbereid kunnen zijn. De spookrijder was een voorbode geweest van wat er zou gaan gebeuren, hij had ons laten weten dat de dood met uitgestoken klauwen naar ons loerde, en toch was ik gaan slapen en had ik Matt eraan overgeleverd. Ik had er niet eens wat van gemerkt.

Zouden zijn ouders dat denken? Wouter liet niets merken, hij staarde alleen maar zwijgend voor zich uit, en Marijke bestuurde de auto met ijzeren hand. Alles aan haar wekte de indruk dat ze het had geaccepteerd. Terwijl dat onmogelijk was, want hoe kon je iets accepteren wat overduidelijk gewoon niet *juist* was?

Ik voelde Matts aanwezigheid nog overal om me heen. Hij was bij ons in de spreekkamer van dokter Nichopoulos geweest en nu zat hij naast me, op deze smetteloze crèmeleren achterbank. Hij zou straks met me meegaan, de flat in, waar ik werd opgewacht door de echo's van onze geschiedenis. Hij was bij me en ik zou hem nooit loslaten. En ik geloofde de arts niet: het kwam wél door de bijna-aanrijding. Dat kon niet anders. Iemand had hier namelijk schuld aan, dat moest, en dus was het de spookrijder die het op zijn geweten had. Door de schok was er iets geknapt in Matts hersenen en dat had de bloeding tot gevolg gehad.

's Middags belde mijn moeder om te vragen wat voor informatie we in het ziekenhuis hadden gekregen en ik herhaalde de uitleg van de arts. Het klonk zo definitief allemaal. Er was zelfs een naam voor de plek waar het fout was gegaan: de Cirkel van Willis.

Toen ik haar vertelde over de koele houding van Wouter en Marijke, zei ze: 'Maar die mensen hebben ook verdriet, Tender. Meer dan je denkt. Alleen kiezen zij er om een of andere reden voor om het niet te tonen. Maar ze mogen zich van buiten dan wel groothouden, je moet niet vergeten dat je onmogelijk kunt weten wat er werkelijk in hen omgaat. Jij ziet niet hoe ze eraan toe zijn als ze 's avonds in bed liggen en niet kunnen slapen. Ze hebben hun zoon verloren, hun enig kind. Dat is het ergste wat je als ouder kan overkomen.'

'Maar Marijke lijkt er zo hard en koud onder,' mompelde ik. 'Zelfs toen ik haar vertelde dat Matt en ik ons hadden verloofd, reageerde ze amper.'

'Laat het nou maar gaan, lieverd. Ik denk dat het goed voor ze is dat jij hen zo veel laat regelen, want dat hebben ze nodig. De afleiding sleept ze er een beetje doorheen. Maar probeer die mensen niet te veroordelen. Iedereen gaat op een andere manier met verdriet om.'

Toen we ophingen liep ik de badkamer in, waar ik staarde naar Matts kleren die in de wasmand lagen. Hij had ze daar in gelegd, en nu zou hij ze geen van alle ooit nog dragen. De gedachte was zo absurd, zo onwerkelijk, dat er bijna een nerveuze lachkriebel in mijn keel omhoogschoot. Maar de kriebel werd een brok toen ik het zwarte shirt zag dat hij had gedragen op onze laatste avond. Ik slikte, viste het kledingstuk uit de stapel en ging ermee op de grond zitten. Ik legde de mouwen over mijn schouders. Maar de omhelzing was leeg, en zonder Matt was ik nog maar een half lichaam.

Leunend tegen de koude tegels van de badkamermuur begroef ik mijn gezicht in het shirt en voelde hoe de stof nat werd.

Op de dag van de crematie scheen de zon. Ik keek er niet van op: niets in mijn leven leek nog logisch en dit was het zoveelste bewijs dat alles ontregeld was.

In het crematorium aan de Maeterlinckweg, nota bene hetzelfde crematorium waar ik nog geen jaar geleden met Matt was geweest voor de crematie van zijn tante, hield ik mijn zonnebril op. Iedereen was er: Matts familie, zijn vrienden en collega's, ex-collega's, mijn ouders en Gwen en Sonya. Allemaal condoleerden ze me, sommigen sloegen een arm om me heen en anderen gaven me alleen een ongemakkelijke hand. Ik ontweek hun blik. Het waren, op mijn ouders en Gwen na, stuk voor stuk mensen die na afloop van de plechtigheid naar huis zouden gaan en de draad van hun leven zouden oppakken alsof er niets was veranderd. Voor hen was de crematie een vermelding in de agenda, een moment van respect en medelijden, waarop het verdriet dat tijdens de muziek zo makkelijk uit hun ogen vloeide waarschijnlijk niet eens werd veroorzaakt door de dood van Matt, maar door de onwillekeurige gedachten aan hun eigen dierbaren. Zodra de muziek ophield, droogden ze hun tranen en voelden ze hun maag knorren bij het vooruitzicht op de rituele cake. Zij redden het wel, zij zouden na afloop niet thuiskomen in een flat waar Matts afwezigheid zo tastbaar was dat ik haar bijna kon aanraken.

Mijn ouders weken geen moment van mijn zijde: mijn moeder links van me en rechts mijn vader, gekleed in een donker pak dat ik hem nog niet eerder had zien dragen. Mijn moeders ogen waren rood, de mond van mijn vader trilde af en toe. We wisten alle drie dat ook zij de juiste woorden niet hadden om me te troosten, niemand had die, want ze bestonden niet. Maar ze vingen me op zo goed ze konden.

Marijke had ervoor gezorgd dat er een grote ingelijste foto van Matt op de kist stond. Het was een foto waarop hij glimlachend de toekomst in keek, een toekomst waarin ik alleen was achtergebleven.

Tijdens 'Three Little Birds' van Bob Marley hoorde ik hem opeens zoals op onze laatste avond: 'Wil je met me trouwen?' Met betraande ogen spiedde ik om me heen of anderen het ook hoorden, maar niemand keek op.

Kon hij me zien, op dit moment? Was hij het echt zelf die daar in de kist lag en maakte ik geen enorme fout door hier zo passief te zitten? Moest ik niet heel snel, voordat iemand me kon tegenhouden, naar hem toe rennen en bij hem in de kist kruipen, zodat we samen aan deze nieuwe reis konden beginnen?

Maar ik verroerde me niet en staarde strak naar zijn foto. In gedachten maakte de foto plaats voor andere beelden. Ooit was ieder moment met hem een herinnering in de maak geweest, nu had ik alleen nog mijn geheugen. De aanmaak van nieuwe herinneringen was gestopt. Het boek van mijn leven was in drieën te delen: mijn bestaan vóór Matt, mijn bestaan met Matt, en mijn bestaan na Matt. De epiloog was veel te snel gekomen.

De avonden waren het ergst. Overdag, wanneer het daglicht achter de dichte gordijnen broeide en er buiten geluiden klonken van het verkeer en vogels, was er de illusie dat ik misschien toch niet alleen was. Dat ik onderdeel was van deze wereld, of ik nou wilde of niet. Maar 's avonds verdween dat gevoel. 's Avonds was het donker en stil, zag ik Matts reflectie in iedere schaduw op de muur en was ik de enige levende ziel op aarde.

Vaak lag ik 's nachts wakker, onder hetzelfde dekbed dat we hadden gedeeld, met mijn ogen wijd open in het donker. Dan strekte ik mijn armen uit naar de plek naast me. Donkere overgangen naar een nieuwe dag, waarin ik als ik heel goed luisterde Matts ademhaling nog kon horen, een echo van zijn bestaan. Het waren geluiden uit een andere dimensie, uit het verleden, net als de stem op zijn voicemail die ik steeds opnieuw belde. Ik sprak berichten in, vertelde hem hoezeer ik hem mistte. Natuurlijk wist ik dat hij het nooit zou horen, maar dichterbij kon ik niet komen.

Op mijn laptop stonden ontelbaar veel foto's van hem, alsof ik onbewust altijd al geweten had dat er ooit een tijd zou komen waarin ik hem alleen nog op foto's kon zien. Van Adam had ik geen enkele foto, ik had nooit de behoefte gevoeld om welk moment met hem dan ook te vereeuwigen, terwijl Matt de camera soms lachend uit mijn handen had moeten trekken omdat ik doorsloeg in mijn enthousiasme. Mijn favoriete afbeelding, Matt en ik tijdens een barbecue bij Gwen en Sonya, stond ingesteld als wallpaper op mijn laptop. En ondanks alles moest ik glimlachen als ik hem erop zag. Het was de meest recente foto die ik van ons had, hij was een paar weken voor Matts overlijden gemaakt. En als ik er lang genoeg naar keek, was het alsof ik terugging in de tijd. Onze lachende gezichten kwamen tot leven, de kruidige geur die van de barbecue af kwam drong mijn neus weer binnen en Matts stem weerklonk in mijn oor.

'Het is echt lekker,' zei hij verbaasd. Hij was vooraf niet echt gecharmeerd geweest van Gwens idee om alleen sojaproducten en andere vleesvervangers op de barbecue te leggen en helemaal geen vlees. Dat ik de enige vegetariër in ons midden was en ze dit dus speciaal voor mij deed vond ik enorm attent, maar Matt had tegengesputterd.

Ik grinnikte om zijn verwondering. 'Ik zei het toch.'

Gwen kwam bij ons staan. 'Smaakt het?' vroeg ze met een knipoog.

'Ik had het nooit verwacht, maar het is verrukkelijk,' gaf Matt toe.

'Zelf moest ik er ook eerst niets van hebben,' bekende Gwen, 'maar Tender was al jarenlang tegen me aan het zeuren dat ik het gewoon eens moest proberen en dat het ook voor niet-vegetariërs echt lekker is. Gewoon voor de afwisseling. En sindsdien eten Son en ik minstens eens per week vleesvervangers.'

'Fijn te horen dat je toch zo nu en dan eens luistert naar je beste vriendin,' merkte ik lachend op, en Gwen gaf me een por met haar elleboog.

Sonya kwam aanlopen met een fototoestel. 'Matts eerste

vegaburger? Dit moment moeten we vastleggen!'

Ik giechelde. De zon scheen, het was weekend, we hadden allemaal wat gedronken en we voelden ons zo goed dat zelfs het eten van een vegaburger grappig was.

Nadat Matt trots had geposeerd terwijl hij een grote hap van zijn burger nam, legde hij zijn eten weg en sloeg een arm om me heen. Samen lachten we in de camera, onze wangen tegen elkaar.

Flits.

Ik knipperde met mijn ogen. In onze woonkamer waren de onbezorgde gezichten bevroren in het verleden en plakten aan het scherm van mijn laptop. Ik staarde ernaar en voelde mijn ogen weer vochtig worden. Op de foto lachte ik breed en Matt had kuiltjes in zijn wangen.

Toen waren we nog samen.

Deze foto moest worden ingelijst.

Shit. Het was veel te druk. Ik had niet naar Keizerswaard moeten gaan, ik had het gewoon aan mijn moeder moeten vragen. Ik had de denkfout gemaakt dat het op een doordeweekse ochtend rustig zou zijn in het overdekte winkelcentrum, dat er alleen wat huisvrouwen of omaatjes zouden lopen. Dat was een vergissing, er struinden bijna net zo veel mensen rond als 's middags of in het weekend.

Vlug liep ik naar de Hema, waar de uitvergroting van de barbecuefoto op me lag te wachten. Die morgen had ik een e-mail gekregen waarin stond dat die kon worden opgehaald. Eventjes heen en weer naar Keizerswaard, dat was in een uurtje gepiept, had ik bedacht. Dat kon ik heus wel aan. Maar wat was het er benauwd! Deed de airconditioning het soms niet? En waarom keek iedereen naar me?

Toen ik de Hema uit kwam was het nog drukker dan daarvoor en het enorme geroezemoes van de vele stemmen zwol met de seconde aan. Er klonk monotoon geklikklak van hoge hakken, oorverdovend gejengel van huilende kinderen, en er hing een misselijkmakende geur van frituurvet. Onder me begon de grond te bewegen, en alle beelden, geuren en geluiden smolten samen tot één tollende waas. Wankelend stond ik stil.

Om me heen liepen de mensen gewoon door, en een gezette vrouw klakte geïrriteerd met haar tong toen ze een stap opzij moest doen om me te passeren. Ik keek haar na en mijn blik gleed naar haar brede heupen die van links naar rechts zwiepten. Het waren niet alleen haar heupen, alles bewoog. Heel Keizerswaard draaide. Het plafond werd lager, de grond werd hoger, en de winkelruiten kwamen steeds dichter naar me toe en sloten me in.

Ik kneep mijn ogen dicht.

Er liep iemand tegen me aan, maar ik bleef stokstijf staan, terwijl mijn hoofd draaide.

Een hand op mijn schouder.

Een bezorgde vrouwenstem. 'Gaat het? Wil je misschien even zitten?'

Langzaam opende ik mijn ogen. We zweefden.

De vrouw die naast me zweefde keek me vragend aan. Ze was van mijn moeders leeftijd en ze droeg een grote Albert Heijntas.

'Het gaat wel,' mompelde ik. 'Ik moet even –'

Matt! Dit kon niet waar zijn! Daar liep hij, met een andere vrouw nota bene! Ze liepen hand in hand en hij lachte naar haar. Naar háár!

Zo hard als ik kon rende ik op hem af. De wereld om me heen schudde, maar het lukte me om bij ze te komen. Met een gestrekte arm sloeg ik hun handen uit elkaar. 'Wat moet je met haar?' gilde ik. 'Wie is dit?'

Het meisje keek me met grote ogen aan en deinsde achteruit.

Ik wendde me tot Matt. Hoe durfde hij, hoe kón hij, om zo –

Fuck. Het was Matt helemaal niet. Hij leek er niet eens op. Nee, natuurlijk niet, want kijk, dáár liep hij! Mijn god, dat ik dat niet meteen had gezien. Hij was alleen en hij liep me voorbij, hij zag mij niet eens. Ik holde achter hem aan, wild zwaaiend met mijn armen om mijn evenwicht te bewaren. 'Matt!'

Toen ik hem bijna had ingehaald stak ik mijn hand uit om zijn arm te pakken, maar ik greep mis. Plotseling was ik zo duizelig dat ik twee Matts zag, drie zelfs. Iedere keer dat ik met mijn ogen knipperde kwam er een bij. En allemaal liepen ze door en negeerden ze mij.

Uiteindelijk lukte het me om de schouder van een van hen aan te raken, en ze draaiden zich allemaal tegelijkertijd om. Op hun gezichten lag een verbaasde uitdrukking.

En ik slikte. Geen van allen was Matt.

De vrouw met de Albert Heijn-tas had zich inmiddels weer bij me gevoegd en nam me bij de arm. 'Kom maar even mee, meid, het gaat niet zo goed, hè?'

Mijn lichaam trilde terwijl ik op het bankje ging zitten waar ze me mee naartoe nam. Ze sloeg haar arm om me heen. 'Rustig maar, er is niets aan de hand. Moet ik iemand bellen voor je?'

Ik schudde mijn hoofd.

In elkaar gedoken zat ik op het bankje. Mijn hoofd prikte en brandde van de nieuwsgierige blikken van de mensen die langsliepen. Het dunne Hema-tasje met het uitvergrote bewijs dat ik ooit wel gelukkig was geweest hield ik tegen me aan geklemd, en mijn ogen bleven dicht. Ik was hier niet. Dit gebeurde niet.

'Hoor je mij? Hallo, kun je mij horen?'

Een mannenstem dit keer. Konden ze me niet met rust laten? 'Hallo! Jongedame?'

'Zo zit ze al de hele tijd,' zei de vrouw. 'Toen ze die mensen had aangevlogen is ze hier gaan zitten, met haar ogen dicht. Ik weet niet wat ik moet doen.'

Ik opende mijn ogen. Voor me stond een donkere man in een beveiligingspak. Hij nam me onderzoekend op. 'Ben je ziek? Moeten we een dokter bellen?'

Om me heen had zich een groepje mensen verzameld. Gretige toeschouwers, popelend om te zien wat er zou gebeuren. Mijn god, ik moest hier weg. Weg van al die starende ogen, weg. Ik stond op. Ik wankelde, maar het lukte me om rechtop te blijven staan.

Zowel de vrouw als de beveiligingsman zei iets tegen me wat ik niet verstond. De beveiligingsman legde zijn hand op mijn arm, maar ik reageerde niet en ging ervandoor, baande me een weg door de menigte en versnelde mijn pas. Achter me werd geroepen, maar ik liep door, en zonder om te kijken bereikte ik de uitgang van het winkelcentrum.

In de bus ging ik achterin zitten en ik vermeed oogcontact met andere passagiers. Toen ik uitstapte en naar mijn straat liep hield ik mijn hoofd gebogen. Thuis trok ik meteen de envelop uit het Hema-tasje en scheurde hem open. Mijn eigen gezicht, bijna absurd blij, keek me lachend en onbevangen aan naast het al even gelukkige gezicht van Matt. Ik staarde ernaar en bleef staren tot ik alleen nog maar twee roze vlekken zag. Mijn hoofd bonkte.

Met de foto in mijn handen liep ik naar de slaapkamer en liet me zakken op het bed. Ik huilde geluidloos. Purr kwam naast me liggen en stak voorzichtig haar pootje naar me uit. Ik trok haar tegen me aan en drukte mijn gezicht in haar vacht.

Ik zou nooit meer naar buiten gaan.

Toen Gwen de volgende dag op bezoek kwam en ik haar erover vertelde, zuchtte ze. 'Waarom heb je mij dan ook niet gevraagd om met je mee te gaan?'

'Ik dacht dat het wel goed zou gaan,' mompelde ik. 'Eventjes op en neer naar het winkelcentrum, dat kan een kind.'

In de stilte die volgde vroeg ik me af of ik misschien professionele hulp nodig had. Of het een goed idee zou zijn om alsnog te bellen naar die hulp voor nabestaanden. Maar ik schudde de gedachte van me af. Ik had niemand nodig. En het gaf niets dat ik niet meer naar buiten ging. Wat had ik er te zoeken?

De herfst brak aan. Verdorde bladeren dwarrelden door de lucht en landden op de natte straat. Ik had de gordijnen op een kier geopend en staarde door het raam naar buiten, naar de grijze wereld die er precies zo uitzag als ik me voelde.

Die ochtend had ik de foto's die op Matts telefoon stonden overgezet naar mijn laptop, zodat ik niet meer zijn mobiel hoefde aan te zetten om de afbeeldingen te kunnen zien. Het waren er maar een paar, want hij had niet zo veel met fotograferen als ik, maar toch wilde ik ze hebben. Het waren stukjes van zijn leven, en geen enkele vastgelegde herinnering mocht verloren gaan.

Ik sloot de gordijnen weer, en door die armbeweging trok mijn maag zich samen van de honger. Nu pas besefte ik dat ik de hele dag nog niets had gegeten. Trek had ik niet, maar toch liep ik naar de keuken om de spaghetti van mijn moeder op te warmen.

Matt zou ongelovig zijn hoofd schudden als hij wist hoe ik tegenwoordig at. Ooit was er een tijd geweest dat ik koken leuk vond, dat ik met plezier urenlang in de keuken stond en internet afstruinde op zoek naar recepten. Een tijd waarin Matt de tafel dekte, een tijd waarin we rode wijn dronken bij het eten, een tijd die voorbij was. Koken interesseerde me niet meer. Ik at omdat een lege maag een akelig gevoel gaf, maar genieten van de maaltijd was er niet bij.

Op het moment waarop de magnetron piepend liet weten dat het eten warm was, kwam er uit de woonkamer een geluid. Het was een bekend geluid dat ik, al had ik het lang niet gehoord, onmiddellijk herkende: het was de ringtone van Matts telefoon. Met grote stappen liep ik naar de woonkamer. Wat stom dat ik had vergeten zijn telefoon uit te zetten voordat ik hem vanmorgen terug in de la had gelegd. Maar wie kon dit zijn, wie had er überhaupt Matts nummer nog in zijn of haar telefoon staan? Behalve ikzelf had iedereen het inmiddels toch allang verwijderd?

Even bleef ik stilstaan. Het had iets vreemds om zijn telefoon te horen afgaan, een geluid uit het verleden. Als ik mijn ogen dichtdeed zou het lijken alsof hij thuis was en ieder moment de telefoon kon opnemen.

Maar het was mijn eigen hand die de la opentrok en de rinkelende mobiel eruit pakte. NUMMER ONBEKEND, stond er in het display.

Ik klikte op OK en hield de telefoon tegen mijn oor. 'Hallo?'

'Goedemiddag, u spreekt met T-Mobile,' klonk een jonge mannenstem. 'Ik bel u in verband met uw abonnement. Over drie maanden loopt het namelijk af, en ik –'

'Sorry dat ik u onderbreek,' zei ik, 'maar u bent denk ik op zoek naar mijn vriend. Dit is namelijk zijn telefoon.'

Even was het stil aan de andere kant van de lijn, toen schraapte de man zijn keel. 'Ja, dat klopt. De heer Matthew Aerendonk, staat hier. Is hij er ook?'

'Helaas niet,' zei ik zo rustig mogelijk, maar ik voelde hoe mijn hand zich steviger om de telefoon klemde. 'Mijn vriend is namelijk overleden. Dus als u daar een melding van zou willen maken, heel graag. En het abonnement wordt uiteraard niet verlengd, misschien kunt u dat ook meteen doorgeven.'

'Eh, het spijt me mevrouw, maar dat kan ik hier niet zomaar aanpassen. Zoiets moeten wij van de klant zelf vernemen.'

'U begrijpt mij denk ik niet. Matt is er niet meer, hij is overleden. Het lijkt me vrij logisch dat het contract dan niet doorloopt.'

'En wie bent u, als ik vragen mag?'

Ik onderdrukte een zucht. 'Dat heb ik u net al verteld: ik ben zijn vriendin. Zijn verloofde.'

'Juist. Nou, ik moet dit even overleggen met mijn supervisor, één moment alstublieft.'

Voordat ik hier iets op kon zeggen werd ik in de wacht gegooid, waar ik ongevraagd werd getrakteerd op het muzikale gezelschap van Phil Collins. Net toen ik wilde ophangen, was de man er weer. 'Bedankt voor het wachten, mevrouw. Eh, ik dacht even dat we er een schriftelijke opzegging voor nodig zouden hebben, maar dit blijkt niet zo te zijn omdat het abonnement van de heer Aerendonk toch al afloopt. Het is dus goed zo en ik zal het hier meteen noteren.'

'Dank u,' zei ik.

'Kan ik verder nog iets voor u doen?'

'Nee.'

'Dan wens ik u nog een fijne middag verder. Dag, mevrouw.'

Ik hing op en drukte de telefoon meteen helemaal uit. *Fijne middag, verder.* Wat dacht hij wel niet? Ik had hem zojuist verteld dat mijn vriend niet meer leefde, hoe kon je iemand in zo'n geval dan domweg een 'fijne middag' wensen? Niet eens een 'O, het spijt me dat te horen' of een 'Gecondoleerd met het verlies'. Nee, *een fijne middag.*

In de keuken piepte de magnetron om me eraan te herinneren dat de spaghetti nog steeds klaar was, maar de eetlust was me vergaan.

Iedere keer dat Gwen langskwam, dwong ze me om erover te praten. Dat ik mezelf alleen maar herhaalde, stoorde haar niet. 'Je moet uiting aan je gevoelens geven,' zei ze. 'Anders ontplof je.' Gwen was de enige die dit soort dingen tegen me zei, want met mijn ouders sprak ik er niet over. Het was bij hen meer een gegeven waar we allemaal van op de hoogte waren: Matt was er niet meer en we misten hem allemaal, maar er was helaas niets aan te doen. Mijn moeder begon er niet over, bijna alsof ze vreesde dat ze het verdriet dat daarbij zou loskomen niet zou aankunnen. Liever zorgde ze voor de praktische dingen zoals boodschappen doen en mijn post boven brengen. Gwen nam de gevoelens voor haar rekening, en mijn moeder wist dat. Mijn ouders kenden Gwen al sinds ons twaalfde, toen we op de middelbare school bij elkaar in de klas kwamen en beste vriendinnen werden. Niet meteen, want in eerste instantie had Gwen niets van me willen weten, terwijl ik haar juist fascinerend vond. Gwen was op haar twaalfde het tegenovergestelde van mij: ze was vroegrijp, spijbelde, droeg gescheurde spijkerbroeken en rookte. Ze ging om met de stoere jongens uit de derde en de vierde. Ik was daarentegen stil en verlegen, maakte braaf mijn huiswerk en vond roken vies. De vriendschap was pas ontstaan toen Gwen er op een dag was achter gekomen dat ik een geheim had: de vogel die iedere dag na schooltijd op me wachtte op het hek bij de parkeerplaats.

Ik had de mooie, lichtgrijze duif, die ik voor het gemak Duif had genoemd, voor het eerst gezien toen ik op mijn vader stond te wachten die me zou komen ophalen omdat ik ziek was geworden. Het vroor die dag en Duif had trillend op het hek gezeten, in elkaar gedoken en met een treurige blik in zijn oogjes. Nadat we elkaar een tijdje hadden aangestaard, was ik voorzichtig op hem af gelopen. Ik gaf hem een stukje van de bruine boterham die nog in mijn tas zat en hij pikte het – eerst terughoudend maar toen gretig – hongerig uit mijn hand. Vanaf dat moment was ik iedere middag even bij hem gaan kijken, ook toen het minder koud werd, en hij zat er altijd. We werden vriendjes en hij liet zelfs toe dat ik hem aaide.

Op een dag had Gwen ineens achter me gestaan. 'Stoer beessie, man,' had ze bewonderend gezegd. 'Dat-ie dat toelaat, zeg.'

Verwonderd keek ik om. Gwen had het hele schooljaar nog niets tegen me gezegd.

'Hij is tam,' zei ik. 'Duif, heet hij.'

Ze lachte. 'Hij is mooi! Hij lijkt totaal niet op die stadsduiven van hier. Misschien is hij wel van iemand.'

Maar ik schudde mijn hoofd. 'Hij heeft geen ringetje om zijn poot. En hij zit hier iedere dag. Hij is mijn vriendje.'

Duif liet toe dat ook Gwen hem aaide, en vanaf die dag gingen we iedere middag samen bij hem kijken. Het geheim was nu van ons samen.

Toen hij op een dag niet op het hek op ons zat te wachten, keken we verbaasd om ons heen.

'Wat gek,' zei ik bezorgd. 'Hij zit er altijd.'

Ook Gwens gezicht stond ongerust. 'Hij zal toch niet gegrepen zijn door een kat of zo…?'

Ik schudde mijn hoofd. 'Nee, daar is hij te slim voor. Misschien is hij –'

Mijn adem stokte. Gwen sloeg een hand voor haar mond. Geschokt staarden we naar de grond een paar meter verder. Gwen was er het eerst, op de voet gevolgd door mij. Daar lag Duif. Dood. Zo te zien aangereden door een auto. Zijn kopje stond scheef op zijn nek.

Ik huilde. Gwen sloeg haar arm om me heen. Ze deed haar jas uit en wikkelde Duif erin. Toen liepen we naar het parkje achter de school.

Nadat we Duif hadden begraven, keek Gwen me ernstig aan. Ze stak haar hand uit, haar nagels zwart van het graven. 'Gecondoleerd,' zei ze.

'Gecondoleerd,' zei ik.

Vanaf dat moment waren we onafscheidelijk. Ieder weekend logeerden we bij elkaar en ik wist dat Gwen, die gescheiden ouders had, bij ons het gezinsgevoel vond dat ze thuis miste. Ik vond het juist enorm interessant om bij haar thuis te komen, bij haar excentrieke moeder die 's avonds laat uitging met steeds weer andere mannen en die haar lange lokken blondeerde en dezelfde kleren droeg als wij.

'Duif is in de hemel,' had ik ooit tegen Gwen gezegd, maar daar had ze hartelijk om gelachen.

'De hemel bestaat niet,' zei ze. 'Duif ligt onder de grond.'

Maar waar zou Matt dan zijn, volgens haar? Geloofde ze nog steeds niet in een hiernamaals?

'Matt en ik hadden gewoon voor altijd samen moet zijn,' hoorde ik mezelf verzuchten. 'Dit had nooit mogen gebeuren. De wereld zal scheefgroeien, het leven klopt niet meer!'

Gwen zat naast me op de bank, haar benen onder zich opgetrokken, en ze knikte meelevend alsof ze deze litanie voor de eerste keer hoorde.

'En waar slaat het allemaal op?' ging ik verder. 'Het ene moment ben je er en het andere moment niet meer. Je kunt zo worden weggeveegd! Het hoeft voor mij niet meer. Mieren zijn we, allemaal, en –'

'Tender, wanneer zijn deze gordijnen eigenlijk voor het laatst open geweest?'

Verbaasd keek ik op. 'Wat?'

Ze gebaarde naar het raam. 'Deze gordijnen. Wanneer heb je ze voor het laatst open gehad?'

'Ja zeg, wat is dat nou ineens voor een gekke vraag?'

'Nou?' drong ze aan.

'Ze zijn iedere nacht open. En de ramen ook. Voor de frisse lucht.'

'Dat bedoel ik niet. Ik bedoel overdag. Wanneer had je voor het laatst daglicht hier in huis?'

Ik haalde mijn schouders op. 'Weet ik het. Dat hou ik allemaal niet bij, hoor. Is het belangrijk dan?'

'Schat, iedere keer dat ik hier ben, zijn ze dicht. Ik wilde er niets van zeggen omdat ik begrijp dat je tijd nodig hebt. Maar het is toch niet gezond om voortdurend in het donker te zitten? Ik weet zeker dat je dat lampje op je kast alleen maar hebt aangedaan omdat je wist dat ik zou komen.' Ze zuchtte. 'Ik maak me gewoon zorgen, Tender. Je leeft nu al bijna twee maanden zo.'

'Ja, en wat dan nog? Wat maakt dat uit? Ik zie de buitenwereld als ik 's ochtends de gordijnen dichtdoe en dat is genoeg. Ik hoef al die auto's niet te zien met mensen die gezellig naar hun werk rijden, van wie het leven nog wel klopt. Je begrijpt het niet.'

Gwen schoof haar benen onder zich vandaan en ging rechtop zitten. Met een ernstig gezicht keek ze me aan. 'Ik begrijp het wél. Wat denk je nou? Ik ben je beste vriendin, ik ken je beter dan wie dan ook. Maar dat wil toch niet zeggen dat het me gezond lijkt dat je je hier opsluit en leeft als een of andere kluizenares, samen met je kat? Hoe langer je jezelf zo afzondert, hoe moeilijker het wordt om je weer onder de mensen te begeven.'

Toen ik zweeg ging ze verder: 'En werk je eigenlijk weer? Dat zou je toch oppakken, zei je de vorige keer?'

'Ik heb mijn pauze nog even verlengd,' mompelde ik. 'Dat is het voordeel van freelancer zijn.'

Ze trok haar wenkbrauwen op. 'En dus heb je ook nog steeds een pauze in je inkomsten? Hoe lang ga je dat nog volhouden?'

'Ik heb genoeg spaargeld om een tijdje vooruit te kunnen,' zei ik kortaf. En dat was zo. Ik kon daar nog minstens een half jaar van rondkomen. Bovendien: ik zou toch niet in staat zijn om te werken. Alsof het me zou lukken om logische, samenhangende teksten te produceren. Het zou niet eens fair zijn tegenover mijn opdrachtgevers om in dit stadium opdrachten aan te nemen, ik zou ze toch alleen maar verprutsen. En daarmee zou ik mijn zorgvuldig opgebouwde reputatie nog beschadigen ook.

'Je ziet of spreekt behalve mij en je ouders helemaal niemand meer,' ging Gwen verder. 'Je moeder doet nota bene je boodschappen.'

'Nou en? Het hoeft voor mij allemaal niet meer, ik heb er geen zin meer in. Ik ben alleen en –'

'Nee,' onderbrak ze me scherp, 'dat is het nou juist: dat ben je niet. Je hebt mij, je hebt je ouders…'

'En dat is heel lief van jullie, maar wat heb ik daaraan? Zeg eens eerlijk: hoe lief ik jullie ook vind, wat heb ik daaraan?'

'We zijn er voor je als je dat nodig hebt.'

'Maar ik héb niemand nodig.' Mijn stem klonk harder dan mijn bedoeling was. Aan mijn voeten schrok Purr wakker en liep de kamer uit. 'Wat ik bedoel,' ging ik verder, zachter, 'is dat de enige die ik nodig heb Matt is, en die is er niet meer.'

'Dat weet ik.' Gwen legde haar hand op mijn knie. 'Ik begrijp je echt wel. Maar ik ben gewoon bang dat je eraan onderdoor gaat. Je zult het een plek moeten geven, Tender.'

Ik schudde mijn hoofd. 'Hou toch alsjeblieft eens op over "plek". Al leggen jullie honderd voetbalvelden naast elkaar, dan nog is er niet genoeg plaats om het een "plek" te geven.'

'Je hart heeft tijd nodig.'

'Mijn hart is een rottende puswond.'

Gwen liet haar hoofd hangen. 'Ik weet soms ook niet meer wat ik moet doen, hoor. Ik wil je helpen, maar je laat het niet toe.'

Ik zweeg.

'Laat me je dan op zijn minst eventjes meenemen om ergens een hapje te eten, al rijden we naar de McDrive!' stelde ze voor. 'Dan ben je er in elk geval even uit.'

Ondanks alles glimlachte ik. De Mac, onze goede, oude Mac. Hoe vaak we daar wel niet naartoe waren gereden vroeger, toen Gwen op haar achttiende als eerste van ons haar rijbewijs had gehaald en een klein, goedkoop Opeltje op de kop had weten te tikken. Ineens vonden we het geweldig stoer om minstens een paar keer per week door de McDrive te rijden en ons daarna in de auto te goed te doen aan het vettige maar o zo lekkere fast-food.

Gwen zag mijn glimlach. 'Is dat een ja?'

Maar ik schudde mijn hoofd. 'Nee, sorry.'

'We hoeven niet per se in de auto te blijven, we kunnen er ook even naar binnen stappen en daar op ons gemak gaan zitten. Lijkt dat je niet leuk?' probeerde ze toch nog. 'Ik heb eigenlijk best honger, en ik durf te wedden dat jij heus wel trek hebt in een groenteburger met frietjes. Of misschien...'

Haar woorden vervaagden, werden verdrongen door een flashback. De laatste keer dat ik daar binnen had gezeten, was toen Matt en ik net iets van een maand bij elkaar waren. Ik had hem meegenomen naar de boekpresentatie van een oud studiegenootje, en omdat de McDrive op de route terug lag had ik voorgesteld om daar even te stoppen voor een milkshake. Matt had zijn motor voor de deur geparkeerd en samen liepen we naar binnen, ik met een verhit hoofd door de helm die eindelijk even af was, snakkend naar de koelte van het drankje. Terwijl Matt in de rij stond om shakes te kopen, ging ik naar de wc. Toen ik eruit kwam stond Adam er. Hij had zijn armen over elkaar en stond blijkbaar op mij te wachten.

Ik zuchtte geïrriteerd en wilde demonstratief langs hem lopen, maar hij maakte zich breed en ging voor me staan.

'Wie is dat met wie je net binnenkwam?' wilde hij weten, nog altijd even jaloers. 'Is dat je nieuwe vriend?'

'Ja,' zei ik trots, luid en duidelijk. Ik sloeg ook mijn armen over elkaar.

Adam werd rood. 'Zo, zo. Nu al. Dat is snel.'

'Jij en ik zijn uit elkaar, Adam. Voorgoed dit keer, en ik voel me er geweldig bij. Dus wil je nu even opzij gaan zodat ik erdoor kan?'

'Ik had niet gedacht dat je mij al zo snel vergeten zou zijn,' mompelde hij. 'Blijkbaar heb ik me vergist.'

'Daar lijkt het wel op,' knikte ik vrolijk en ik liep glimlachend weg.

Later, toen Matt en ik naar de uitgang toe liepen, zag ik vanuit mijn ooghoek Adam aan een tafeltje zitten. Hij keek geërgerd en zijn nieuwe vriendin, blond en voluptueus, zat pruilend naast hem.

Matt volgde mijn blik. 'Die jongen zag ik net ook al,' zei hij. 'Hij liep achter jou aan toen je naar de wc ging.'

Ik rolde met mijn ogen toen ik hem vertelde dat Adam mijn ex was. 'Hij is een vreselijk jaloers type, terwijl hij zelf degene was die niet monogaam kon zijn. Ik ben blij dat ik van hem af ben.'

Toen we buiten stonden en Matt zich vooroverboog om zijn

motor van het slot te halen, observeerde ik hem. Zijn donkere haar glansde in de zon, en toen hij naar me opkeek lachte hij. Op dat moment besefte ik het voor het eerst: dit was hoe het voelde om van iemand te houden. Dit had ik nooit voor Adam gevoeld, zelfs niet een beetje. Dit was liefde.

Gwens stem trok me terug naar het heden. 'Je gaat dus niet mee?'

Ik keek haar aan.

'Volgende keer,' zei ik, maar we wisten allebei dat het een belofte was die ik niet zou nakomen.

Ik stond op van de bank en met zichtbare tegenzin deed Gwen hetzelfde. Even stonden we zwijgend tegenover elkaar. Toen zei ze: 'Als er toch iets is wat ik voor je kan doen, wat dan ook...' Ze maakte haar zin niet af maar boog zich naar me toe en sloeg haar armen om me heen.

Ik beantwoordde haar omhelzing.

's Avonds draaide ik Matts cd's. Ik luisterde tegenwoordig naar de muziek waar ik me eigenlijk nooit voor had geïnteresseerd toen Matt er nog was, want nu pas, nu de stem van zijn geliefde Bob Marley de woonkamer vulde met klanken uit gelukkiger tijden, begon ik zijn smaak te waarderen. Het was ironisch. Ik had geklaagd wanneer de muziek te hard stond, en het waren nu dezelfde songs die mijn herinneringen versterkten. En hoe vaak had ik hem 's nachts geen por gegeven als hij lag te snurken, terwijl het nu juist de stilte was die me wakker hield?

Zowel Gwen als mijn ouders hadden er eindelijk mee ingestemd dat ik kerst en oud en nieuw alleen zou doorbrengen, maar ze hadden het er moeilijk mee. Mijn moeder schudde haar hoofd en mompelde wat als ze bij me was en het onderwerp ter sprake kwam. Mijn vader had al een paar keer gebeld in een poging me alsnog op andere gedachten te brengen. Maar mijn besluit stond vast: ik zou thuisblijven. Zonder zinloze kerstboom of versiering, zonder wat dan ook. De laatste week van december ging eigenlijk vrijwel voorbij als alle andere weken, ik merkte er bijna niets van. De kaarten die mensen me stuurden en die door mijn moeder samen met de boodschappen naar boven werden gebracht, gooide ik weg. De afzenders bedoelden het ongetwijfeld goed, maar ik wist dat niemand een kaart van mij terugverwachtte. Wat zou ik er überhaupt op moeten schrijven? Alleen mijn naam? Die van Purr erbij, om het toch niet zo eenzaam en triest te laten lijken? Nee, ik zou gewoon helemaal niets sturen.

Zelfs Adam had het in zijn hoofd gehaald me een kaart te sturen. Op de achterkant had hij nota bene geschreven dat hij me veel 'sterkte' wenste in deze 'moeilijke tijd'. Van wie hij het had gehoord wist ik niet, maar het was typisch iets voor hem om uitgerekend in deze situatie toenadering te zoeken. Blijkbaar was hij weer single, want er prijkte geen andere naam naast de zijne op de kaart. Ik had zijn kerstgroet meteen in de vuilnisbak gegooid. Alleen al de gedachte aan hem maakte me misselijk.

Voor de derde keer zapte ik de kanalen langs en ik zuchtte. Het was oudejaarsavond en dat zouden de kijkers weten ook. In alle programma's werd druk teruggeblikt op het afgelopen jaar, op de hoogte- en dieptepunten, de grappige voorvallen en de drama's. Cabaretiers die 2008 op de hak namen, waarzeggers die het verloop van 2009 voorspelden en allemaal iets anders in het vooruitzicht stelden, en actualiteitenprogramma's die een selectie hadden gemaakt van de meest spraakmakende berichten uit een jaar dat over enkele uren voorbij zou zijn.

Bij de onderburen klonk gelach en daarbovenuit de hoge, drukke stemmen van kinderen. Er klonk muziek. Het geluid van gezelligheid. Overal in het land zaten mensen met oliebollen, appelflappen en poedersuiker bij elkaar voor de buis en stond de champagne klaar om als het twaalf uur was met een knal te worden opengetrokken. Er zou gekust worden, geproost en getoost op het nieuwe jaar. De vuurwerkpakketten waren weken geleden al in huis gehaald en stonden in de gang of in de schuur te wachten op het grote moment. De jaarwisseling: feest! Zou ik de enige zijn die alleen thuis was op dit moment? Die geen vuurwerk had en behalve Purr niemand om straks te omhelzen? De zelfgebakken oliebollen die mijn moeder me vanmiddag was komen brengen stonden in de keuken, nog keurig afgedekt onder het strakgespannen vershoudfolie. En ik wist dat mijn ouders me zouden bellen als het twaalf uur was. Gwen ook. Mijn telefoon lag al klaar, op de leuning van de bank.

Even zou ik niet helemaal alleen zijn.

Wat een contrast vormde deze avond met vorig jaar, toen

Matt en ik samen met Gwen en Sonya naar de Erasmusbrug waren getogen en daar samen met duizenden andere mensen hadden genoten van de optredende artiesten en het spectaculaire vuurwerk. Onbezorgd waren we elkaar om middernacht in de armen gevallen en hadden we elkaar een gelukkig nieuwjaar gewenst, onwetend van wat 2008 ons zou brengen. We hadden gedronken en gelachen, en al snel waren Matt en ik Gwen en Sonya kwijtgeraakt in de uitzinnige menigte.

Toen de muziek was afgelopen en honderden mensen tegelijk op zoek gingen naar een taxi, had Matt voorgesteld om de terugreis naar huis lopend af te leggen.

Verbaasd had ik hem aangekeken. 'Lopen? Weet je wel hoe ver dat is? En het is ijskoud!'

Hij had geglimlacht. 'Ik hou je wel warm.'

Even twijfelde ik, maar toen zag ik in dat hij gelijk had: het was beter om te bewegen dan hier midden in de nacht urenlang te blijven staan wachten tot er eindelijk een taxi vrij zou komen. En zo ver was het nu ook weer niet naar Zuidwijk. Als we stevig doorliepen konden we er binnen een uur zijn.

Met onze armen om elkaar heen liepen we door de prille eerste nacht van het nieuwe jaar. Boven ons spatten kleurrijke pijlen uiteen. Diep weggedoken in de kraag van onze jas maakten we een enorm romantische wandeling.

De tv kwam nauwelijks boven het geluid van de benedenburen uit, maar ik zette hem niet harder. In plaats daarvan zapte ik verder en keek met langzaam dichtvallende ogen toe hoe het televisiescherm van het ene uitbundige oudejaarsprogramma naar het andere sprong. Juist toen ik de tv wilde uitzetten, bevroor mijn duim boven de afstandsbediening. Snel zette ik het volume hoger en ik schoot overeind.

'It's absolutely amazing,' verkondigde de enthousiaste, Amerikaanse vrouw op Discovery Channel. Het nasale geluid van haar stem kakelde door de woonkamer. 'Wat u nooit voor mogelijk had gehouden, uw grootste wens, kunt u laten uitkomen als u eenmaal de kunst van het lucide dromen beheerst! Ik zei het zojuist al en ja, u heeft het goed gehoord: het weerzien met overleden dierbaren ís mogelijk!'

Ik stond op van de bank en ging voor de tv staan, eerst sceptisch maar met toenemende opwinding. Ik luisterde naar het verhaal van de vrouw, die geestdriftig uitlegde wat de methode van lucide dromen inhield en wat ermee te bereiken viel. De mogelijkheden waren eindeloos: men kon vliegen als een vogel of chocoladetaarten eten zonder een gram aan te komen. Ook praktische dingen, zoals van tevoren een sollicitatiegesprek oefenen zodat je tijdens het gesprek zelf minder zenuwachtig was, behoorden tot de opties. Eindelijk kwam het onderwerp dat mijn aandacht had getrokken en waar het allemaal om ging weer ter sprake. Lucide dromen, legde ze uit, betekende dat je in een droom alles ervoer alsof het echt gebeurde. En op zich was dat natuurlijk niet echt ongewoon, dromen leken op het moment dat je ze beleefde immers altijd echt, maar het grote verschil met een normale droom was dat je in de lucide variant zelf totale controle had over alles wat er gebeurde. Op die manier was het voor sommige mensen zelfs mogelijk om via zo'n lucide droom contact te leggen met overledenen.

Een kreet ontsnapte me, en terwijl ik de rest van het programma bekeek wipte ik van mijn ene voet op de andere. De techniek van lucide dromen kon je leren: er waren niet alleen cursussen voor, maar ook talloze boeken, handleidingen waarin stap voor stap werd uitgelegd hoe je de vaardigheid het beste onder de knie kon krijgen. Daarnaast waren er mensen die de gave van nature bezaten, die vaak al vanaf hun kinderjaren lucide dromen beleefden en voor wie het eigenlijk de normaalste zaak van de wereld was om hun dromen precies zo te kunnen sturen als zij zelf wilden.

Mijn god. Als het echt mogelijk was wat hier werd gezegd, als het echt mogelijk was voor míj, dan betekende dat dat ik weer met Matt samen zou kunnen zijn. Als het me lukte, als ik het voor elkaar kreeg om net als die andere mensen bedreven te raken in deze bijzondere vaardigheid, dan hoefde ik voortaan alleen maar mijn ogen te sluiten om hem bij me te hebben. En dan niet binnen de grenzen van mijn verbeelding, nee, volgens de vrouw zou het voelen alsof het echt was. Ik zou hem kunnen zien. Aanraken. Ruiken.

En het feit dat ik deze uitzending zag, dat ik precies op het juiste moment langs dit kanaal was gezapt, was een teken. Het was voorbestemd geweest dat ik dit zou zien. Het kon niet anders.

Toen het programma was afgelopen, zette ik de tv uit en pakte mijn laptop erbij. De bronnen op internet liepen over met informatie over dit onderwerp. Van mensen die de techniek beheersten en daardoor iedere nacht de geweldigste ervaringen hadden, tot emotionele berichten van een dankbare moeder die op deze manier haar overleden kind weer kon zien, en een man met oorlogstrauma's die voorheen geteisterd werd door nachtmerries maar daar nu van was genezen. Purr, die niet meer gewend was mij zo actief bezig te zien op mijn laptop, stak speels haar pootje naar me uit in een poging mijn vingers te grijpen. Zachtjes duwde ik haar weg en las verder.

Het was niet makkelijk, werd er gewaarschuwd. Er ging veel tijd zitten in het aanleren van de techniek, en volledige toewijding was noodzakelijk. Maar een volhouder kon zich de vaardigheid beslist toe-eigenen, als je het maar écht wilde en jezelf erop toelegde.

Ik zou erin slagen, daar twijfelde ik niet aan. Het moest. Dit ging me lukken en zelfs het feit dat ik eigenlijk helemaal nooit droomde zou me niet kunnen tegenhouden. Ik zou eenvoudigweg niet rusten voordat het me was gelukt.

Op internet bestelde ik het boek *Lucid Dreams in 30 Days* en voor het eerst in maanden krulden mijn lippen zich tot een glimlach. Ik had een missie.

Het was inmiddels tien voor twaalf. In de keuken haalde ik het folie van de schaal met oliebollen. De zoete geur van vet en deeg drong mijn neus binnen. Het waren vier bollen en mijn moeder had er in een los boterhammenzakje wat poedersuiker bij gedaan. Ik deed er twee op een klein bordje. Eén bestrooide ik met wat suiker, de andere liet ik kaal en sneed ik met een mes in kleine stukjes. Toen liep ik ermee de woonkamer in.

Purr, die gelukkig niet onrustig raakte door het vuurwerk dat al knalde, liep me nieuwsgierig tegemoet om te zien wat ik uit de keuken had meegenomen. Ik legde het bord met de in stukjes gesneden oliebol voor haar neer. Zelf nam ik een hap van de bol met poedersuiker. De smaak prikkelde mijn geheugen en beelden van voorgaande jaren schoten voorbij. Nooit eerder was ik op oudejaarsavond alleen geweest. Ik slikte de hap door en stak mijn kin in de lucht. Niet aan denken. Ik had nu een doel, een plan. En spoedig zouden Matt en ik weer samen zijn.

Om klokslag twaalf uur boog ik me naar Purr toe en gaf haar een zoen op haar neus. 'Gelukkig nieuwjaar, kitten.'

Terwijl we samen in bed kropen, barstte buiten het vuurwerk los.

Nadat ik mijn ouders en Gwen had gesproken, legde ik mijn telefoon weg en sloot mijn ogen.

Het boek over lucide dromen lag al zes dagen op mijn nachtkastje. Ik had het meteen op de eerste dag in een paar uur gelezen, ook al werd er in het boek aangeraden om precies dertig dagen voor de training uit te trekken. Dit proces versnellen kon averechts werken, maar toch had ik mezelf niet kunnen beheersen: het was simpelweg onmogelijk om nog eens dertig dagen te wachten nu ik wist dat er een manier bestond om Matt weer te zien. De dagen daarna had ik nauwkeurig alle hoofdstukken een voor een nogmaals doorgenomen en iedere oefening uitgevoerd die erin stond. Nou ja, bijna iedere oefening. Sommige moesten buitenshuis worden uitgevoerd en zoiets liet ik, na wat er was gebeurd in Keizerswaard, maar even aan me voorbijgaan.

Een van de oefeningen die ik helaas niet kon doen, was die waarbij je een rit in een drukke metro moest maken en de de andere passagiers moest observeren. Terwijl je dat deed moest je er de hele tijd bij stilstaan dat deze mensen ook iedere nacht droomden, en je vervolgens verbeelden hoe hun dromen eruit zouden zien. De achterliggende gedachte was dat je je op die manier bewust werd van het verschijnsel 'dromen' en dat je er daardoor de hele dag aan dacht. Dit zou de kans op het beleven van een lucide droom bevorderen, volgens het boek. Omdat de opdracht belangrijk was, bedacht ik een manier om hem toch te kunnen uitvoeren: ik creëerde mijn eigen versie van een drukke metro. Iedere dag zette ik de tv aan op een talkshow. Zodra het publiek in beeld kwam stelde ik me voor dat ik in het openbaar vervoer zat en dat de onbekende gezichten mijn medepassagiers waren. Om de fantasie te versterken deed ik mijn jas en schoenen aan en zette ik mijn tas op schoot.

Er waren ook oefeningen waar ik geen aangepaste variant voor kon bedenken, zoals het bijhouden van een droomlogboek. De cursist diende een schrift naast zijn bed te leggen waarin hij iedere ochtend bij het ontwaken meteen opschreef wat hij die nacht had gedroomd. Maar omdat ik mijn dromen nooit kon herinneren, bleef het schrift leeg.

Ruim drie weken later was er nog steeds niets gebeurd, maar ik wist dat ik niet mocht opgeven. Het idee dat ik Matt weer zou gaan zien was geen moment uit mijn gedachten en het zou me lukken, hoe dan ook. Het had alles al veranderd: het was niet meer vervelend om 's ochtends op te staan, er viel genoeg te doen. Hele dagen was ik bezig met het vergaren van informatie over lucide dromen en al liepen mijn zoektochten op Google op den duur in cirkels en las ik herhalingen van dezelfde feiten, toch bleef het opwindend. Ik zou het meemaken, het ging gebeuren. Ik moest gewoon geduldig zijn. Dat het me nog niet was gelukt, kon verschillende oorzaken hebben, en het zou naïef zijn om te verwachten dat het allemaal maar snel en moeiteloos zou gaan. Misschien duurde het wel zo lang doordat ik het boek veel te snel had uitgelezen, of kwam het doordat ik niet alle opdrachten naar behoren had uitgevoerd. En het was ook nog best mogelijk dat ik het gewoon te graag wilde en dat ik het daardoor ongewild ondermijnde. Maar als ik volhield, dan zou het lukken. Beslist.

Gwen blies in haar handen toen ze naar binnen stapte. Ze droeg een roze, wollen muts op haar hoofd en haar neus en wangen zagen rood. 'Het lijkt wel de ijstijd,' rilde ze. 'Wat is het hier lekker warm!'

Ik liep de keuken in om thee te zetten, en toen ik met de glazen weer in de woonkamer kwam zat ze op de bank. Purr lag spinnend bij haar op schoot en haar muts had ze afgezet. Haar blonde haren waren pluizig van de kou.

Dankbaar nam ze het theeglas aan en legde haar handen eromheen. 'Heerlijk,' zei ze. 'Eventjes ontdooien. Wat was het koud op de fiets, zeg.'

'Waarom ben je niet met de auto?'

'Die is bij de garage.' Ze nipte van haar thee en sloot genietend haar ogen. 'Ik heb er fietsend maar tien minuten over gedaan, maar mijn god, ik voelde me echt een ijspegel worden.' Ze nam nog een slok en glimlachte. 'Maar toch is het leuk dat we eindelijk weer een echte winter hebben, vind je niet? Gisteravond zijn Son en ik wezen schaatsen bij de Kanovijver. Dat was zo grappig. Ik had echt in geen jaren geschaatst en Son nog langer niet, dus we zijn een paar keer flink onderuitgegaan.' Ze lachte bij de herinnering, maar haar gezicht betrok toen ze mij aankeek. 'Sorry,' zei ze snel. 'Dat is lomp van me.'

Ik haalde mijn schouders op. 'Nee hoor. Je kunt me heus wel vertellen over de gezellige dingen die jullie samen doen, dat kan ik best aan. Ik vind het fijn voor je.'

Ze ontspande. 'Nou, als je wilt kun je vanavond met ons mee! Het is er 's avonds heel gezellig in dat deel van het park, met allemaal verlichting en zo. En ze hebben voorspeld dat het ijs nog minstens een week sterk genoeg zal blijven.'

Op het nieuws had ik gehoord dat er overal in het land ijs lag en dat Nederland volop aan het schaatsen was geslagen. Maar ijspret, warme chocomel, ze hadden hun aantrekkingskracht verloren.

'Misschien volgend jaar,' zei ik.

'Droom jij eigenlijk wel eens?'

Verbaasd keek ze me aan. 'Waar komt dat ineens vandaan?'

Ik haalde mijn schouders op. 'Ik vraag het me gewoon af.'

'Natuurlijk droom ik. Iedereen droomt toch? Dat is normaal.' Ze keek me onderzoekend aan. 'Hoezo? Heb je soms een nachtmerrie gehad, of zo?'

Ik schudde mijn hoofd. 'Nee, dat is het nou juist. Ik droom niet. Nooit.'

Ze keek ongelovig. 'Onzin, dat bestaat niet. Iedereen droomt, want anders raken je hersenen overspannen. Je kunt je ze waarschijnlijk gewoon niet herinneren, dat is iets heel anders.'

'Denk je?'

Ze knikte. 'Ja, want daar hebben meer mensen last van. Son kan zich bijvoorbeeld ook nooit herinneren wat ze heeft gedroomd. Maar hoe kom je daar zo ineens bij dan?'

'Niets bijzonders,' zei ik. 'Ik moest eraan denken door iets wat ik op tv zag. Ik weet niet meer precies wat het was.'

'Je zou ook blij kunnen zijn dat je niet herinnert wat je droomt, dan herinner je je in ieder geval ook geen nachtmerries,' merkte ze op.

'Heb jij daar nog steeds last van?'

'Yep. Nog steeds dezelfde. Niet iedere nacht, hoor, maar eens in de zo veel tijd duikt-ie weer gezellig op.'

Ik wist welke droom ze bedoelde. Het was een soort flashback van iets wat ze had meegemaakt toen we zestien waren. Gwens ouders waren gescheiden toen Gwen negen was en ze had haar vader sindsdien nauwelijks gezien. Al zo lang als ik Gwen kende klaagde ze over haar moeder, die altijd dronken was en tot diep in de nacht uitging. De keren dat ik Lilian, Gwens moeder, zelf zag was ze heel uitbundig en gezellig. Natuurlijk rook ook ik wel eens de zure nevel van alcohol om haar heen en hoorde ik, wanneer ik bij Gwen logeerde, hoe ze 's ochtends vroeg pas thuiskwam. We lagen dan wakker en luisterden naar de geluiden van haar gerommel in de badkamer, het gestruikel over haar eigen dronken voeten, en de diepe zucht waarmee ze vervolgens in bed plofte. Een dieptepunt brak aan toen Lilian het in haar hoofd had gehaald om mee te doen aan een datingshow op tv. Om de zenuwen te bedwingen had ze zichzelf van tevoren volgegoten met wodka, waardoor ze stomdronken bij het programma verscheen. Een paar jongens uit onze klas hadden de tv-show ook gezien en hadden Gwens moeder herkend van de ouderavonden. Gwen schaamde zich kapot. Maar het echte drama, de gebeurtenis waar Gwen in haar slaap nog steeds af en toe door werd achtervolgd, vond twee weken na die uitzending plaats. Het was vrijdagmiddag en ik ging direct vanuit school met Gwen mee naar huis omdat ik dat weekend bij haar zou logeren. Het weekend daarna zou zij bij mij komen, we wisselden het af. Mijn pyjama, tandenborstel en schone kleren zaten al in mijn rugtas en Gwen had op haar kamer een hele stapel films klaarliggen.

Toen we bij haar huis aankwamen, stond Lilians auto voor de deur.

Gwen fronste haar wenkbrauwen. 'Vreemd,' zei ze. 'Mijn moeder is nooit zo vroeg klaar met werken.'

Maar toen we naar binnen stapten was Lilian nergens te zien. 'Mam?' riep Gwen. 'Ik ben thuis! Waar ben je?'

Er kwam geen antwoord. We vonden haar uiteindelijk boven, op bed. Bewusteloos.

Gwen bleef kalm. Kalm terwijl ze 112 belde, kalm terwijl ze toekeek hoe haar moeders maag werd leeggepompt, kalm toen Lilian op een brancard werd meegenomen naar het ziekenhuis om daar voor de zekerheid, ter observatie, de nacht door te brengen. Maar ik zag de blik in haar ogen. Gwen was veel te vroeg volwassen geworden.

Daarna ging het langzaam beter met Lilian. Ze leek minder te drinken en er waren zelfs avonden waarop ze thuisbleef. Maar Gwen kon het niet vergeten. De gesprekken met de – volgens Gwen akelig bemoeizuchtige – sociaalpedagogisch werker over haar thuissituatie en of ze misschien toch niet liever bij haar vader wilde gaan wonen, irriteerden haar. 'Ik laat mijn moeder niet in de steek,' zei ze. 'Dat geintje heeft mijn pa haar al geflikt en dat ga ik niet herhalen.'

Wel bleef ze steeds vaker bij mij logeren in plaats van andersom. En in die weekenden kalmeerde ik haar als ze 's nachts in paniek wakker werd uit haar nachtmerries, dromen waarin ze haar moeder opnieuw bewusteloos op bed zag liggen.

'Het is niet echt,' zei ik dan sussend omdat ik niet wist wat ik anders moest zeggen.

Ze was er last van blijven houden. En zelfs nu, nu Lilian al jarenlang van haar drank- en pillenverslaving af was en Gwen een redelijk goede band met haar had, bleven de angstdromen haar achtervolgen.

'Hoe gaat het eigenlijk met je moeder tegenwoordig?' vroeg ik.

Gwen glimlachte. 'Uitstekend, gelukkig. Ze staat nu ergens achter de bar in een sportschool waar geen alcohol wordt geschonken, maar alleen vitamine- en proteïnedrankjes, en dat gaat volgens mij heel goed. Ze heeft het er in ieder geval naar haar zin.'

'Dat is fijn,' zei ik. 'En is ze nog steeds samen met die... hoe heette hij ook alweer... Dirk?'

Gwen trok een gezicht. 'Dat was drie maanden geleden, Tender. Die arme man is inmiddels natuurlijk *ancient history*. Nee, een tijdje geleden riep ze dat ze het gelukkigste is wanneer ze single is, maar dat heeft ze nog geen week volgehouden. Inmiddels heeft ze al weer een nieuwe lover. Simon heet hij, als ik het me goed herinner. Maar ik heb hem gelukkig nog niet ontmoet.'

Ik schoot in de lach. 'Sommige dingen veranderen nooit. Als ze maar happy is.'

Gwen knikte.

Ik zat op de rand van het bed, in een T-shirt van Matt. De zoveelste ochtend was aangebroken en weer had ik niets gedroomd. Mijn haar hing naar beneden, geklit door het vele draaien in mijn slaap terwijl ik op zoek was geweest naar de begeerde lucide droom. Al wist ik dat ik erin moest blijven geloven, toch voelde ik hoe er iedere ochtend bij het ontwaken weer wat hoop afbrokkelde. De bittere smaak van teleurstelling was steeds moeilijker weg te slikken. Misschien had ik me er te veel van voorgesteld en er te makkelijk over gedacht. Even een boekje lezen, in slaap vallen, en hup, Matt zou verschijnen. Natuurlijk kon het zo simpel niet zijn. Maar het moest kunnen, nog steeds, dat moest ik blijven geloven. Opgeven was geen optie, het ging om Matt. Ik deed blijkbaar iets verkeerd en het was tijd om erachter te komen wat dat was.

Ik pakte het boek van mijn nachtkastje. Met mijn vingertoppen gleed ik over de glanzende, blauwe kaft. Hoeveel mensen hadden deze handleiding gelezen en waren er vervolgens wél in geslaagd een lucide droom te ervaren? Zou het anders zijn gelopen als ik me strikt aan de instructies had gehouden in plaats van het ongeduldig en eigenwijs op mijn eigen manier aan te pakken?

Ik bladerde door het boek op schoot en kamde met mijn vingers de knopen uit mijn gespleten haarpunten. Hoe vaak had Matt deze lokken niet beetgepakt en zijn vingers erdoorheen gevlochten toen ze nog glansden?

Ik streek mijn haar achter mijn oren, veegde mijn ogen droog en rechtte mijn rug. Ik wist wat Matt tegen me zou zeggen als hij nu hier was. Hij zou me eraan herinneren dat ik moest volhouden, dat ik het moest blijven proberen. In gedachten hoorde ik hem. *Als je ergens in gelooft, dan kun je het.*

En hij had gelijk.

Het was tijd voor actie.

Zeker een kwartier stond ik voor mijn kledingkast. Ik liep al maanden rond in truien van Matt en mijn eigen kleren zagen er, zoals ze netjes opgevouwen in de kast lagen, bijna onherkenbaar uit. Alsof ze van iemand anders waren, iemand die deze kleren in een vorig leven had gedragen.

Uiteindelijk haalde ik een witte coltrui tevoorschijn en trok hem aan. Wat zat hij strak vergeleken met de truien van Matt. Maar zo nauwsluitend als vroeger sloot de stof niet meer om me heen, ik was afgevallen.

Toen ik ook een spijkerbroek had aangetrokken, staarde ik naar mezelf in de spiegel. Wat vreemd om mezelf weer zo te zien. Het was bijna alsof de oude Tender even was langsgekomen. Maar in mijn ogen zag ik twijfel. Wist ik wel zeker dat dit een goed idee was? Stel dat ik weer instortte?

Nee, niet aan denken. Ik moest dit doen, ik wist het, ik moest het op z'n minst proberen. Alleen dan zou ik zeker weten dat ik er alles aan had gedaan.

Purr keek verbaasd op toen ik mijn jas aantrok en mijn laarzen dichtritste. 'Ja, je ziet het goed,' knikte ik trots, 'ik ga even weg.'

Ik bukte om haar een kus op haar neus te geven en deed de voordeur open. De felle winterzon prikte in mijn ogen en van de straat kwam het geluid van voorbijrijdend verkeer. Meteen deed ik de deur weer dicht en draaide me om. Purr staarde me met grote ogen aan.

Mijn hart bonkte. Het was geen goed idee, dit kon ik niet. De buitenwereld, overvol met mensen, was een plek geworden die te ver afstond van de beschutte veiligheid in huis. Het idee alleen al om er zelf in rond te lopen maakte van mijn col een strop en benam me de adem.

Even sloot ik mijn ogen. Ik zuchtte. Ik moest me verdomme niet zo aanstellen. Dit moest ik doen, het was noodzakelijk en ik kon het. Als ik Matt echt weer wilde zien, dan was dit wel het minste wat ik ervoor moest overhebben. Kom op, zeg.

Ik pakte de deurknop weer beet. Koude lucht drong door de kier toen ik de deur voor de tweede keer langzaam opende. Toen zwaaide ik hem in één beweging helemaal open en stapte snel en resoluut naar buiten. Ik trok hem achter me dicht, haalde diep adem en begon aan mijn reis.

Wat vreemd om hier weer te lopen, op de galerij, na al die tijd. Om laarzen aan te hebben, om buitenlucht in te ademen. Onwennig daalde ik de trappen af en liep het gebouw uit.

Gwen had gelijk gehad, het was inderdaad ijskoud, en mijn lichaam was totaal niet voorbereid op de vorst die door mijn jas en zelfs mijn trui heen drong. Toch liep ik met stevige, vastberaden stappen door. Het tapijt van dikke, droge sneeuw kraakte onder mijn voeten.

Ook op het perron was het koud. Ik had metrostation Slinge uitgekozen als startpunt voor de oefening, en volgens het elektronische bord dat boven me hing zou er over drie minuten een metro aankomen.

Verbeeldde ik het me, of staarde weer iedereen naar me, net

als in Keizerswaard? Zouden ze aan me kunnen zien dat ik bijna een half jaar niet buiten was geweest? Misschien was mijn houding stroef, of was ik door het gebrek aan lichaamsbeweging van de afgelopen tijd zonder dat ik het wist raar gaan lopen. Maar toen ik nog een keer om me heen keek, zag ik dat in feite geen van de mensen op het perron hun blik langer dan een seconde op me liet rusten. Ze sloegen even hun ogen op om te zien wie er langsliep, maar dat was alles. Daarna keken ze weer op de telefoon in hun hand, het informatiebord, of gewoon recht voor zich uit. Druk was het niet, zag ik toen ik stilstond: slechts een moeder met een kind in een buggy, een schooljongen met een capuchon op en een luidruchtige mp3-speler, en nog een stuk of drie kleumende wachtenden.

Toen de metro kwam aanrijden en de deuren opengingen, stapte ik als laatste in. Snel keek ik om me heen om te zien wat de meest geschikte plek zou zijn om te gaan zitten, maar eigenlijk was het beter om te blijven staan. Bij de deur had ik een goed overzicht over de wagon en zou ik de opdracht uit het boek optimaal kunnen uitvoeren. Ik zou in deze metro blijven staan tot het eindpunt Centraal Station en daarna terugkeren naar Slinge. Dan zou ik er alles bij elkaar ruim drie kwartier in zitten, en dat zou me genoeg tijd en mogelijkheid bieden om te doen wat ik moest doen. Zo moeilijk was het niet: ik hoefde alleen maar de andere passagiers te bestuderen en me voor te stellen waar zij vannacht over zouden dromen. Zoiets kon niet mislukken.

De metro ging rijden. Niemand keek naar me, en de benauwde waanbeelden van mijn laatste uitstapje bleven me dit keer gelukkig bespaard. Eigenlijk voelde ik me best kalm. Natuurlijk was het onwennig om me onder de mensen te begeven, maar ik had het onder controle. Zelfs het groeiende besef dat ik met iedere seconde die verstreek verder van huis en Purr vandaan raakte, was minder eng dan ik had verwacht. Ik wist waar ik het voor deed, en het doel was veel belangrijker dan de weg ernaartoe.

De puber met de capuchon zat een paar meter verderop met zijn rug naar me toe. Het volume van zijn mp3-speler was nog steeds hoog. Een blonde vrouw die op het bankje voor hem zat, keek geïrriteerd naar hem om, maar de jongen deed alsof hij het niet zag en trommelde ritmisch met zijn vingers op de zitting van de stoel naast hem. Waar zou hij over dromen vannacht? Over zijn vriendinnetje? Voetbal, computergames, wiet? Seks met zijn lerares Frans? En de blondine die voor hem zat, wat zou zij vannacht beleven? Haar gezicht had er, in die ene seconde waarin ze geërgerd haar hoofd had omgedraaid, dof en vermoeid uitgezien. Misschien had ze wel last van nachtmerries. Over haar baas. Of over haar vriend, die haar bedroog. Of misschien was haar kind ziek. De mogelijkheden waren eindeloos.

Toen we station Zuidplein binnenreden stapte de jongen uit, zijn hoofd bewegend op de maat van de bas in zijn oren. Het geluid vervaagde terwijl hij wegliep. De blonde vrouw keek hem na, haar mondhoeken naar beneden gericht.

Bij station Maashaven stapte een lange vrouw met een zwaar opgemaakt gezicht de metro in. Haar bruine haar was strak achterover getrokken met een haarband en op haar rug hingen lange krullen. Ze droeg brede, ronde oorbellen, die aan weerszijden van haar hoekige gezicht bungelden. Ze ging op het lege bankje naast de blondine zitten, aan de andere kant van het gangpad. Deze rij zitplaatsen stond mijn richting op, en automatisch kruiste haar blik kort die van mij. Ik sloeg mijn ogen neer.

Helaas had ze meteen in de gaten dat ik nog eens naar haar keek, want weer keek ze op en troffen haar ogen opnieuw de mijne. Ik wendde mijn blik snel af, maar toen ze me voor de derde keer betrapte, schraapte ze haar keel.

'Is er iets?' informeerde ze luid. Ze had een zware stem.

De blonde vrouw in de andere rij keek nieuwsgierig om. Ik voelde dat ik kleurde, maar ik zei niets. Ik zou gewoon doen alsof ik niet begreep dat ze het tegen mij had. Misschien moest ik bij de volgende halte maar even uitstappen en dan in een ander gedeelte van de metro weer instappen, zodat ik wat nieuwe mensen zag.

'Hé! Hoor je me niet of zo?'

Meer reizigers keken om. Een groepje van vier tienermeisjes giechelden toen ze zagen wie er met zo'n harde stem sprak. 'Da's een vent,' hoorde ik een van hen roepen.

Ik werd nog steeds met opgetrokken wenkbrauwen aangekeken. 'Nou? Ik vroeg je wat.'

Maar ik schudde slechts mijn hoofd en keerde haar mijn rug toe. Het laatste waar ik nu op zat te wachten was een publieke ruzie met een heetgebakerde travestiet.

Het geluid van driftige hoge hakken kwam mijn kant op. Een stevige hand werd op mijn schouder gelegd. 'Kun je geen antwoord geven?' bulderde ze in mijn oor.

Zuchtend draaide ik me om. Het meidengroepje bekeek het tafereel verrukt. De dragqueen stond zo dicht bij me dat ik de donkere stoppels onder haar dikke make-up kon zien. Haar adem rook naar nicotine en vanonder haar zwarte kunstwimpers nam ze me ongeduldig en vragend op.

'Er is niets,' mompelde ik.

'Waarom zit je dan de hele tijd zo naar me te kijken?' wilde ze weten. 'Staat het je niet aan hoe ik eruitzie, of zo?'

Ik zweeg. Ze zou me toch niet geloven als ik haar vertelde dat ik andere mensen moest bestuderen voor mijn cursus lucide dromen.

'Je bent gewoon een lelijk monster!' riep een van de meisjes, de dikste van het stel. Haar vriendinnen lachten uitgelaten.

De travestiet werd rood in haar nek. Maar in plaats van zich om te draaien en haar woede af te reageren op de persoon die de kwetsende opmerking had geplaatst, boog ze zich naar mij toe en zwaaide wild met haar vinger voor mijn gezicht. Haar nagels waren lang en rood. 'Vind jij twee wereldoorlogen soms niet genoeg?' krijste ze. 'Kun je mensen soms niet accepteren hoe ze zijn? Vuile verraadster!'

Ik deed een stap opzij om te voorkomen dat haar nagel in mijn oog zou prikken. 'Eigenlijk keek ik naar je omdat ik vind dat je mooi haar hebt,' zei ik rustig. 'Dat is alles.'

De tieners gilden het uit van hilariteit, maar mijn compliment was oprecht. Ze had een mooie pruik op en het was duidelijk dat ze ook aan de rest van haar verschijning veel aandacht had besteed.

Even kneep de diva haar ogen samen. Toen draaide ze zonder verder nog wat te zeggen met een ruk haar hoofd om en liep met grote passen weg, heupwiegend het gangpad door. Haar plateauhakken dreunden door de metro. Toen ze bij de andere kant van de metro was aangekomen bleef ze bij de deur wachten tot we station Leuvehaven binnenreden, en daar stapte ze met opgeheven hoofd uit.

Ook ik verliet de metro, maar op het perron bleef ik staan. De volgende zou al over vier minuten komen, zag ik op het bord. Mooi. Daarin zou ik een nieuwe poging wagen.

Vanuit mijn ooghoek zag ik de travestiet op de roltrap staan, haar hoofd nog steeds geheven, haar lichaam groot en fier.

In de volgende metro en ook op de terugweg naar Slinge ging het beter. In plaats van te staan ging ik zitten, licht onderuitgezakt en met mijn haar langs mijn gezicht, zodat ik vanuit mijn ooghoek onopvallend en op mijn gemak de andere passagiers kon bekijken.

Toen ik een klein half uur later mijn flatgebouw weer in liep, voelde ik dat ik glimlachte. Ik had iets gedaan wat ik een paar weken geleden niet voor mogelijk had gehouden, en het was, op het ongelukkige misverstand met de dragqueen na, nog helemaal goed gegaan ook. Ik kon eindelijk resultaat verwachten.

Voordat ik naar bed ging, bladerde ik nog eenmaal door het boek over lucide dromen. Nu ik de belangrijke opdracht in de metro had uitgevoerd was er geen enkele reden meer waardoor het nog zou kunnen mislukken. Er bleven nog wel steeds een paar oefeningen over die me niet waren gelukt, zoals het bijhouden van dat vervloekte droomlogboek, maar daar kon ik niets aan doen. Op internet had ik een handige spreuk gevonden die, als ik de site moest geloven, mijn kansen vannacht zou vergroten. Ik sprak hem hoopvol uit toen ik in bed lag, met geopende ogen. De opgewonden kriebel in mijn buik was het laatste wat ik voelde voordat ik in slaap viel.

Het was niet voor het eerst dat ik 's nachts wakker werd van een geluid. De slaapkamer bevond zich aan de galerijkant van de flat waardoor het er niet altijd even stil was. Meestal draaide ik me op zo'n moment om, trok het dekbed wat hoger over mijn oren en sliep verder. Maar dit keer was het anders. Dit keer hield het geluid aan en klonk het te dichtbij om van de galerij te komen.

Ik ging rechtop zitten, met open ogen. Naast me lag het warme lijfje van Purr, die in diepe slaap was verzonken. Zij had nog niets gehoord. Het geluid leek te ver weg om in deze kamer te zijn. Was het dan toch van buiten? Nee. Het leken wel…

Voetstappen! Dat was wat ik hoorde.

Er waren mensen in mijn flat!

Ik sloeg mijn hand voor mijn mond om de schrik te smoren. Hoe waren ze hier binnengekomen?

Snel slingerde ik mijn benen over de rand van het bed, klaar om op te springen, maar ik bleef toch zitten. Want misschien zou het beter zijn als ik juist weer ging liggen en mezelf slapende hield. Dan konden de inbrekers hun gang gaan en stilletjes weer vertrekken, zonder te weten dat ik ze had gehoord.

Nee, dat was veel te passief. En stom. Ze zouden voordat ze

vertrokken de slaapkamer kunnen betreden en mij voor de zekerheid de keel doorsnijden. En dan zou ik doodbloeden, mezelf vrijwillig hebben overgeleverd als een weerloos slachtoffer. Ik dacht het niet. Niet dat doodgaan erg zou zijn, hoe eerder hoe liever zelfs, want dat was de enige echte methode om weer bij Matt te komen, maar dan wel op mijn eigen manier en niet door de kwade handen van een vreemdeling. Nee, ik moest me ergens verstoppen. Onder het bed!

De voetstappen liepen door de gang en kwamen dichterbij, ik kon ze duidelijk horen. Ze waren afkomstig van één persoon.

Matt, schoot het door me heen. Maar dat kon niet. Niet alleen was dat onmogelijk, dit klonk bovendien niet eens als Matt. Ik zou zijn voetstappen, zijn manier van lopen, meteen herkennen en dit was duidelijk iemand anders.

Fuck! Hoe vaak al had ik me niet voorgenomen een mes in mijn nachtkastje te bewaren of iets anders waarmee ik mezelf zou kunnen verdedigen in dit soort gevallen? Waarom had ik dat steeds weer voor me uitgeschoven terwijl ik het nu zo hard nodig had? Deze man wist natuurlijk dat ik alleen woonde, en zodra hij ontdekte dat er behalve een laptop en de dvd-speler weinig waardevols te halen viel, zou hij zijn frustratie daarover afreageren door zich op mij te storten!

Ik griste mijn telefoon onder het kussen vandaan en sloop op mijn tenen naar de slaapkamerdeur. Ik wist wat ik moest doen: stevig de deur sluiten en er van binnenuit met al mijn kracht tegenaan blijven staan om te voorkomen dat de man kon binnenkomen. En dan de politie bellen.

Ik stak mijn arm uit naar de deurklink. Ik zou de deur zo zachtjes sluiten dat de inbreker me niet zou horen. Hopelijk kon ik hem lang genoeg tegenhouden totdat de politie arriveerde. En dan –

Ik schrok zo hard dat ik mijn mobiel uit mijn handen liet

glippen. Met een klap viel hij op de grond. Ik raapte hem niet op maar bleef verstijfd staan.

De man die tegenover me stond, vaag zichtbaar in het maanlicht dat vanuit de woonkamer de gang in scheen, keek me recht in mijn ogen aan.

De deurklink lag als bevroren in mijn hand, en ergens was er een rationeel besef van wat ik eigenlijk moest doen: de inbreker wegduwen en de deur alsnog dichttrekken, en dan het alarmnummer bellen en gillen dat ze meteen moesten komen.

Maar in plaats daarvan bleef ik staan, als aan de grond genageld, en de inbreker en ik staarden elkaar zwijgend aan. Ik kon hem niet scherp zien, maar hij leek nog vrij jong, misschien een paar jaar ouder dan ik, ergens eind twintig of begin dertig. Waarom had hij uitgerekend mij uitgekozen om te komen bestelen? Snel inspecteerde ik zijn handen. Geen wapen. Zijn armen hingen rustig naast zijn in een zwart T-shirt gestoken bovenlichaam, en een jas droeg hij niet. In de zijzak van zijn spijkerbroek leek niets te zitten, maar wat zei dat? Misschien bewaarde hij het mes of pistool wel in zijn achterzak.

'Ik ben Cal,' verbrak hij plotseling de stilte. Zijn stem klonk zo onverwachts dat ik me wezenloos schrok. 'Ik wilde je niet laten schrikken, sorry.'

'Niet laten…' Ik voelde het bloed naar mijn hoofd stijgen en me uit de bevriezing van de shock trekken. Mijn lichaam functioneerde weer, en ik drukte op het knopje aan de muur om het licht aan te doen. De grote lamp aan het plafond sprong aan en de man knipperde met zijn ogen. Hij kwam me vaag bekend voor, maar ik had geen idee waarvan. 'Wat doe je dan hier?' vuurde ik op hem af. 'Wie ben je? Wat wil je van me? Ik bel de politie!'

'Ssstt…' Hij stak zijn hand naar me uit, maar meteen liet ik de deurknop los en deinsde ik achteruit. Ik struikelde bijna over Purr, die zich achter me had verscholen. Ik vloekte, want doordat ik de deur had losgelaten was mijn ontsnappingskans drastisch verkleind. 'Blijf bij me vandaan!' beval ik op hoge toon. 'Je hebt hier niets te zoeken. Zeg maar wat je wilt hebben en maak daarna dat je wegkomt.'

'Je denkt dat ik een inbreker ben,' constateerde hij geamuseerd. Hij glimlachte en deed een stap naar me toe.

'Sta stil! Als je nog één centimeter dichterbij komt bel ik de politie, ik zweer het.'

Veelzeggend keek hij naar de grond. Ik volgde zijn ogen en zag mijn telefoon liggen, die door de val in twee stukken was gebroken. O ja. Fuck.

Toen ik weer opkeek, scande ik zijn bouw. Hij was een stuk langer dan ik en steviger ook, het was duidelijk dat ik het in een handgemeen tegen hem zou afleggen. We staarden elkaar aan, ik door samengeknepen ogen en hij nog steeds met een kalme glimlach. Wat was er zo grappig? Mijn god, hij was gek. Ik had hier met een gek te maken. Een gevaarlijke gek!

'Ik ben geen inbreker of crimineel,' zei hij rustig. 'En je hoeft ook niet bang te zijn. Ik ben hier omdat jij me hebt geroepen.'

Geen twijfel meer mogelijk: hij was gestoord. Snel knielde ik en raapte de helften van mijn mobiel op. Toen ik overeind kwam zwaaide ik ermee voor zijn hoofd. 'Ik ga de politie bellen.'

Onbewogen keek hij toe hoe ik de accu en de andere onderdelen in elkaar klikte. Toen zei hij: 'Denk eens aan wat je tegen jezelf zei, Tender, voordat je ging slapen.'

Ik kreeg kippenvel. Hoe wist hij mijn naam?

'Voordat jij naar bed ging,' zei hij, 'voordat je je ogen sloot, waren je laatste woorden: "Vannacht zal ik een ontmoeting hebben met wie is heengegaan." Klopt dat?'

Mijn god, hoe lang was hij hier al dat hij dat had kunnen horen?

'Je denkt toch hopelijk niet echt dat ik zat te hopen op een bezoekje van jóú, of wel?' Ik wachtte zijn antwoord niet af, maar ging meteen verder: 'Het was een spreuk, dat is alles! Ik ben bezig een bepaalde manier van dromen onder de knie te krijgen en die tekst was een nieuwe poging, daarom zei ik dat!'

Hij hield zijn hoofd schuin. 'En? Heeft het gewerkt?'

'Nou, dat weet ik nu dus niet. Omdat ik wakker werd van jouw voetstappen voordat het me kon lukken om te dromen, begrijp je?'

Hij keek me geamuseerd aan. 'Hoe kom je erbij dat je wakker bent?'

'Hoe kom ik... wát? Hoe bedoel je dat?'

'Wie zegt er dat je wakker bent? Waar baseer je dat op? Misschien droom je dit wel.'

'Doe niet zo idioot. Ik weet heel goed het verschil tussen wakker zijn en dromen.'

Hij trok een wenkbrauw op. 'Echt?'

Het volgende moment was hij weg. Verdwenen. Poef. Alsof hij er nooit had gestaan. Ik wreef in mijn ogen, keek de gang in, maar zag niets. Ook Purr keek verward om zich heen. Toen er achter me ineens een hand op mijn schouder werd gelegd, slaakte ik voor de tweede keer deze nacht een gil die zo luid was dat mijn oren ervan suisden. Met een ruk draaide ik me om.

Hij glimlachte. 'Als je wakker was, had dit dan kunnen gebeuren?'

'Hoe deed je dat?' Ik liep een paar passen bij hem vandaan. Hier was iets goed mis, hier was iets zeer ernstig en zwaar mis. Dit klopte niet.

'Alles kan, Tender, in je droomwereld.'

'Maar ik droom dit niet!' zei ik. 'Ik droom nooit en bovendien: ik weet toch zeker zelf wel dat ik wakker ben! Ik snap alleen niet hoe je dat trucje deed, nu net, wat is dit voor een idioot spelletje?'

'Ik deed het zodat jij zou inzien dat dit wel degelijk een droom is. Misschien dat ik je nu kan uitleggen wat er aan de hand is.'

Ik klapte mijn telefoon dicht en deed mijn armen over elkaar. 'Goed,' zei ik. 'Ik luister.'

Toen hij was uitgepraat staarde ik voor me uit. Tijdens zijn verhaal had ik hem mee naar de woonkamer genomen, waar we samen op de bank waren gaan zitten. Midden in de nacht. Deze hele situatie was volslagen krankzinnig en toch voelde ik inmiddels dat ik niet in gevaar was. De man die hier naast me zat had geen kwade bedoelingen. Maar kon het waar zijn wat hij beweerde? Van opzij keek ik naar hem. Hij wachtte geduldig mijn reactie af, met zijn handen in zijn schoot.

'Dus als ik het goed begrijp,' zei ik langzaam, 'dan is dit allemaal een droom. Jij, en dat we hier zitten, alles gebeurt slechts in mijn droom.'

Hij knikte. 'Precies.'

'Maar is dit dan dus eindelijk een lucide droom? Want daar wacht ik al heel lang op, begrijp je. Alleen had ik het me eerlijk gezegd wel een beetje anders voorgesteld.'

Cal glimlachte. 'Nee, dit is geen lucide droom. Als het er wel een was, dan zou jij zelf totale controle hebben over alles wat er gebeurt en zelfs over mij. Maar je zult waarschijnlijk nog iets beter moeten oefenen voordat je die techniek onder de knie krijgt. Dit kun je het beste vergelijken met de wereld waar je normaal gesproken ook in leeft. Alleen ben je er nu in je droom, met mij erbij, en strakjes ook met Matt.'

Want de reden dat hij mij had bezocht, vertelde hij, was omdat hij me kon helpen om Matt weer te zien. Maar ik schudde spijtig mijn hoofd. 'Ik wou dat ik je kon geloven, echt. Er is werkelijk niets wat ik liever zou willen dan weer bij Matt te zijn. Maar ik kan het niet. Want dit bestaat niet, wat er gebeurt. Het is gewoon te vreemd.'

'Het is logisch dat je dat denkt en het geeft niet,' zei hij rustig. 'Je zult het straks vanzelf zien, Tender. Jouw dromen zijn de ideale manier voor jullie om weer samen te zijn, om de realiteit te omzeilen. Begrijp je dat? Alles kan in een droom. Als je slaapt staan er poorten open die je in je wakkere staat nooit zou weten te vinden.'

Zwijgend keek ik hem aan. Hij leek zo compleet overtuigd van wat hij zei. En hij wist Matts naam, hij wist mijn naam. Al betekende dat natuurlijk niet veel, iedereen had die gegevens kunnen achterhalen. Maar toch...

'Ik ben er om jouw vriend naar je toe te brengen,' legde hij uit. 'Zonder mijn hulp kan hij namelijk niet komen.'

Toen hij mijn vragende blik zag, verduidelijkte hij zichzelf. Hij, Cal, was gestorven in zijn slaap, en zielen die in hun slaap overleden konden niet oversteken naar de andere kant. Ze bleven, soms voor eeuwig, vastzitten in het droomuniversum. Daardoor had ik, toen ik voordat ik in slaap viel had gevraagd om een ontmoeting met 'wie is heengegaan', per ongeluk Cal opgeroepen in plaats van Matt. En dat was logisch, verklaarde Cal. Want als ik sliep, of beter gezegd: als ik droomde, bevond ik me in Cals wereld. En vanuit die wereld was het, voor hem dan, wél mogelijk om contact te krijgen met die van Matt.

Ik drukte mijn handen tegen de zijkant van mijn hoofd om het duizelen terug te dringen. Dit was wel heel veel informatie in één keer.

'Wacht even,' zei ik. 'Want wat jij zegt klopt niet. Matt is namelijk óók gestorven in zijn slaap. Dus dan zou hij toch ook hier moeten zijn, net als jij, opgesloten in het droomuniversum, zoals jij het noemt?'

Cal schudde zijn hoofd. 'Dat is niet het geval. Jouw verloofde sliep niet toen zijn lichaam ermee ophield, hij was wakker.'

'Wát?'

Hij keek me spijtig aan. 'Ik dacht dat je dat wist.'

'Maar dat kan niet,' zei ik. 'Hij lag naast me in bed. We lagen te slapen. De dokter heeft zelfs gezegd dat Matt er niets van heeft gemerkt, dat hij geen pijn heeft gehad, dat hij in zijn slaap is overleden!'

'Het hoeft maar een seconde te hebben gescheeld... Hoe is het gebeurd?'

In het kort vertelde ik hem over de hersenbloeding, en ik schoof terwijl ik sprak onwillekeurig een stukje bij deze man vandaan. Waarom zou ik hem geloven als hij dit soort dingen zei? Ik wist dat het niet waar was.

Maar toen ik in zijn ogen keek, zag ik dat hij de waarheid had gesproken. Ik zag het, verdomme. Mijn arme Matt was wakker geweest toen het gebeurde, hij had bewust meegemaakt dat hij stierf. En dat terwijl ik onverstoorbaar naast hem had gelegen. Mijn ogen prikten en ik wendde mijn hoofd af. Waarom had hij me niet wakker gemaakt? Hoe was het mogelijk dat ik er niets van had gemerkt? Was het zo vlug gegaan?

Er rolde een traan over mijn wang en geagiteerd veegde ik die weg.

Juist toen ik wilde opstaan om mijn neus te snuiten, zei Cal: 'Maar nu kun je hem weer zien, Tender.' Zijn stem klonk bemoedigend en hij pakte mijn hand. 'En dat wilde je toch? Daar gaat het om, denk dáár eens aan!'

Ik liet toe dat hij mijn hand vasthield en me kalmeerde met

zijn zachte stem. Mijn hoofd was nog steeds draaierig. Het was te veel allemaal. Ik wist niet meer wat ik moest geloven, wat echt was en wat niet, waar dit allemaal op sloeg en –

'Dus je bent er klaar voor?' vroeg Cal voorzichtig. 'Of heb je wat meer tijd nodig?'

Ik keek hem aan en haalde diep adem. Met mijn vrije hand veegde ik mijn ogen droog. 'Ik ben er klaar voor.'

'Goed.' Hij liet mijn hand los en stond op. 'Als je…' Hij leek verstoord en keek achter zich.

Een geluid. Even wist ik niet wat het was, maar toen herkende ik het. 'Dat is mijn telefoon,' zei ik. 'Ik…'

Het volgende moment was alles zwart.

Ik opende mijn ogen. Het was donker. Ik lag in bed. Het geluid van mijn telefoon klonk hard. In een reflex stak ik mijn hand naast me onder het kussen.

GWEN, stond er in het display. Waarom belde ze me in vredesnaam midden in de nacht op?

Ik drukte op OK en hield de telefoon tegen mijn oor, mijn hoofd nog op het kussen. 'Hoi.'

'Hé! Wat klink je suf! Ik bel je toch niet wakker, hoop ik?'

'Eigenlijk wel,' mompelde ik. 'Hoe laat is het?'

'Bijna half negen!' klonk haar frisse, opgewekte stem. 'Ik sta op de bus te wachten. De auto is nog bij de garage en omdat het nog zeker tien minuten duurt voordat de bus komt, dacht ik: weet je wat, ik bel Tender even!'

'Ik ben vereerd,' zei ik. Ik sloot mijn ogen. Beelden van de afgelopen nacht drongen zich op. Voor het eerst in mijn leven kon ik me herinneren wat ik had gedroomd. In gedachten hoorde ik de stem van Cal. *Ik kan je naar Matt brengen. Ben je er klaar voor?*

'Hallo? Tender, ben je er nog? Of ben je weer in slaap gevallen?'

Met mijn linkerhand wreef ik in mijn ogen. 'Wat? Ja, ik ben er nog. Sorry. Eh, Gwen, ik bel je later terug, is dat goed?'

'Is alles wel in orde?' vroeg ze bezorgd. 'Je klinkt een beetje vreemd.'

'Alles is oké,' zei ik. 'Maar mijn batterij is bijna leeg. Ik spreek je later!'

Toen ik haar had weggedrukt ging ik rechtop zitten en propte het kussen in mijn rug. Purr, die naast me lag, werd wakker en liet met een lome gaap haar puntige tandjes zien. Zij was erbij geweest, vannacht. Had zij het ook gedroomd?

In één beweging sloeg ik het dekbed van me af en stond op. Ik liep de woonkamer in. Daar was de bank waar ik met Cal op had gezeten. Er was niets aan te zien, niets wat bewees dat de gebeurtenissen van vannacht iets anders dan een droom waren geweest. Het kussen dat ik bij me op schoot had getrokken en waar ik mijn armen omheen had geslagen terwijl hij me over Matt vertelde, lag onaangeroerd in de hoek waar het altijd lag. Ik had het gedroomd, dat was duidelijk. Maar was het desondanks echt geweest? Bestond dat?

Ik schudde mijn haren los uit hun nachtvlecht, wat een acute hoofdpijn veroorzaakte. Kreunend ging ik op de bank zitten en ik drukte met mijn vingertoppen tegen mijn voorhoofd. Nadenken, moest ik. Goed nadenken. Het belangrijkste was dat ik wist dat het wel degelijk mogelijk was. Want ook al had ik nog steeds geen lucide droom gehad, ik had wél bijna Matt weer gezien. En eigenlijk moest ik het gewoon nog een keer proberen, zo snel mogelijk, nu onmiddellijk eigenlijk, want nu hing de droom nog om me heen en was de kans dat het zou lukken het grootst. Douchen en eten kon straks ook nog, eerst moest ik weer in slaap vallen. Terug naar Cal. Afmaken wat er net in gang was gezet.

Ik trok mijn benen op, legde mijn hoofd op de zijleuning van de bank en sloot mijn ogen. Zachtjes prevelde ik de spreuk die gisteravond kennelijk had geholpen om Cal op te roepen. En ik wachtte. Ik wachtte terwijl de klok tikte, ik wachtte terwijl er een motor door de straat reed. Toen er bij een van de buren een spijker in de muur werd geslagen en er ergens anders een baby begon te huilen, wachtte ik nog steeds. En zelfs toen Purr me kopjes kwam geven reageerde ik niet, maar draaide ik me in plaats daarvan om, mijn ogen nog steeds gesloten.

In gedachten riep ik om de droom, de slaap, maar er gebeurde niets.

Mijn lichaam was uitgeslapen.

Onder de douche werd mijn hoofd helder. Langzaam drong het tot me door hoe bijzonder het was wat er vannacht was gebeurd. En dat ik het me nog kon herinneren. Voor het eerst in mijn leven had een droom zich opgeslagen in mijn geheugen.

Ook toen het middag werd en zelfs toen de avond naderde en buiten de lantaarnpalen aangingen, kon ik me alles nog herinneren. En ik vroeg me voortdurend af wat er zou zijn gebeurd als mijn telefoon niet was gegaan.

's Avonds was ik te gespannen om ook maar iets te doen. Beelden op tv drongen niet tot me door en een poging om te lezen leidde er alleen maar toe dat ik na drie kwartier nog steeds naar dezelfde bladzijde aan het staren was. Ik moest naar bed. Ook al was ik nog klaarwakker, ik moest gewoon naar bed. Moest het proberen. Nu ik wist wat er mogelijk was, was het idee om zelfs een seconde langer te wachten met een nieuwe poging plotseling onverdraaglijk.

Maar al lag ik even later onder het dekbed, de slaap bleef achterwege. En anderhalf uur later was ik nog steeds niet in slaap gevallen. Erger nog, in plaats van loom te worden, raakten mijn hersenen alleen maar actiever en wakkerden de twijfel aan. Hoe kon ik er zo zeker van zijn dat ik vannacht dezelfde droom zou hebben als gisteren? Hield ik mezelf niet voor de gek? Ik draaide me op mijn andere zij, mijn ogen stijf dicht. Ik moest me ontspannen, zorgen dat ik in slaap viel, en dat lukte niet als mijn hele lichaam één plank zenuwen was. Ik moest rustig worden, rustig. Langzaam ademde ik in en uit. En in... en uit. Naast me klonk het zachte gesnurk van Purr, die wel al in diepe slaap was. Terwijl ik luisterde naar haar zuchtjes werd ook mijn eigen ademhaling rustiger. Langzaam vertraagden mijn gedachten. Mijn hoofd werd zwaar, zakte diep weg in het kussen. Nog even, nog even en dan zou ik...

Het waren geen voetstappen dit keer. Na gisteren wist Cal de weg en hij wachtte op me in de deuropening van de slaapkamer. In het halfdonker zag ik hem staan.

'Hallo Tender,' zei hij glimlachend.

'Wat fijn dat je er bent!' Vlug stapte ik uit bed en trok het opgekropen T-shirt terug over mijn billen. Langs hem heen liep ik de slaapkamer uit en leidde hem de woonkamer in, waar we net als de vorige nacht op de bank gingen zitten.

De gordijnen waren open en het maanlicht dat naar binnen scheen legde een zilveren gloed over Cals gezicht. 'Ik ben blij dat je ervoor openstond me weer te zien,' zei hij.

'Openstaan is zwak uitgedrukt. Ik heb de hele dag aan niets anders kunnen denken.'

Cal glimlachte. 'Ik kan het me voorstellen. Maar zoals je gisteren hebt gemerkt kunnen dit soort momenten ineens afgelopen zijn, want zodra jij wakker wordt ben ik weg. Of beter gezegd, ik ben natuurlijk nooit "weg", maar jij bent dan weer terug in de wakkere wereld en daar kun je mij niet zien. Dus ik stel voor dat we geen tijd verspillen, maar meteen Matt bij je brengen.'

Ik kon alleen maar knikken.

Met een bonkend hart keek ik toe hoe Cal opstond en met zijn gezicht naar me toe in de deuropening tussen de kamer en de gang ging staan. En toen verdween hij. Zomaar, ineens, net als gisteren.

Voordat ik zelfs maar kon verzitten was hij weer terug.

Op zijn gezicht lag een glimlach.

Hij deed een stap opzij en daar, alsof hij nooit weg was geweest, stond Matt.

In één grote sprong vloog ik van de bank. Matt ving me lachend op in zijn armen en zo stevig als ik kon greep ik hem vast. Nooit zou ik hem meer loslaten.

'Ik hou van je,' fluisterde ik.

'Ik hou van jou, kleintje,' zei Matt zachtjes. De woorden klonken zo vertrouwd dat ik bijna door mijn knieën zakte. Als hij me nu losliet, dan zou ik naar de grond storten. Maar hij liet niet los. Hij was terug, hij was echt terug.

Cal was weer verdwenen, maar we sloegen er geen acht op.

Onder ons klonk een zacht gespin. Het was Purr, die met gesloten ogen van verrukking kopjes aan het geven was tegen Matts been. Haar staart krulde omhoog van onverwachte blijdschap en streek zacht langs mijn scheenbeen. Ik verborg mijn hoofd in Matts nek, in het warme plekje tussen zijn hoofd en zijn schouder waar het nog precies zo rook als in mijn herinnering. 'Ik heb je zo gemist,' begon ik. 'Ik...'

Mijn stem brak.

Matt streek door mijn haar en over mijn rug. 'Ik weet het,' fluisterde hij in mijn oor. 'En ik jou ook. Het spijt me zo.'

Ik wreef in mijn ogen om de tranen te stoppen. Al het verdriet van de afgelopen zes maanden kwam naar buiten.

'Alles is goed,' zei hij zachtjes, met zijn mond in mijn haar. 'Ik zal hier altijd zijn, altijd als je me nodig hebt. Je weet nu waar je me kunt vinden.'

In zijn armen droeg hij me naar de bank, waar hij zich liet neerzakken en mij bij zich op schoot trok. Ik zat met mijn gezicht naar hem toe en mijn benen om zijn middel. Plotseling was ik uitgeput. Gebroken. Voor een moment sloot ik mijn ogen en snoof zijn geur op. Het vertrouwde aroma van zijn aanwezigheid.

'Slaap maar,' hoorde ik hem zeggen, liefdevol, maar zijn stem vervaagde. Hij streelde mijn gezicht.

Met de echo van zijn woorden nog in mijn oren was ik weer alleen, in bed, waar ik ontwaakte zoals dat het afgelopen half jaar iedere ochtend was gebeurd: met mijn armen tastend in het niets, op zoek naar wie er niet meer was.

Ik opende mijn ogen. Hij was echt weg.

Maar... het was gebeurd! Mijn god, het was gewoon echt gebeurd. Ik had Matt gezien, gehoord, *gevoeld*. Geroken en geproefd. Een paar seconden geleden nog maar.

Purr, die ook nog steeds op dezelfde plek lag als waar we in slaap waren gevallen, keek slaperig naar me op. 'Jij hebt hem ook gezien,' zei ik opgewonden. 'Jij weet dat het echt is.'

Even dacht ze na, toen richtte ze zich op en sprong van het bed. Ze liep de slaapkamer uit en verdween de gang in. Een paar tellen bleef ze weg, alsof ze iets zocht. Toen kwam ze weer terug, vlijde zich zuchtend naast me en rolde zich op tot een pluizige bal die verder ging met slapen.

Zelf was ik niet in staat om te blijven liggen. Ik ging rechtop zitten, mijn hoofd zo vol van de afgelopen nacht dat ik hardop lachte. Het was mogelijk! Na al die pogingen, al die nachten, was het me dan toch eindelijk gelukt. En er bestond geen twijfel over wat me te doen stond. Ik moest slapen, *dromen*, zo veel ik kon. Ervoor zorgen dat de kans dat ik Cal zag en hij Matt bij me kon brengen zich zo vaak mogelijk voordeed.

Als ik erin was geslaagd om lucide dromen te beleven, zou ik Cal waarschijnlijk niet nodig hebben gehad. Maar het gaf niet dat het nu wel zo was, want uiteindelijk was ik met Matt samen en daar ging het om. De onduidelijkheid over wie Cal eigenlijk was en of hij het niet vreselijk vervelend vond om vast te zitten in de droomwereld, dook wel ergens op, maar tegelijkertijd wist ik dat ik er de eerstvolgende keer dat ik hem zag geen moment aan zou denken. Alles draaide om Matt en voor andere gedachten was geen plek.

Volgens de wekker op Matts nachtkastje was het half zeven, en ik glimlachte. Misschien, als ik mezelf tenminste even tot bedaren kon brengen, zou het nog vroeg genoeg zijn om mijn lichaam te doen geloven dat het nog geen tijd was om op te staan en dan zou ik opnieuw in slaap kunnen vallen. Verder gaan waar ik was gebleven.

Met de glimlach op mijn gezicht liet ik me achterover vallen, en toen mijn hoofd het kussen raakte sloot ik mijn ogen.

Maar na een uur draaien gaf ik het op. Ik had de afgelopen nacht meer dan tien uur lang in een toestand van onafgebroken slaap verkeerd en blijkbaar was dat genoeg. Ik zou eerst weer echt moe moeten worden voordat het zou lukken, en voorlopig was ik daar te opgewonden voor. Verder was mijn nek stijf van het lange, verbeten liggen en riep mijn lege maag om een ontbijt: het was tijd om op te staan.

In de keuken schudde ik cruesli in een kom. De gepofte granen knisperden toen ik er melk overheen goot, en er steeg een zoete geur op. Ik nam het ontbijt mee naar de woonkamer en ging ermee op de bank zitten.

Grappig. Het was dezelfde bank als altijd, de paarse bank die hier al jarenlang stond en waar ik iedere dag op zat, en toch voelde hij vandaag anders aan. Want ineens was het een beetje bijzonder om hier weer te zijn, op dezelfde plaats als waar ik gezeten had toen Matt tevoorschijn was gekomen en ik me in zijn armen had geworpen. De smaak van zijn lippen lag nog op de mijne. Ik sloot mijn ogen om de herinnering me niet te laten ontglippen.

Ik moest slaappillen hebben. Het was de enige manier om zo lang en zo vaak mogelijk bij Matt te kunnen zijn. En ook moest ik oordopjes gebruiken. Weinig drinken, zodat ik er 's nachts niet uit hoefde om te plassen. Het geluid van mijn telefoon uitzetten. Alles doen wat ik maar kon bedenken om ervoor te zorgen dat ons samenzijn zo min mogelijk kon worden onderbroken.

Nadat ik mijn ontbijt op had stond ik op van de bank om mijn laptop uit de kast te pakken en ik bracht meteen de lege kom terug naar de keuken. Ik schonk thee in en ging met behulp van Google op zoek. Even glimlachte ik toen ik zag hoe ik erbij zat: Purr lag naast me, een mok warme thee stond voor me op de ronde tafel. Dit was precies hoe ik vroeger ook vaak had gezeten als ik overdag aan het werk was geweest, toen mijn leven nog normaal was. Toen ik iedere dag om vijf uur de laptop dichtklapte en wat parfum achter mijn oren sprenkelde omdat ik wist dat Matt bijna thuis zou komen. Het voelde vertrouwd en goed. Het was fijn om bezig te zijn.

Al snel was ik erachter dat er oneindig veel verschillende soorten slaappillen bestonden, maar bijna allemaal waren ze uitsluitend verkrijgbaar op recept. Als ik een arts al zover zou krijgen een recept uit te schrijven, dan zou hij een beperkte hoeveelheid voorschrijven en hij zou het beslist afkeuren dat ik ook overdag onder zeil wilde zijn. Bovendien zou het waarschijnlijk ongezond zijn om dagelijks zo veel van dat spul te slikken. Nee, het was beter als ik een plantaardig, zonder recept verkrijgbaar middel vond, iets wat goed werkte, maar hopelijk minder schadelijk was. Vorig jaar had ik via internet homeopathische pilletjes besteld voor Matts hooikoorts. Op welke site had ik dat ook alweer gedaan? Na wat zoeken vond ik tussen mijn oude mailtjes een bevestiging van die bestelling. Ik surfte naar de site, Liberty.nl, en stak triomfantelijk mijn duim op naar Purr: ze verkochten er ook slaaptabletten. Sleepzz, heette het spul. Ik bestelde twee potjes. Gewoon, om te beginnen. De levertijd was twee tot vier werkdagen, en als het inderdaad werkte dan kon ik er altijd meer bestellen.

's Middags kwam Gwen langs. Ik had besloten haar niets over de ontmoeting met Matt te vertellen. Ook al hadden we door de jaren heen vrijwel alles met elkaar gedeeld, dit moest ik voor mezelf houden. Gwen zou me toch niet geloven. Ze zou me aankijken met een bezorgde frons op haar voorhoofd, om vervolgens voor te stellen dat het misschien een goed idee was dat ik een tijdje bij haar en Sonya kwam logeren. Zelfs zonder dat ik iets vertelde probeerde ze dat weer, terwijl ik juist dacht dat ik er vandaag eindelijk een keer uitzag alsof ik me goed voelde.

'Gewoon net als vroeger toen we nog op school zaten!' probeerde ze me enthousiast te krijgen. 'Ik heb zelfs dat oude luchtbed nog steeds. Alleen wordt het nu nog gezelliger, want er hangt geen moeder om ons heen die zich overal mee wil bemoeien. En Son zou het ook geweldig vinden!'

Ik glimlachte. 'Je brengt het echt heel leuk, hoor, maar ik denk dat ik de leeftijd van logeerpartijtjes wel een beetje ben gepasseerd.'

'Onzin! Het zal je juist goed doen om er eventjes tussenuit te zijn. Een paar dagen weg uit de kwelling van alle herinneringen en zo.'

'De herinneringen hier zijn me toevallig dierbaar,' reageerde ik.

Gwen schudde zuchtend haar hoofd. 'Als je helemaal nergens anders komt, houden deze plek en deze herinneringen jou vastgeketend aan het verleden, Tender. Je moet verder, voor jóú gaat het leven wel door. Ik kan echt niet meer aanzien hoe je hier steeds verder wegkwijnt tot er straks alleen nog maar een zielig hoopje verdriet van je overblijft.'

'Ik kwijn niet weg. En mijn leven is opgehouden in de nacht van 16 augustus.'

'Nee, *Matts* leven is opgehouden op 16 augustus. Jíj bent niet overleden, Tender. Stel je nou eens voor dat jullie elkaar nooit hadden ontmoet, dan zou je nu toch ook gewoon een leven hebben gehad? Kun je dat dan niet zien als het bewijs dat het wel degelijk mogelijk is om te bestaan zonder hem? Het kan onmogelijk zo zijn dat hij heel jouw leven was en dat je nu zelf niemand meer bent.'

'Je begrijpt het niet,' zei ik. Ik schudde mijn hoofd. 'Je doet net alsof ik vijtien ben en dat een of ander puisterig vriendje het net met me heeft uitgemaakt, of zo. En dat jij me nu uit de put moet trekken door me ervan te overtuigen dat er meer in het leven is dan een man. Nou, dat weet ik ook wel.' Ik rolde met mijn ogen. 'Maar deze situatie is heel anders. Als een relatie kapot loopt dan zou ik de eerste zijn die de persoon in kwestie aanmoedigt om vooruit te kijken en het verleden achter zich te laten. Of weet je soms niet meer hoe opgelucht ik was toen ik eindelijk van al die stress met Adam af was? Maar dat is toch totaal niet te vergelijken met wat er hier is gebeurd? Want de liefde tussen Matt en mij is er nog steeds, wij hebben het geen van beiden uitgemaakt. In plaats daarvan zijn we uit elkaar gerukt op de meest onrechtvaardige manier die je maar kunt bedenken. En dan kun je niet zomaar even "verder gaan" met je leven. Echt niet. De nacht dat hij stierf ging er ergens in mij ook iets dood. Mijn leven is kapot.'

'Ik weet dat het allemaal misschien hard klinkt wat ik zeg,' zei Gwen voorzichtig, 'maar ik ben gewoon bezorgd om je. En het punt is en blijft dat jij níét dood bent, Tender. Jíj hebt nog een heel leven voor je. Maar je laat dat leven volledig aan je voorbijgaan door jezelf dag in dag uit op te sluiten, als een gevangene in haar cel. Want zo is het wel, ja, kijk maar niet zo spottend, je weet dat ik gelijk heb: je zit vast in je verdriet. Kom toch weer eens mee naar buiten, zodat je kunt zien dat er nog zo veel moois in de wereld is!'

Bijna vertelde ik haar dat ik al buiten was geweest, een paar dagen geleden. Dat ik helemaal zelf met de metro naar het centrum was gereden en weer terug. Maar ik deed het niet. Ze zou meteen willen weten waarom of het in ieder geval met beide handen aangrijpen om mij zover te krijgen dat ik nu dus vaker naar buiten kon gaan. En ook al lag het op het puntje van mijn tong om haar toch alsnog te vertellen over vannacht, ik deed het niet. De hoop dat ze daardoor zou inzien dat ik me prima redde op mijn manier, was zinloos. Gwen leefde in een nuchtere en sceptische wereld en ze zou het simpelweg niet geloven. Ze zou medelijden met me hebben. Misschien zelfs op weg naar huis mijn moeder bellen om voor te stellen dat ik onder behandeling van een therapeut zou komen. Dat ik aan waanbeelden leed. 'Ze gelooft dat Matt weer bij haar terug is,' zou ze tegen mijn moeder zeggen, en de klank in haar stem zou duidelijk maken hoe absurd ze die gedachte vond. 'Ze gelooft dat hij haar 's nachts komt opzoeken wanneer ze slaapt. Ze heeft dringend professionele hulp nodig. Straks gaat ze nog stemmen horen, of zo.'

Gwen legde haar hand op mijn knie. 'Tender? Hoor je wel wat ik zeg?'

Die avond viel ik kort nadat ik in bed was gaan liggen al in slaap, maar de droom bleef weg. Er was geen Cal en dus ook geen Matt, en in plaats daarvan zweefde ik slechts rond in een leeg en zwart gat. Op de momenten dat ik tussendoor even wakker was, twijfelde ik of ik misschien toch in een droom zat, maar in het handboek voor lucide dromen had gestaan hoe je erachter kon komen of je wakker was of niet. Je kon namelijk een *reality check* uitvoeren, bijvoorbeeld door met je vingers je neus dicht te knijpen en een poging te doen om door te ademen zonder daarbij je mond te gebruiken. Als dit lukte, wist je dat je in een lucide droom zat. Maar alle keren dat ik de check deed, moest ik vrijwel meteen teleurgesteld mijn neus weer loslaten. Ik was wakker.

's Ochtends duwde het daglicht opdringerig tegen de achterkant van de gordijnen aan, maar ik trok het dekbed stevig over mijn hoofd om het donker terug te brengen. Ik zou niet opstaan, ik weigerde. Ik zou gewoon in bed blijven liggen, net zo lang tot ik vanzelf weer in slaap viel. Al duurde het de hele fucking dag. Matt wachtte op me, rekende op me: ik kon hem onmogelijk teleurstellen. Ik kon *mezelf* niet teleurstellen. Niet nu ik zo dichtbij was. Ik verdrong de neiging me om te draaien en te woelen, en ik lag doodstil, met mijn ogen dichtgeknepen. Vanuit de keuken hoorde ik Purr klaaglijk miauwen bij haar etensbakje, maar toch bleef ik liggen. Ook toen een volle blaas me kramp gaf, mijn keel droog werd en er een muffe hoofdpijn tegen mijn slapen bonsde, verroerde ik me niet. Ik moest volhouden, want alleen dan zou het lukken.

Purr sprong op bed en duwde door het dekbed heen met haar kop tegen mijn wang. Vanuit mijn verduisterde ruimte sprak ik haar toe: 'Even wachten, kitten. Ik moet eerst even iets belangrijks doen. Daarna gaan we eten, beloofd!'

Ik wist precies hoe ze erbij stond: haar kopje schuin, haar ogen samengeknepen terwijl ze peinzend de bobbel van mijn hoofd onder het dekbed bekeek. Maar uiteindelijk hoorde ik haar zachtjes zuchten en met een plofje neervallen op Matts kussen.

Toch was het hopeloos. De dag was aangebroken en de slaap bleef achterwege. Na een uur besefte ik dat het enige wat er zou komen als ik hier toch bleef liggen, een toenemende hoofdpijn en een ontplofte blaas zou zijn. Vanavond zou ik het opnieuw proberen. Van tevoren zou ik een flinke beker warme melk met honing drinken om mezelf suf te maken, en daarna om een uur of zeven al in bed kruipen. Dan hadden Matt en ik de hele nacht om samen te zijn.

Ik stond op uit bed en knoopte mijn badjas losjes om me heen. Zowel mijn moeder als Gwen zou vandaag niet langskomen, aankleden was niet nodig. In de keuken pakte ik de laatste banaan van een verder lege fruitschaal en Purr kronkelde spinnend tussen mijn benen door. Nadat ik de brokjes in haar bakje had gestrooid, liep ik met mijn banaan terug de woonkamer in en net als gisteren pakte ik mijn laptop tevoorschijn.

Matts gezicht staarde me aan. Ik keek terug en veegde met mijn wijsvinger een zwarte stip van zijn neus, een vlekje op het beeldscherm. Ik kende iedere millimeter, iedere pixel van deze foto. En van de andere foto's ook. Toen ik bij die van onze vakantie in Italië aankwam, glimlachte ik. De week in het pittoreske hotelletje aan het Gardameer, toen we net vijf maanden bij elkaar waren, was onze eerste vakantie samen geweest. Vandaag werd ik voor het eerst niet verdrietig van deze herinnering.

Om half zeven lag ik al in bed, waar het helaas lang duurde voordat ik in slaap viel. Iedere keer als ik me naar rechts omdraaide, gaf Matts wekker aan dat er weer een half uur of zelfs een uur voorbij was, en het liep al tegen middernacht toen ik eindelijk wegzakte. Ik voelde het gebeuren toen het zover was, hoe mijn lichaam zwaar werd alsof mijn matras van drijfzand was. Ik liet me erin zinken, verder en verder, terwijl ik mijn gedachten zo lang als ik kon bij Matt hield. Maar de nacht zoog alle slaap uit me zonder me er iets voor terug te geven, en spuwde me de volgende ochtend ruw en onverbiddelijk weer uit. Het was nog niet eens licht.

'Nee,' zei ik hardop. Mijn stem klonk ongelovig. Ik sloeg met mijn vuist in mijn kussen. 'Nee, dit kan niet waar zijn!'

Maar het was zo. Tranen welden op. Nu zou ik wéér een hele dag moeten wachten tot ik het eindelijk opnieuw kon proberen. En zelfs dan was er niet eens de garantie dat het zou lukken: mijn pogingen waren nu al twee nachten achter elkaar op een teleurstelling uitgelopen. Misschien lukte het wel helemaal nooit meer, was het allemaal toch niet echt geweest en was ik zo gefixeerd geweest op het weerzien met Matt dat mijn onderbewustzijn me daarom maar iets had voorgeschoteld. Iets wat ik zelf had gecreëerd in mijn hoofd. Om me even zoet te houden, om te voorkomen dat ik zou doordraaien. Ik zuchtte. Of was dát juist wat er aan het gebeuren was: draaide ik aan alle kanten door en had ik mezelf de afgelopen dagen voor de gek gehouden? Maar Cal dan? Iemand zoals hij zou ik toch niet zomaar kunnen verzinnen?

Toen ik opstond uit bed, broeide er alweer een zware hoofdpijn. Dit keer klemden de prikkels zich als een tang om de zenuwen achter mijn ogen en ik moest tegen de muur leunen om niet te wankelen van misselijke duizeligheid. Migraine, geweldig. Bij iedere beweging die ik maakte greep de pijn mijn schedel beet en knelde hem af. Toen ik eindelijk bij de keuken was sloot ik mijn ogen tegen het daglicht dat door het raam naar binnen schitterde. Op de tast vulde ik een glas met water en nam er een paar slokjes van. Ik liet de houten jaloezieën zakken, draaide ze dicht en strompelde terug naar bed. De zachtheid van het koele kussen onder mijn beurse hoofd vormde zo'n verlichting, dat mijn ogen zich voor de tweede keer vulden met tranen. Ondanks het feit dat ik niet bewoog, bonkte mijn hartslag tegen mijn schedel. De pijnscheuten waren zo sterk dat de misselijkheid mijn keel in dreef en daar bleef liggen, hoe vaak ik ook slikte. En mijn Imigran-tabletten waren op, ik had de laatste ingenomen na het Keizerswaard-incident en was daarna vergeten nieuwe te bestellen. Morgen zou ik het alsnog doen en mijn moeder vragen om ze voor me op te halen bij de apotheek. Maar voorlopig zat er dus niets anders op dan te blijven liggen, doodstil, en te wachten tot de pijn verdween.

Dat ik uiteindelijk toch in slaap was gevallen, bleek pas toen ik wakker werd en ik de migraine niet meer voelde. Voorzichtig opende ik mijn ogen en schudde mijn hoofd om te testen of het drukkende gevoel inderdaad was verdwenen. Opgelucht haalde ik adem. Er was geen gebonk meer achter mijn ogen en ook het geklots van misselijk zuur in mijn mond was weg. Een licht en opgelucht gevoel was ervoor in de plaats gekomen.

En het geluid van iemand die zachtjes kuchte.

Meteen zat ik rechtop in bed.

Cal stond in de deuropening, een verlegen uitdrukking op zijn gezicht. 'Ik vond dat ik je moest laten merken dat ik er was,' zei hij. 'Maar ik wist niet zo goed hoe.'

Met een sprongetje was ik uit bed. 'Dat werd tijd, zeg! Wat ben ik blij om jou te zien!'

Cal straalde. 'Dat hoopte ik al.'

'Ik begon te denken dat ik het mezelf allemaal had verbeeld,' vertrouwde ik hem toe. 'Toen ik je ineens helemaal niet meer zag, en zo.'

Hij knikte. 'Je moet nog leren hoe je jezelf zover kunt krijgen dat het je automatisch lukt om iedere nacht in deze droom te komen,' legde hij uit. 'Maar je bent al heel goed op weg!'

'Is Matt er ook weer?' Ik keek hem gespannen aan.
'Wat dacht jij dan?' Cal grijnsde. 'Wacht maar even.'

'Droom' was niet de juiste term. Matt was namelijk echt. Ik was echt, we waren samen echt, en iedere kus droogde een traan met terugwerkende kracht. We lagen samen op bed, en Cal hield zich discreet buiten zicht. Onze lichamen waren warm, naakt en verstrengeld, en we hadden eindelijk weer de liefde bedreven. Ik drukte mijn gezicht in zijn nek en hij streelde zachtjes mijn rug. De hartstocht was blijven leven.

Purr lag aan het voeteneind, en ik voelde haar zachte vacht tegen mijn voeten. Ik glimlachte, ook haar wereld was weer compleet. Even sloot ik mijn ogen om van het moment te genieten. Dit mocht nooit meer overgaan.

Toen ik mijn ogen weer opende was het voorbij. Zomaar, zonder dat ik er verder iets van had gemerkt, had ik door de simpele handeling van mijn ogen sluiten en opendoen de droom verruild voor ontwaken. Ik lag nog steeds in bed, maar ik was nu weer alleen, gekleed in het t-shirt waarin ik was gaan slapen. Alsof Matt het nooit had uitgetrokken, alsof ik niet net nog in de veilige warmte van zijn armen had gelegen.

'Matt?' vroeg ik, maar ik wist dat er geen antwoord zou komen. Ik kneep mijn ogen dicht, zo hard dat de hoofdpijn – die blijkbaar alleen in mijn slaap weg was geweest – op volle kracht door mijn schedel sneed. 'Matt!'

Maar niemand reageerde. Niemand behalve Purr, die met grote ogen om zich heen keek. Ook haar blik zocht.

Weer bracht ik de rest van de dag door in mijn badjas. Toen de migraine eindelijk zakte deed een koeltemasker op mijn voorhoofd zijn best om de resterende hoofdpijn te verdoven en de tijd verstreek terwijl ik op de bank zat, met mijn armen om mijn opgetrokken benen geslagen. Eten ging nog niet.

Ik zou moeten wennen aan deze gang van zaken, waarin Matt juist wanneer ik hem eindelijk had gevonden zomaar van het ene op het andere moment weer kon verdwijnen, dat begreep ik. Maar dat punt had ik nog niet bereikt. We hadden zo veel verloren tijd in te halen, dat op dit moment ieder ontwaken nog aanvoelde alsof ik hem opnieuw kwijtraakte.

Hopelijk zouden de slaappillen vandaag worden bezorgd.

Gwen had van tevoren gebeld, mijn moeder en zij wisten allebei dat ik niet hield van onverwachts bezoek. Ze wisselden elkaar al dan niet gepland af met hun visites: mijn moeder had laten weten morgen te komen. Mijn vader zou ook meekomen, hij was morgen vrij. De soep die ze bij zich zouden hebben was ook welkom, zelf koken deed ik nog steeds niet. Wat had het voor zin om al die moeite te doen als het alleen maar voor jezelf was? Bovendien was mijn moeder blij dat ze ergens mee kon helpen.

Telkens wanneer we, nadat ze het eten op het aanrecht had gezet en de post voor me op tafel had gelegd, op de bank gingen zitten, strooide mijn moeder om de stilte te verbreken met allerlei nieuwtjes die ik meteen weer vergat. Een oom die een nieuwe baan had, een buurmeisje dat haar rijbewijs had gehaald, maar het drong allemaal niet tot me door. Terwijl ik luisterde naar haar verhalen, kon ik me niet voorstellen dat ik me ooit weer wel zou kunnen interesseren voor dat soort nieuws. Maar toch leek het, zodra mijn moeder weer weg was en me met een kus op mijn wang gedag had gezegd, altijd ineens even extra stil en leeg in huis.

Gwen bleef meestal langer. Dit keer had ze kaascroissants meegenomen en terwijl we deze, zittend op de bank, opaten en

Purr ijverig de kruimels bladerdeeg oplikte die op mijn schoot vielen, keek ze me onderzoekend aan. 'Er is iets gebeurd,' constateerde ze.

'O, echt? Vertel.'

Ze rolde met haar ogen. 'Hallo, ik bedoel dat er iets is gebeurd met jóú! Ik zie het aan je.'

Ik deed mijn best haar verbaasd aan te kijken. Langzaam stak ik het laatste stukje croissant in mijn mond en veegde met de rug van mijn hand de kruimels van mijn lippen. Met mijn andere hand streelde ik Purr en ik trok vragend mijn wenkbrauwen op. 'Hoe bedoel je?'

'Tender,' zei Gwen, haar lage stem quasidreigend. 'Ik hoop dat je niet gaat proberen het te ontkennen, want ik ken je langer dan vandaag en als jij zo uit je ogen kijkt dan is er gewoon iets aan de hand.' Ze boog zich wat dichter naar me toe. 'Iets wat je me nu gaat vertellen.'

'Ik weet echt niet waar je het over hebt.'

Gwen perste haar lippen op elkaar en keek me doordringend aan. Toen zei ze: 'De vorige keer dat ik hier was dacht ik ook al iets anders aan je te zien, maar toen wist ik het niet zeker. Nu wel.' Ze dacht even na en vervolgde: 'Maar je wilt blijkbaar niet vertellen wat er aan de hand is. Goed, prima. Ook jij hebt recht op je geheimpjes, al kan ik me eerlijk gezegd niet voorstellen wat het kan zijn, aangezien je nergens meer komt en eigenlijk niets meemaakt.'

Dat denk jij, wilde ik zeggen, maar ik slikte het in.

'Maar heel eerlijk gezegd ben ik allang blij dat je niet meer die ziekelijke zombie bent waar ik bijna aan gewend was geraakt,' besloot ze grijnzend.

Ondanks alles lachte ik mee.

'Je ziet er… ja, *beter* uit, op de een of andere manier. Gezonder, minder miserabel, ik weet niet zo goed hoe ik het moet uitleggen. Alsof de echte Tender weer voorzichtig om de hoek komt kijken.'

'Ik zal het maar beschouwen als een compliment.'

Gwen grinnikte. 'Ach, uiteindelijk vertel je het me toch wel, ik zal gewoon even geduld moeten hebben.' Ze staarde voor zich uit, en merkte op: 'Al kan het natuurlijk ook zo zijn dat er echt niets is, maar dat je voor de verandering eindelijk eens een keer blij bent om me te zien. Dat je erachter bent gekomen dat het toch best wel gezellig is op de momenten dat ik er ben, en dat je al de hele dag met smart aan het wachten was op een bezoekje van mij. Dat daarom je ogen nu zo glanzen.'

Weer lachte ik met haar mee, maar ik moest de neiging bedwingen om naar de gang te lopen en daar in de spiegel te checken waar ze het over had. Glommen mijn ogen echt?

Ook Gwen had haar croissant op en legde het papieren zakje op de lage tafel voor ons. Ze deed haar best, dat moest ik toegeven. Ik had het haar niet bepaald gemakkelijk gemaakt de afgelopen maanden en toch was ze blijven langskomen, minstens een keer per week en meestal vaker, of ik nu tegensputterde of niet, om te zien hoe het met me ging. Ze had bewezen een echte vriendin te zijn. Hoeveel mensen waren er niet geweest die in het begin bezorgdheid en medeleven hadden getoond, die me mailtjes hadden gestuurd en mijn voicemail inspraken, maar die het toen ik niet reageerde al vrij snel – logisch – hadden opgegeven? Misschien dat ze nog wel eens aan me dachten, soms, maar er was inmiddels te veel tijd verstreken om me alsnog te bellen. En het gaf niet, want ik zou toch niet opnemen. In plaats daarvan liet ik mijn zogenaamde vrienden van vroeger liever rustig verder deinen op de golven van hun dagelijkse, rouwloze sleur.

'Nu weet ik het zeker.'

'Wat?'

'Dat er iets met je aan de hand is! Waar zit je met je gedachten? Je hoorde niet eens dat ik tegen je aan het praten was.'

Mijn wangen werden warm.

Gwen zuchtte. 'Als je het echt niet wilt zeggen, dan geef ik het op.'

Toen ik naar de keuken liep om sap voor ons in te schenken, wierp ik in het voorbijgaan toch vlug een blik in de ronde gangspiegel. Gwen had gelijk: mijn ogen straalden.

'Acht maanden vanaf nu,' begon Gwen, toen ik weer naast haar op de bank kwam zitten. 'Is dat lang genoeg, denk je?'

'Huh?' Verward keek ik haar aan. 'Lang genoeg voor wat?'

'Nou, is dat genoeg tijd voor jou om je erop voor te bereiden dat je weer een keer buiten de deur zult komen?' Ze grinnikte toen ze mijn gezicht zag. 'Wat ik bedoel is dat er over acht maanden iets zal plaatsvinden waarvan ik hoop dat jij erbij wilt zijn.'

'Ergens waar mensen zijn?' De weerzin in mijn stem was duidelijk hoorbaar.

Gwen deed alsof ze nadacht, haar hand onder haar kin. 'Hm, eens even kijken hoor… Ja, er zullen nog wel een paar andere mensen bij zijn, denk ik. Mijn familie, waarschijnlijk. En vrienden. En…'

'Dan kom ik niet,' kapte ik haar meteen af. De teleurstelling die over haar gezicht flitste probeerde ik niet te zien. 'Nee, sorry Gwen, maar je weet inmiddels toch wel dat ik aan dat soort dingen niet meer meedoe? Feestjes en al die andere sociale bullshit zoals verjaardagen en zo, ik heb het afgeschaft. Dat is een bewuste keuze en dat weet volgens mij iedereen. Ik wil gewoon niemand zien. Het spijt me.'

'Maar maak je voor mij dan geen uitzondering?' vroeg ze zacht. 'Natuurlijk weet ik hoe je erover denkt, geloof me, dat is inmiddels wel duidelijk, maar ik vraag het heus niet zomaar. En het is pas over acht maanden, je hebt meer dan een half jaar de tijd om aan het idee te wennen.' Toen ik koppig mijn hoofd schudde, voegde ze eraan toe: 'Je hebt nog niet eens gevraagd wat er dan gaat gebeuren op die dag. Ben je daar niet benieuwd naar?'

Ik drukte het schuldgevoel weg en vermeed haar blik.

'Ik ga trouwen, Tender.'

Toen Gwen weg was, bleef ik op de bank zitten. De limonadeglazen waar we ons sap uit hadden gedronken stonden voor me. Purr lag op de grond. Ik keek naar haar. Ze had geen zorgen, ze had niemand gekwetst. Niemand die ervan opkeek dat ze niet buitenkwam, dat haar leven slechts bestond uit wat zich tussen de muren van deze flat afspeelde. Men vond het vanzelfsprekend dat voor haar de buitenwereld niets anders was dan wat zij ervan kon zien wanneer ze in de vensterbank lag en naar buiten keek en de zon haar warmde. Voor mij lag het anders. Ik had Gwen pijn gedaan, ik had het in haar ogen gelezen. Ze had het misschien niet laten merken of willen toegeven, maar ik kende haar goed genoeg om te weten wat er in haar omging wanneer ze plotseling stil werd en aan haar armband frunnikte.

Toen we van de middelbare school af kwamen en een andere richting uit gingen – ik die van een studie journalistiek en zij een met honderd verschillende baantjes en evenzoveel vriendjes – bracht die afstand ons juist dichter bij elkaar. We zorgden ervoor dat we elkaar minstens eens per week zagen, ook toen we het steeds drukker kregen en ik ging samenwonen met Matt. En nu ging ze dus trouwen: Sonya had haar ten huwelijk gevraagd. Ze waren al drie jaar bij elkaar, na alle foute mannen was het uiteindelijk de Russische Sonya geweest in wie Gwen haar ware liefde vond. Sonya was ouder dan zij, ze scheelden ruim tien jaar, maar misschien was ze juist daarom precies wat Gwen nodig had. Met al haar levenservaring had ze een rustgevende invloed op haar, en ik had Gwen nog nooit zo gelukkig gezien. Na een paar maanden al was ze bij Sonya ingetrokken en zelfs Lilian, die eerst nog verbaasd was geweest dat haar dochter zich zo onverwachts in een lesbische relatie had gestort, was blij.

Of ik getuige wilde zijn op het huwelijk, had Gwen me gevraagd. 'Je bent mijn beste vriendin, Tender, en er is echt niemand aan wie ik het liever zou vragen dan aan jou.' Toen ik was blijven zwijgen, had ze er zachtjes aan toegevoegd: 'Ik weet heel goed hoe moeilijk je het momenteel hebt, en ik verwacht daarom ook heus niet van je dat je mee op pad gaat met het uitzoeken van de trouwjurk of dat je mijn vrijgezellenavond voor me gaat regelen of dat soort dingen. Het enige wat ik echt fijn zou vinden, is als je mijn getuige wilt zijn op wat ik hoop dat de mooiste dag van mijn leven zal worden.'

Ik luisterde en wist dat ik blij moest zijn voor hen omdat zij het wél zouden meemaken. Maar… Het was gewoon wrang.

'Zie je nou wel, ik wist dat ik het niet had moeten vragen,' had Gwen zachtjes door mijn gedachten heen gemompeld. 'Ik had beter moeten weten, maar Sonya zei –'

'Natuurlijk wil ik je getuige zijn.'

'Wat? Meen je dat?' Ze had me voorzichtig aangekeken, en toen ik knikte had ze opgetogen haar armen om me heen geslagen.

'Gefeliciteerd met je verloving,' zei ik, en ik meende het. Als iemand het verdiende om gelukkig te zijn, dan was zij het wel.

Gwen straalde. Sonya had haar al meer dan een maand geleden gevraagd, had ze verteld. Maar steeds als ze bij me op bezoek was had ze het gevoel gehad dat het geen geschikt moment was om erover te beginnen.

'Vraag het haar nou maar gewoon!' was het advies van de altijd nuchtere Sonya geweest toen Gwen voor de zoveelste keer thuis was gekomen en bedrukt vertelde dat ze het mij nog steeds niet had gevraagd. 'Je hoeft je toch niet schuldig te voelen over je eigen geluk?'

Ik had mijn hand op haar schouder gelegd toen ze dit zei. 'Sonya heeft gelijk, weet je. Jij hebt het volste recht om gelukkig te zijn, en ik zou een vreselijk slechte vriendin zijn als ik dat niet begreep. Ik ben blij voor je. Voor jullie. Echt waar.'

Nu ze weg was, wist ik dat ik juist had gehandeld. Mijn eerste, botte reactie had haar gekrenkt, maar nu was alles goed.

Ze had gelijk met haar opmerking dat acht maanden lang waren, haar bruiloft lag nog oneindig ver in de toekomst. En ik zou zo'n dag aankunnen, tegen die tijd. Het zou langzaamaan steeds beter met me gaan.

'Doe je ogen eens dicht,' zei Matt zachtjes. 'Ik heb een verrassing voor je.'

Ik deed wat hij zei en voelde hoe hij zijn armen om me heen sloeg. Toen zei hij: 'Je mag weer kijken.'

Mijn ogen knepen samen door de plotselinge overgang van onze donkere slaapkamer naar de felle zon, maar ik herkende de omgeving meteen.

Matt grijnsde. 'Weet je het nog? Ons eerste afspraakje.'

Ik keek naar mijn kleren: plotseling was ik gekleed in hetzelfde zomerjurkje dat ik op die betreffende dag had gedragen en dat ik in werkelijkheid vorige zomer had weggegooid. Ook Matt was gekleed in zijn toenmalige outfit.

'Hoe...' begon ik.

Hij pakte mijn hand en we begonnen te lopen. 'We gaan het nog een keer doen,' zei hij vrolijk. 'Het opnieuw beleven. Dit is jouw droom, alles is mogelijk.'

Ik lachte, en bij iedere stap die ik zette werd ik meer en meer de Tender van drie jaar geleden. Hier in Blijdorp was het allemaal begonnen en een déjà vu had nog nooit zo goed gevoeld. We bleven staan bij de olifanten en de giraffen, lachten om de pinguïns. We gingen zitten op hetzelfde terrasje als destijds en bestelden, ook net als toen, poffertjes met roomboter en poedersuiker. De smaak was hetzelfde. We hadden onze hele toekomst weer voor ons.

'Maar hoe komen al die mensen dan hier?' vroeg ik later, toen Matt bij een ijskar Cornetto's voor ons had gekocht. Ik wikkelde het papier van mijn ijsje en keek naar de vele vaders, moeders en kinderen. Jonge stellen, groepjes vriendinnen, ouderen, zelfs het treintje dat langsreed zat vol. 'Wie zijn dat allemaal?'

Matt haalde zijn schouders op. 'Die dromen dit ook. Niemand is hier daadwerkelijk, iedereen slaapt.' Hij beet de chocola van zijn Cornetto en vervolgde: 'En sommigen zullen zich deze droom straks als ze wakker worden kunnen herinneren, anderen niet.'

Terwijl we hand in hand door het dierenpark slenterden, hief ik mijn gezicht tevreden omhoog naar de zon. Nooit wilde ik hier meer weg. Iedere stap die we zetten was er een terug in de tijd en maakte van Matt weer de zesentwintigjarige jongen die me had verteld dat hij op kantoor werkte, maar eigenlijk de ambitie had om ooit een eigen garage te beginnen.

'Aha,' had ik destijds geglimlacht. 'Een man met een plan.'

Alle herinneringen keerden terug door onze aanwezigheid in het decor, als een stekker die in het stopcontact wordt gestoken en het verleden aanfloepte. Ik voelde opnieuw de fladderende kriebels in mijn buik, de ontluikende verliefdheid van destijds. Het gevoel dat ik hem echt pas een week geleden had ontmoet, op de verjaardag van Gwen, toen hij met Gwens neef was meegekomen.

Toen hij zich die avond aan me voorstelde, grapte hij over mijn naam ('Love me, Tender'), waarop ik had geglimlacht en geantwoord: 'Zo snel al?'

Toen het gesprek een paar uur later over rampzalige eerste afspraakjes ging, een onderwerp waarbij Gwen gierend van de lach de boventoon voerde, had Matt zich hardop afgevraagd wat dan wel een geslaagde eerste date zou zijn. Bij het stellen van die vraag had hij mij aangekeken.

'De dierentuin,' had ik geantwoord, half serieus en half grappend. 'Dat is tenminste eens iets anders dan naar de film gaan of ergens wat gaan drinken.'

'Afgesproken,' had hij meteen besloten. 'Wij gaan komend weekend samen naar Blijdorp.'

Iedereen was in de lach geschoten om Matts doortastendheid, en ik ook. Een paar weken hiervoor had ik juist besloten om even afstand te houden van mannen, nadat het me eindelijk was gelukt een punt te zetten achter de vermoeiende knipperlichtrelatie met Adam. Maar Matt liet me het voornemen compleet vergeten. Hij was naast me komen zitten en de rest van de avond waren de conversaties van de anderen langs ons heen gegaan. Vanaf de andere kant van de kamer had Gwen mijn blik gezocht en grijnzend haar duim opgestoken.

Bij de leeuwen hield Matt stil en boog zich naar me toe. Ik herkende de plek, dit was waar we elkaar voor de eerste keer hadden gekust. En terwijl ik mijn ogen sloot en mijn armen om zijn nek legde, beleefden we drie jaar later het moment opnieuw. Zijn lippen smaakten naar ijs en chocolade.

Tijdens mijn wakkere momenten werd ik overspoeld door vragen. Waar bevond Matt zich wanneer hij niet in mijn droom was en hoe zag die wereld er dan uit? Hoe wist Cal hem daar steeds weer te vinden? En had hij pijn gehad voordat hij overleed? Maar zodra we samen waren verdwenen de vraagstukken, nooit reisden de vragen mee mijn slaapwereld in. Misschien kwam het doordat mijn dromen nog steeds niet lucide waren: ik beleefde alles wel alsof het echt gebeurde, maar controle had ik er niet over. Ook mijn vragen over Cal kwamen tijdens mijn dromen niet in me op, maar bleven achter in het hoofd van mijn wakkere zelf.

Maar het gaf niet. Ik kon ook genieten zonder antwoorden en dat deed ik. Iedere ochtend, wanneer mijn ontwaken Matt en mij uit elkaar trok en de plotselinge eenzaamheid me insloot als kippenvel, wist ik dat het niet erg was. Ja, ik was weer alleen. En ja, het bed was koud. Maar ik wist dat Matt vanzelf weer zou terugkomen.

De pillen werden bezorgd in een kartonnen doosje. De jonge postbode keek me niet aan toen hij me de bestelling overhandigde. Hij had zijn ogen alweer op zijn lijst gericht om te zien waar hij zijn volgende pakket moest afleveren.

Met het doosje in mijn handen liep ik naar de keuken om een broodmes te pakken, waar ik het postpakket ongeduldig mee opensneed. Purr stond nieuwsgierig naast me.

Tussen een witte berg van piepschuimen vulling, onder een pakbon lagen twee potjes. Ik draaide er eentje open en vouwde het papier van de bijsluiter uit. Het werkzame ingrediënt in de pillen was melatonine en de tabletten moesten met ruim water worden ingenomen, ongeveer een half uur voor het slapen.

Ik schonk Purr een voldane grijns. Dankzij dit spul zou ik voortaan veel eerder op de avond in slaap vallen en laat in de ochtend of hopelijk pas in de middag weer wakker worden. En als deze pilletjes écht goed werkten, dan zou ik misschien zelfs tijdens de middagen kunnen slapen. Want die aanbevolen dosering van twee tot drie pillen was natuurlijk slechts een richtlijn, afgestemd op een gemiddeld mens die niets meer dan een verbetering van de nachtrust wenste. Het was logisch dat iemand die ook overdag wenste te slapen er meer nodig zou hebben. En dat kon geen kwaad: als ik wakker was moest ik veel water drinken en dan zou de uitgewerkte melatonine mijn lichaam zonder problemen vanzelf weer verlaten.

Met de potjes liep ik de keuken uit en zette ze in de slaapkamer op mijn nachtkastje, naast de foto van Matt. Ik glimlachte. Dit was een goede beslissing.

'Pa viert volgende week zijn vijfenvijftigste verjaardag,' kondigde mijn moeder aan terwijl ze me een Tupperware-bak vol versbereide spaghetti overhandigde. Ze keek toe hoe ik het gerecht in de koelkast zette en samen wandelden we terug de gang in, met Purr dansend om onze voeten. 'En we zouden het heel leuk vinden als je komt.'

Ik keek haar verrast aan. Had ze soms met Gwen gepraat, had die haar verteld dat ik had beloofd bij haar bruiloft te zijn? Ik begreep dat mijn moeder in dat geval haar kans wilde wagen, maar toch schudde ik resoluut mijn hoofd. 'Nee, daar begin ik niet aan, ma. Ik zit totaal niet te wachten op al die vreselijke, goedbedoelde vragen van de hele familie over hoe het nu met me gaat, terwijl ze er toch helemaal niets van snappen.'

'Maar je komt toch niet voor hen? Je komt voor je vader! Denk er anders eerst maar even over na, dan hoor ik het van de week wel van je.'

Ik keek naar haar. De zachte, vertrouwde trekken, de ogen die me hoopvol aankeken. 'Goed, ik zal komen,' zei ik plotseling, en ik schrok er zelf van. Meteen begon het zweet in mijn nek te prikken: de laatste keer dat ik mijn ouders had bezocht, was samen met Matt geweest. Maar mijn vader werd vijfenvijftig en hij verdiende een mooie verjaardag. Zijn dochter hoorde daarbij. En misschien kon ik het eigenlijk best aan, ik voelde me de laatste dagen een stuk beter en sterker dan de afgelopen maanden. Ik was aan het groeien. Door mijn nachtelijk samenzijn met Matt begon het leven, althans in het geheim, ergens weer te lijken op hoe het was geweest.

Mijn moeder straalde. 'Meen je dat? O, wat zal pa daar blij om zijn, zeg!'

'Maar ik kom dan wel op een andere dag, en niet op de dag waarop hij het viert en jullie hele huis gezellig vol zit. In plaats daarvan kom ik een dag eerder, want dan ben ik ook meteen de eerste die hem kan feliciteren. Is dat een goed idee?'

'Ik vind het geweldig,' glunderde ze. 'Het gaat erom dat je komt, schat, en wanneer dat is maakt ons niet uit. Ik bel straks meteen je vader op zijn werk om hem het goede nieuws te vertellen!'

Toen ze wegging en mijn volle vuilniszak meenam om buiten in de vuilcontainer te gooien, keek ze in de deuropening nog een keer naar me om. Ze lachte opgetogen.

's Avonds, tijdens de spaghetti, wist ik dat ik de juiste beslissing had genomen. Een bezoekje aan mijn ouders op de verjaardag van mijn vader was wel het minste wat ik kon terugdoen na al hun steun. En ik was er klaar voor. Het zou na mijn inzinking in het winkelcentrum pas de tweede keer zijn dat ik weer buitenkwam, maar toch wist ik dat ik het kon. In de metro was het immers ook goed gegaan? Ik zou onderdeel van de buitenwereld zijn, een pion in de massa. Purr zou me nakijken vanaf de andere kant van het raam terwijl ik de straat uit fietste en aan de tocht van vijftien minuten naar mijn ouders begon. Het was goed, het was juist.

Maar ik zou bij mijn ouders niet op het tweezitsbankje gaan zitten waar ik altijd naast Matt had gezeten. Dat nooit meer.

Na het eten herlas ik de vele oude e-mails van Matt die nog in mijn inbox stonden. Ze verwarmden me, al was het tegelijkertijd bijna niet te bevatten hoe absurd het was dat er boven ieder mailtje de optie 'beantwoorden' stond terwijl mijn reactie nooit zou worden gelezen. Het bericht zou een doelloze reis afleggen door cyberspace en daarna in Matts inbox blijven staan, voor eeuwig ongelezen.

In de keuken vulde ik een glas met water en nam de slaaptabletjes in.

Ik gebruikte de Sleepzz-pillen inmiddels al drie dagen en ze werkten beter dan ik had verwacht. Iedere avond ging ik rond zeven uur in bed liggen en sliep ik dankzij de pillen door tot ver in de volgende ochtend. Dan at ik even iets, nam daarbij meteen nog een handjevol Sleepzz in en soesde tevreden weer weg. Het was ideaal. Ik sliep meer dan dat ik wakker was en eindelijk had ik de manier gevonden waarop ik wilde leven, waarop ik op mijn eigen manier weer gelukkig kon zijn. Droom en werkelijkheid waren met elkaar van plaats gewisseld en hadden ervoor gezorgd dat de wakende uren betekenisloos waren en ik in mijn slaap mijn echte leven leidde. Voor de zekerheid had ik alvast een nieuwe voorraad pillen besteld zodat ik niet zonder zou komen te zitten.

Mijn moeder en Gwen wisten dat ik de hele week liever geen bezoek wilde. Allebei hadden ze hier verbaasd op gereageerd, maar ik had ze ervan verzekerd dat er niets aan de hand was. Dat het op het moment gewoon beter voor me was om even alleen te zijn.

'Maar je boodschappen dan?' had mijn moeder gevraagd. 'Je moet toch eten?'

'Ik heb genoeg voorraad in de vriezer liggen om me maandenlang rond te eten aan jouw spaghetti en groentesoep,' stelde ik haar gerust. 'Ik red het er makkelijk mee.'

'Maar je komt toch nog wel naar ons toe, volgende week woensdag?'

'Natuurlijk! Dat heb ik beloofd.'

'En blijf je dan meteen mee-eten?' probeerde ze gelijk.

Haar vraag had me doen glimlachen. Niet alleen voor mij, maar ook voor mijn ouders was de gebeurtenis een groot moment: ik wist dat mijn moeder het zag als een eerste stap terug in de richting van de dochter die ik ooit was geweest. 'Dat is goed,' zei ik.

Dit antwoord had haar zo verheugd dat ze er verder niet meer op aandrong om naar me toe te komen. En ook Gwen had uiteindelijk in de hoorn gezucht en zich erbij neergelegd. 'Vooruit dan. Als je zeker weet dat ik me geen zorgen hoef te maken…'

'Dat weet ik zeker. Er is niets aan de hand, en ik zie je volgende week gewoon weer.'

Zonder haar gezicht te kunnen zien wist ik dat ze haar wenkbrauwen fronste bij deze opmerking, maar ze ging er niet op in. Volgende week zou ik ervoor moeten zorgen dat ik lang genoeg wakker was om inderdaad een paar uurtjes met haar door te brengen zodat het niet verdacht werd. Maar nu nog niet. Nu was er nog te veel in te halen.

Al een paar dagen was ik alle besef van tijd kwijt. De gordijnen waren permanent gesloten waardoor de ochtenden en avonden op elkaar leken, en wanneer ik in bed lag vloeiden ze bijna onmerkbaar in elkaar over. Het waren de geluiden die van buiten kwamen waar ik zo nu en dan aan merkte dat het dag was, maar door de oordopjes hoorde ik er niet veel van, en welke dag van de week het was wist ik al helemaal niet. Ik leefde op gevoel: mijn lichaam gaf aan wanneer het eten of drinken nodig had of dat ik naar de wc moest, en de rest van de tijd hield ik mezelf slapende. Wakker zijn was verspilde tijd.

Zodra ik mijn ogen sloot viel ik in slaap en dan verscheen Cal. Dat mijn dromen nog steeds niet lucide waren gaf niet, het stoorde niet dat Matt en ik een tussenpersoon nodig hadden om samen te zijn: we waren Cal allebei dankbaar voor het faciliteren. Het was goed zo, meer dan goed.

Met zijn drieën raakten we volledig op elkaar ingespeeld. Als ik op de bank mijn ogen sloot dook Cal daar op, en viel ik in bed in slaap dan verscheen hij in mijn slaapkamer. Zijn aanwezigheid was steeds van korte duur, want hij wist dat het om Matt ging.

Matt en ik trokken naar elkaar toe als magneten. Na onze

middag in de dierentuin had hij me telkens weer meegenomen naar plekken waar goede herinneringen lagen, en samen haalden we ze op. Ook waren er dromen waarin we nergens heen gingen maar in bed bleven, dicht bij elkaar. Dan zwegen we en hadden genoeg aan elkaars aanwezigheid. Wanneer we wel spraken, ging ons leven samen gewoon door waar het was opgehouden en we maakten zelfs plannen voor onze bruiloft.

Vaak was het achteraf bijna onmogelijk om te bevatten dat mijn andere zelf – mijn *slapende zelf* – tijdens ons samenzijn roerloos in bed lag, hetzelfde bed waarop mijn *dromende zelf* bij Matt was. Het was dezelfde wereld en dezelfde omgeving, en toch ook niet. Het was alsof er een spiegel op werd gericht. En terwijl mijn spiegelbeeld lag te slapen, met gesloten ogen, in volmaakte rust, was ik aan de andere kant van het glas bij Matt.

We waren er bijna. Ik had mijn armen stevig om Matts middel geslagen en mijn haar wapperde van onder de helm als een gordijn achter me aan terwijl hij ons via de vertrouwde sluiproute naar het strand van Rockanje reed.

Hij parkeerde de motor op onze geheime parkeerplaats, en op warme, blote voeten slenterden we door het zand. De denkbeeldige voetstappen van onze vorige wandelingen leidden ons de duinen in, waar we neerstreken in een afgelegen stukje wit met groene natuur. We lagen beschut en uit het zicht van de mensen op het strand. Door de warme stralen gloeide mijn lichaam alsof ik de zon zelf was.

Matt streek met zijn vinger over mijn wang.

Toen we honger kregen liepen we naar het terras van Havana, waar we aardbeien met slagroom aten. Samen keken we uit over de zee, en met mijn aardbei in zijn mond en zijn slagroom op mijn lippen was de wereld een paradijs. 'Laten we hier altijd blijven,' stelde ik voor, 'en de rest van ons leven alleen nog maar aardbeien met slagroom eten.'

Matt grijnsde. 'En nooit meer van jouw kookkunsten genieten? *Ain't gonna happen, babe.*'

Ik prikte de laatste aardbei aan mijn vork en lachte mee. In de reflectie van zijn zonnebril zag ik mijn gezicht, zorgeloos gelukkig en met nieuwe sproeten op mijn neus.

Matt stond op. 'Kom.'

We liepen terug het strand op, in de richting van de zee. Onze schoenen hadden we nog steeds uit en het warme zand krulde zich tussen mijn tenen bij iedere stap. Ik liet mijn jurkje langs mijn lichaam naar beneden glijden, eronder droeg ik mijn bikini. Matt trok zijn t-shirt over zijn hoofd en deed zijn korte broek uit. Het zeewater klotste behaaglijk lauw tegen onze benen, en hand in hand liepen we steeds dieper de zee in. Onze stappen vertraagden, en toen de golven ons omsloten en bij mij tot mijn middel reikten, liet Matt zich glimlachend voorover vallen. Ik volgde zijn voorbeeld en het water ving me op. Loom dreven we op onze buik, onze gezichten naar elkaar toe. Gewichtloos waren we, zwevend op de golven.

Als mijn moeder me niet zou hebben gebeld, zou ik totaal zijn vergeten dat het morgen al zo ver was.

'Het was je toch niet ontschoten, hoop ik?' zei ze door de telefoon.

'Nee, natuurlijk niet,' zei ik snel. 'Ik had alleen even niet in de gaten welke dag het morgen was. De tijd gaat ook zo snel voorbij!'

Daar was ze even stil van. Ik wist dat ze zich afvroeg hoe bij mij in godsnaam de tijd snel voorbij kon gaan, maar gelukkig ging ze er niet op in.

Die nacht sliep ik slecht. Steeds weer schrok ik wakker en schoten mijn ogen naar de wekker op Matts nachtkastje om te zien hoe laat het was, bang dat de ochtend al was aangebroken en dat ik me had verslapen. Doordat ik geen dag- en nachtritme meer had, was het risico groot dat ik na een lange slaap wakker werd om erachter te komen dat de dag alweer voorbij was.

Door het onrustige slapen zagen Matt en ik elkaar slechts met flarden. Soms, als ik wakker werd maar meteen daarna weer terug in slaap viel, verwachtte ik dat we gewoon verder konden gaan waar we een paar seconden geleden waren gebleven, maar dat gebeurde niet. Iedere keer als ik ontwaakte, hoe kortstondig ook, hadden we opnieuw Cal nodig om ons bij elkaar te brengen.

Toen ik om half elf 's ochtends voor de zoveelste keer bezorgd speurde naar de wekker, stond ik op. Mijn ouders verwachtten me rond één uur, en nu zou ik in ieder geval genoeg tijd hebben om op mijn gemak te douchen en me voor te bereiden op mijn reis door de buitenwereld.

De douchestraal was aangenaam warm. Ik masseerde de shampoo in mijn haar, spoelde het uit, poetste mijn tanden en zeepte me in met romige douchecrème. Tijdens het afdrogen bekeek ik mezelf in de spiegel. Ik was afgevallen. Mijn altijd al tengere bouw was nu mager te noemen. Mijn ribben waren prominenter aanwezig dan mijn borsten. Ik wist dat ik eigenlijk meer zou moeten eten, maar het kwam er niet van. Ieder moment dat ik daarmee bezig en dus wakker was, was een moment waarop ik niet bij Matt was terwijl ik dat wel zou kunnen. Waarom zou ik daarvoor kiezen? En ik kwam heus niets tekort: iedere dag at ik een beetje van de groentesoep van mijn moeder, en die zat evenals de spaghetti vol met voedingsstoffen. Bovendien had iemand die de hele dag sliep waarschijnlijk maar weinig eten nodig, doordat je dan amper energie verbruikt. Dieren in een winterslaap aten toch ook niet?

Hoe dan ook, vandaag zou ik in ieder geval weer even een goede voorraad aanleggen waar mijn lichaam dan weer een tijdlang op kon teren. En als mijn ouders me goed zagen eten zouden zij er in één moeite door van worden overtuigd dat het goed met me ging, dat ze zich geen zorgen hoefden te maken. Ik had mijn keuzes gemaakt over hoe ik wilde leven en dat moesten ze respecteren.

Ik drapeerde een handdoek om mijn natte haren en ritste

voor het eerst in ruim een half jaar mijn make-uptasje open. Gelukkig bleek opmaken een techniek te zijn die je niet verleert: mijn vingers wisten nog precies hoe ze vlug en behendig te werk moesten gaan, en met de geroutineerde bewegingen van jarenlange ervaring maakte ik in een mum van tijd mijn oogopslag donker en liet ik mijn lippen glanzen. Mijn wangen zagen er met rouge net wat gezonder uit, en tevreden bekeek ik het resultaat. Het vertrouwde gezicht in de spiegel glimlachte naar me: het witte en ingevallen gelaat waaraan ik gewend was geraakt was voor één dag weer even omgetoverd tot de verzorgde, jonge vrouw die ik voorheen was geweest. Mijn ouders zouden blij zijn.

Purr liep zoals altijd met me mee naar de gang, maar draaide zich verontwaardigd om toen ze zag dat ik aanstalten maakte om weg te gaan. Met geheven staart trippelde ze terug de woonkamer in. Ze zou zich oprollen in het hoekje van de bank en in slaap vallen. Zij wel. Ik moest mezelf inhouden om niet achter haar aan te lopen en me naast haar neer te vlijen, mijn ogen te sluiten om Cal te begroeten. Maar ik moest weg, de wakkere wereld in. Ik had het mijn ouders beloofd.

De kelder was Matts plek geweest, en ik had er al die maanden geen voet gezet. Al zijn spullen, zijn 'meuk' zoals hij het zelf had genoemd, stonden nog precies zoals hij ze had achtergelaten. Kartonnen dozen vol dvd's en oude boeken. Gereedschapskisten. Spuitbussen met verf, een bevlekte donkerblauwe overall. Een oude gettoblaster in de hoek. Planken, autobanden en motoronderdelen. En natuurlijk zijn geliefde Triumph. Ik slikte toen ik de twee helmen zag. Wat leek het kort geleden dat ik bij hem achterop had gezeten, samen naar het strand.

Matt had hier veel tijd doorgebracht. De enige keren dat ik de kelder in was gestapt was als ik mijn fiets nodig had. Zoals nu. Het ding stond er nog steeds, in dezelfde hoek als waar ik hem de laatste keer nietsvermoedend had gestald. Ik had er geen idee van gehad dat de eerstvolgende keer dat mijn handen het stuur weer zouden omvatten, ik weduwe zou zijn. *Weduwe.* Ik verafschuwde het woord, maar ik was het wel, al waren Matt en ik nog niet getrouwd geweest.

Ik keek om me heen. Matts aanwezigheid was hier even sterk als in huis. Misschien nog wel meer, omdat dit zijn eigen favoriete ruimte was geweest. Ik veegde een traan uit mijn ooghoek. Alles was oké. Ik had een manier gevonden om met hem samen te kunnen zijn en daar moest ik dankbaar voor zijn. Deze kelder en deze fiets waren nog maar het begin van wat me vandaag te wachten stond: ik zou de komende uren met heel veel dingen worden geconfronteerd die ik nu pas weer voor het eerst zag. In het huis van mijn ouders zouden Matts voetsporen zo aanwezig zijn dat ze blaren zouden branden onder mijn voeten en de herinneringen zouden me raken als een klap in mijn gezicht. Maar ik moest in gedachten houden dat ik hem vanavond weer zou zien. Het bezoekje aan mijn ouders was niets anders dan een korte onderbreking van ons samenzijn, die ik voor mijn vader moest overhebben, dat was alles.

Ik haalde mijn fiets van het slot. Hij bewoog stroef toen ik hem achteruit reed, en voor de zekerheid boog ik voorover om aan de banden te voelen. Ik had het kunnen weten: na al die tijd waren ze helemaal zacht. Daar had ik niet bij stilgestaan. Het was des te vervelender omdat ik alleen maar een kapotte fietspomp had liggen. Een paar weken voor Matts overlijden was het ding stukgegaan en ik had me voorgenomen om bij de fietswinkel in de straat achter mijn ouders een nieuwe te halen, maar daar was het niet meer van gekomen.

Ik zuchtte. Mijn ouders woonden in IJsselmonde en dat was net iets te ver om er dan maar heen te gaan lopen. Ik zou met de bus moeten. Mijn vader zou me ongetwijfeld terug naar huis brengen, hij zou er zelfs op staan, en ik wist dat als ik nu belde en uitlegde dat mijn fiets zachte banden had hij onmiddellijk en met alle liefde ook op de heenweg chauffeur zou zijn, maar dat hoefde niet. De bushalte was vlakbij en het was maar een stuk of tien haltes naar mijn ouders. Ik zou er in *no time* zijn.

En misschien was het eigenlijk maar goed ook dat ik niet kon fietsen, bedacht ik terwijl ik de kelder verliet en het flatgebouw uit liep. Door het intensieve gebruik van de slaappillen was ik sinds ik vanmorgen opstond met vlagen erg moe, en door het gebrek aan eten van de afgelopen dagen zelfs duizelig. Fietsen kon nog behoorlijk riskant zijn. De bus was veiliger.

Gelukkig hoefde ik niet lang te wachten. Even voelde ik een kramp in mijn maag toen ik instapte en de andere reizigers zag – ondanks het recente uitstapje met de metro voelde het onwennig om zo veel mensen tegelijk te zien – en met mijn blik naar de grond liep ik door tot bijna achterin. Ik ging op een lege bank zitten en keek uit het raam terwijl de bus de vertrouwde route naar mijn ouders reed.

Wat was het vreemd om te bedenken dat ooit op deze weg, op dit asfalt met dezelfde bomen aan de zijkant en hetzelfde fietspad ertussen, Matt en ik hadden gereden. In zijn auto. Dezelfde auto die na zijn overlijden door zijn werk in beslag was genomen, al was dat bijna volledig langs me heen gegaan. Ik kon me vaag iets herinneren over papieren die ik had ondertekend en een hand die ik had geschud, maar verder was het niet echt tot me doorgedrongen. Ze deden maar, wat kon mij het schelen? Voor hen ging het leven door en dat begreep ik. De mannen in pak moesten zich bezighouden met praktische kwesties zoals het stopzetten van salaris, het uitbetalen van opgebouwd vakantiegeld en tegoeden, het terugvorderen van een leaseauto en het condoleren van de arme jonge vrouw die achterbleef en met wie ze tijdens het kerstfeest nog zo tevergeefs hadden geflirt. Pijn voelden ze niet en verdriet evenmin. Voor hen was Matt een werknemer, en ja, het was tragisch dat hij was overleden, maar dat was het. In hun hart was geen gat achtergebleven.

De bus reed in een rustig tempo, de zon scheen naar binnen en ik onderdrukte een geeuw door mijn kaken stevig op elkaar te klemmen. Ik zou straks aan mijn moeder vragen om thee voor me te zetten zodat ik wat helderder werd. Door de royale hoeveelheid slaap waaraan ik gewend was geraakt kostte het nu al moeite om wakker te blijven, terwijl ik nog geen drie uur op was. Een tweede geeuw liet zich minder makkelijk smoren en de derde zette gewoon door. Ik dacht na. Ik wist dat ik mijn slaap moest opsparen totdat ik thuis was, maar voor een paar minuten mijn ogen sluiten zou geen kwaad kunnen. Een hazenslaapje. Ik zou ze meteen weer opendoen, maar ik kon mezelf best even, héél even, wat verlichting gunnen. Het zou me misschien zelfs goed doen, zodat ik me daarna wat helderder voelde. Want het was echt bizar hoe uitgeput ik was, waarschijnlijk waren die pillen sterker dan ik dacht. Zodra ik vanavond thuiskwam, zou ik mijn bed in duiken en daar de rest van de avond en nacht blijven. Samen met Matt.

Toen de bus stopte opende ik mijn ogen. We stonden bij Keizerswaard en het bloed steeg me naar het gezicht bij de herinnering aan de laatste keer dat ik hier was geweest. Had ik toen maar geweten wat ik nu wist: dat het uiteindelijk allemaal goed zou komen, dat ik Matt zou terugvinden.

Nog drie haltes en dan moest ik eruit. Een groepje van vier tienermeisjes stapte in, gekleurde plastic tasjes van het winkelen in hun handen. Door de achterdeur verliet een ouder echtpaar de bus, hij met een wandelstok en zij met een voorovergebogen rug en bruinleren handschoenen. Ik slikte. Matt en ik hadden ons vaak voorgesteld hoe wij eruit zouden zien als we later oud en bejaard waren. Hoe zou het nu verlopen? Zou ik in mijn eentje oud worden, terwijl Matt in onze dromen voor altijd jong zou blijven? Of zou hij met me meerijpen, rimpels krijgen, net als ik? En zou ik, wanneer ik vijfennegentig was, een kunstgebit had en in een bejaardenhuis woonde, nog steeds slaappillen slikken om maar zo veel mogelijk bij hem te kunnen zijn?

De drukke stemmen van de schoolmeisjes haalden me uit mijn gedachten. Ze hadden de achterbank bezet en naast me aan de andere kant van het gangpad zat een donkerharige vrouw met een klein jongetje op schoot. De jongeman die schuin voor me zat en die me nu pas opviel keek naar buiten, zijn gezicht afgewend. Zijn haar was donker en vanaf de achterkant leek hij op iemand, maar ik kon niet plaatsen op wie. De vermoeidheid maakte het onmogelijk om geconcentreerd mijn geheugen te raadplegen.

Bij de volgende twee haltes stapte er niemand uit of in, en ik drukte alvast op de stopknop. De moeder naast me maakte zich klaar om op te staan, en toen de bus vaart minderde kwam ze overeind en ging bij de deur staan. Het jongetje hield zich vast aan haar lange rok.

Ook ik stond op.

De jongeman die naar buiten had zitten kijken, draaide zijn gezicht. Abrupt stokte mijn adem. Ik greep me vast aan de stang boven mijn hoofd om rechtop te blijven staan en mijn ogen waren groot van verbazing.

Hoe kon dit?

Ondertussen ging de deur open en de jonge moeder stapte uit, het kindje stevig aan haar hand. Maar zelf bleef ik staan. Als aan de grond genageld keek ik naar de man die weer naar buiten staarde.

De deur ging dicht en de bus reed verder, maar het gaf niet. Ik hoefde niet uit te stappen. Want ik sliep, ik droomde. Dat kon niet anders.

Dit was niet goed, ik moest ogenblikkelijk wakker worden! Ontwaken voordat de bus in het echt ook bij mijn halte aankwam. Maar hoe kon ik mezelf wakker krijgen? En waarom zat Cal daar zo stil, zonder iets te zeggen of naar me toe te komen zoals hij normaal gesproken wel altijd deed?

Sliep ik wel echt?

Achter me werd ongeduldig gekucht, en nu pas zag ik dat de bus weer was gestopt. Snel deed ik een stap opzij om het groepje scholieren langs te laten. Hun schelle stemmen verdwenen naar buiten, waar ze vervaagden toen de deur sloot en de bus verder reed. We reden de wijk van mijn ouders uit.

Wat moest ik doen? Als dit echt een droom was, dan had het geen zin om uit te stappen, het zou slechts slaapwandelen zijn. Ik moest eerst wakker zien te worden, zodat ik werkelijk de bus kon verlaten en naar het huis van mijn ouders kon lopen. Maar er was iets vreemds aan de hand. Het was niets voor Cal om zo onverschillig te blijven zitten, zich niet eens om te draaien, alsof hij niet doorhad dat ik er was. Waar sloeg dit op? Waarom kwam hij niet gewoon naar me toe om Matt bij me te brengen?

Ik keek om me heen. Misschien was Matt er al en had ik hem niet opgemerkt.

Maar hij was nergens te zien.

De reality check schoot het door me heen. Natuurlijk, dat moest ik doen. Alleen dan zou ik weten of ik daadwerkelijk droomde of misschien toch wakker was.

Terwijl ik me met één hand vasthield aan de stang, kneep ik met mijn andere hand mijn neus dicht. Mijn mond hield ik stijf gesloten. Maar meteen schoten mijn luchtwegen op slot: het lukte me nog geen seconde om toch door te ademen.

Kom, nog een keer proberen. Want dit kon niet, ik deed iets verkeerd. Het moest me lukken om te ademen want dit was een droom, ik wist het zeker.

Maar na de derde poging liet ik hoestend mijn neus los. Een paar mensen draaiden hun hoofd naar me toe en namen me nieuwsgierig op.

Cal zelf bewoog niet maar bleef naar buiten staren.

Uiteindelijk haalde ik diep adem en ging naast hem zitten. 'Cal,' zei ik.

Verbaasd keek hij opzij. Hij zag er echt precies hetzelfde uit als in mijn dromen. En dat was dit natuurlijk ook, ondanks de mislukte test. Toch? Of moest ik het misschien nog een keer checken, zodat ik er echt honderd procent zeker van kon zijn? Als ik er gewoon even een andere methode voor gebruikte dan die van daarnet, dan lukte het misschien wel. Zonder er verder nog over na te denken, sloeg ik mezelf met een vlakke hand zo hard als ik kon in mijn gezicht.

Prompt sprongen er tranen in mijn ogen. Ik was wakker.

Naast me keek Cal met grote ogen toe.

Ik zuchtte. 'Ik ben het,' zei ik, terwijl ik over mijn brandende wang wreef. 'Herken je me niet?'

Cal schraapte zijn keel. 'Ik moet er hier uit.'

Hij maakte aanstalten om op te staan, maar ik bleef zitten en hield mijn benen recht voor me zodat hij er niet uit kon.

'Herken je me echt niet?' vroeg ik nogmaals. Hij was het, ik wist het zeker. Zelfs zijn stem was hetzelfde. Mij hield hij niet voor de gek.

Maar Cal stapte met zijn lange benen over de mijne heen en ging bij de deur staan. Toen hij zag dat ik over mijn schouder naar hem omkeek en hem met mijn ogen volgde, mompelde hij: 'Ik weet niet wie je bent, sorry.'

Ik keek toe hoe hij uitstapte en met grote passen wegliep.

Mijn wang gloeide nog na van de klap, ik was duizelig van vermoeidheid en verwarring, maar boven alles wist ik zeker dat er iets vreemds aan de hand was. Ik sprong op en verliet op het nippertje de bus.

Cal liep voor me, met gebogen hoofd in hoog tempo. Hij keek niet om. Zou hij weten dat ik achter hem liep? Hij had hetzelfde haar en hetzelfde gezicht als in mijn dromen, maar zijn kleren waren anders. Normaal was hij in het zwart gekleed, maar nu droeg hij een lichtblauwe spijkerbroek en een grijze driekwart jas.

Ik moest vlug lopen om hem bij te kunnen houden. Gelukkig kende ik dit gedeelte van de wijk en zou ik niet verdwalen. Gwen had hier vroeger in de buurt gewoond, toen we nog op school zaten. Wist Cal waar hij heen ging? Was hij hier ook eerder geweest, zou hij snappen hoe hij hier überhaupt was terechtgekomen? Blijkbaar had ik hem, zonder dat hij dit doorhad, op de een of andere manier meegenomen naar de wakkere wereld. Eenmaal hier wist hij niet wie ik was. Misschien wist hij niet eens wie hij zelf was. Hoe dan ook: ik moest hem helpen, zo veel was duidelijk.

Ik ging naast hem lopen. 'Cal,' zei ik wederom.

Verbaasd keek hij opzij. 'Jij weer? Ben je me aan het volgen of zo? Wat heeft dit te betekenen?'

'Cal, luister even,' begon ik. 'Ik –'

'Waarom noem je me zo?' Hij nam me onderzoekend op. 'Zo heet ik niet.'

We stonden tegelijk stil. Terwijl op de weg naast ons auto's voorbijreden en de wind koud aanvoelde, staarden we elkaar aan. Zijn vragende blik weerspiegelde die van mijzelf.

Mijn stem klonk verward toen ik eindelijk sprak. 'Maar als jij Cal niet bent… wie ben je dan wel?'

'Nee, de vraag is: wie ben jíj? En waarom volg je me?'

'Omdat ik blijkbaar dacht dat je iemand anders was.' *Vergeet het maar,* wilde ik eraan toevoegen toen ik zijn geërgerde blik zag. *Sorry dat ik je heb lastiggevallen.* Maar ik bleef staan. Want hoe kon ik weglopen? Dit was Cal wél, het kon niet anders.

'En ik heb je gezegd dat ik die persoon niet ben,' antwoordde hij, 'dus laat je me nu met rust?'

Ik reageerde niet. Als ik hem liet weglopen dan zou ik mezelf voor altijd blijven afvragen hoe deze bizarre ontmoeting mogelijk was geweest. Wat het te betekenen had. Hoe het kon bestaan dat hij niet wist wie hij was! En ik kon het hem niet gewoon vanavond in mijn droom vragen, want ik wist nu al dat zodra ik de droom binnentrad ik deze situatie vergeten zou zijn tot ik weer wakker werd.

Cal ging weer lopen.

'Wacht!'

Met een ongeduldig armgebaar hield hij halt en keek me doordringend aan. 'Wat wíl je nou van me? Ik heb je al verteld dat ik niet ben wie jij schijnt te denken dat ik ben, dus kun je me nu dan niet gewoon met rust laten? Ik moet verder. Dag.'

Even staarde ik langs hem heen, naar de weg. Stel dat ik me dit allemaal inbeeldde, dat ik dingen zag die er helemaal niet waren? Stel dat de vele slaappillen mijn hersenen hadden aangetast en hallucinaties hadden opgewekt? Misschien zou ik, als mijn blik helder en uitgerust was geweest, gezien hebben dat deze man helemaal niet eens op Cal leek. Of misschien was mijn onderbewuste er zo aan gewend geraakt om voortdurend verwachtingsvol naar Cal uit te zien, dat het nu zelfs gebeurde als ik wakker was.

'Als jij Cal niet bent,' zei ik voor de tweede keer en mijn stem was dringender, 'wie ben je dan wel? Het is belangrijk voor me om dat te weten.'

Cal streek met zijn hand door zijn haar. Een schaduw trok over zijn gezicht toen hij zuchtte. Hij keek me aan, niet langer geïrriteerd maar ernstig. Zijn stem was laag toen hij vroeg: 'Hoe heb je me gevonden?'

Ik had geen idee hoeveel tijd er was verstreken. Het kon een minuut zijn, een kwartier. Misschien zelfs maar een paar seconden. Maar we stonden nog steeds tegenover elkaar, midden op straat en in de wind. Om ons heen ging de wereld onverstoorbaar door. Cals blik was nog steeds duister en mijn eigen ogen waren wijd geopend, voelde ik. De koude lucht in mijn nek daalde onder mijn jas door naar beneden en trok rillingen over mijn rug.

Toen het me eindelijk lukte om hem te vragen wat hij bedoelde, klonk mijn stem ver weg, alsof het geluid ergens anders vandaan kwam. *Alsof ik droomde.* En ja, eigenlijk zou dat nog steeds de meest logische verklaring zijn voor wat er gebeurde. Misschien had ik in de bus de reality checks gewoon niet goed uitgevoerd en moest ik nogmaals testen of ik sliep, om het écht zeker te weten. Ik dwong mijn hersenen om zich een andere methode te herinneren waar ik over had gelezen, om de tekst zichtbaar te maken in mijn hoofd zoals het op internet had gestaan, en het werkte: ineens wist ik het weer.

'Duw de wijsvinger van je rechterhand tegen de palm van je linkerhand. Als je vinger erdoorheen gaat, zit je in een droom. Lukt dit niet, dan weet je dat je wakker bent.'

En terwijl Cal nog steeds tegenover me stond en fronsend mijn beweging volgde, bracht ik zo geconcentreerd mogelijk mijn beide handen omhoog voor mijn gezicht. Met mijn rechterwijsvinger duwde ik tegen mijn linkerpalm.

Er gebeurde niets, mijn vlees week nergens maar hield in plaats daarvan mijn vinger tegen.

Cal deed een stap naar achteren. Hij schudde zijn hoofd. 'Luister, meisje, ik weet niet van wie jij je informatie hebt of waarom je hebt besloten om mij ermee lastig te vallen, maar ik zou het waarderen als je me nu met rust liet.'

Verbaasd liet ik mijn handen zakken. 'Wat voor informatie?'

Hij zuchtte luid en deed weer een stap naar me toe. Met zijn gezicht dicht bij het mijne, keek hij me zonder te knipperen recht in de ogen. 'Wie ben jij?'

Ik keek strak terug. 'Wie ben *jij*?'

Hij klakte ongeduldig met zijn tong. 'Hoe komt het dat je van Caleb af weet? Dat weet bijna niemand. Alleen mijn ouders en ik.'

De schok verdraaide mijn stem toen ik met ingehouden adem vroeg: '*Caleb*? Je bedoelt Cal? Hij bestaat dus wel!'

Hij begon weer te lopen. 'Ik had het niet moeten zeggen. Wie je ook bent en wat je ook wilt: laat me met rust.'

Ik negeerde zijn verzoek en liep mee, zo overmand door vragen dat ik moeite moest doen om recht te blijven lopen. Maar voordat ik ze kon stellen, beet hij me toe: 'Ga weg! Ik weet niet waar je mee bezig bent, maar je kunt er beter mee stoppen. Voordat je me echt boos maakt.'

'Luister nou gewoon even naar me!' zei ik en in een opwelling pakte ik zijn arm beet. Meteen stond hij stil en zijn ogen boorden zich in de mijne. 'Ik bedoel het niet verkeerd,' zei ik zachter. Ik liet hem los. 'Ik zal je uitleggen wat er aan de hand is, misschien dat je het dan begrijpt.'

Even dacht hij na, toen knikte hij. 'Vooruit dan. Maar het kan maar beter een heel goed verhaal zijn.'

Ik haalde diep adem en begon. 'Ik vond het vreemd je in de bus te zien, want normaal gesproken zie ik Cal altijd maar op één plek en dat is niet hier. Maar je lijkt zo sprekend op hem, dat ik toch dacht dat jij het was. Hij dus. Jij.'

Hij lachte spottend en schudde zijn hoofd. 'Je liegt. En waarom? Wie heeft jou hiertoe aangezet?'

Ik kruiste mijn armen. 'Waarom zou ik zoiets verzinnen? Ik begrijp er zelf ook niets van!'

'Caleb is dood,' zei hij hard.

'Dat weet ik,' zei ik, even hard.

Mijn ouders vroegen zich ongetwijfeld af waar ik bleef. Ik had ze kunnen bellen, maar dat had ik bewust niet gedaan. Het zou ze alleen maar gelegenheid hebben gegeven om vragen te stellen, en wat moest ik dan zeggen? Hoe kon ik uitleggen dat ik hier al meer dan een half uur in een café zat tegenover een man die ik net had leren kennen, maar met wie ik me op een vreemde manier nu al verbonden voelde omdat hij zo sprekend op Cal leek? En hoe zou ik vervolgens moeten uitleggen wie 'Cal' dan wel niet was? Het hele verhaal was zo absurd dat ik mijn moeders verbijsterde reactie al kon voorstellen. Mijn vader zou proberen haar te kalmeren, maar ze zou zijn hand van haar schouder afduwen, en zeggen: 'Al die tijd al had ik het gevoel dat ze professionele hulp nodig had, Henk, en nu is het te laat. Onze dochter is doorgedraaid!'

Ik had ze dus maar een vluchtig sms'je gestuurd met de melding dat er iets was tussengekomen, maar dat ik er zo snel mogelijk aankwam. Als ik er was zou ik wel een geloofwaardig verhaal verzinnen dat zou verklaren waarom ik zo laat was.

Toen mijn moeder nietsvermoedend terug sms'te met: 'Tot straks! De appeltaart staat al klaar!' had ik me even schuldig gevoeld, maar ik drukte die emotie weg zoals ik ook het berichtje wegklikte. Dit hier was nu eventjes belangrijker.

Ik keek naar Josh, zoals Cals tweelingbroer zich inmiddels aan me had voorgesteld. Cal, Caleb dus, was dood geboren, had hij me verteld. Cal was dus in de droomwereld 'gerijpt', had zich lichamelijk op dezelfde manier ontwikkeld als zijn broer. En Josh was hem, als overlevende van de twee, altijd blijven missen. Al verwachtte hij niet van mij dat ik dat zou begrijpen, zei hij, want hoe kon je iemand missen die er nooit was geweest?

'Dat is niet helemaal waar,' reageerde ik. 'Hij is er wél geweest. Jullie hebben met zijn tweeën negen maanden lang in de baarmoeder gezeten, zoiets moet een band creëren.'

Hij keek me verwonderd aan. 'Je bent de eerste die ik zoiets hoor zeggen. Meestal is er alleen maar onbegrip over dit soort dingen, daarom praat ik er nooit met iemand over.'

'Ik kan me voorstellen dat het moeilijk is.'

Hij knikte. 'Ik was al zes toen mijn moeder me eindelijk vertelde dat ik ook nog een broertje had, dat ik eigenlijk een tweeling was, kun je het je voorstellen? Ze wilde niet dat ik het eerder wist omdat ze dacht dat het te zwaar voor me zou zijn. En het was natuurlijk ook moeilijk, maar tegelijkertijd verklaarde het zó veel. Eindelijk wist ik waar dat onbestemde gevoel vandaan kwam dat ik niet "compleet" was, dat er iets fundamenteels ontbrak in mijn leven.' Hij wreef over zijn kin. 'En wat had ik een verdriet om mijn broertje. Terwijl ik natuurlijk niet eens wist wie hij was. Hoe het geweest zou zijn, wat of wie ik nou eigenlijk precies miste.'

'Wat erg,' zei ik zachtjes.

'Ik voel me een tweeling, maar ik ben een eenling,' ging hij verder. 'Of andersom. Ik weet niet hoe ik het moet zien. Het is zo verwarrend. Het enige wat ik zeker weet, is dat ik hem mis.'

Dat hij eigenlijk niet zo goed wist wat hij met míjn informatie over Cal aan moest, was logisch. Ik had immers zelf, toen we nog buiten stonden, gehoord hoe bizar het geklonken had toen ik hem voorzichtig vertelde dat ik Cal 'zag' in mijn dromen. Maar toch leek hij me te geloven. En nu zaten we hier, in dit café, hij met een glas bier en ik met een glas sinaasappelsap.

Hij glimlachte toen mijn ogen de zijne troffen. 'Zo'n verhaal hoor ik niet iedere dag.'

Ook ik glimlachte.

'Maar ik besef dat je dit niet verzint. Want eigenlijk zou je het onmogelijk kunnen weten, van Caleb. Dus dat bewijst voor mij denk ik meteen al dat je de waarheid spreekt.' Hij staarde me peinzend aan. 'Wat ik alleen niet begrijp, is waarom Caleb uitgerekend jou uitkiest om contact mee te leggen. Jij bent een volslagen vreemde. Waarom komt hij niet gewoon bij mij, zijn eigen broer?' Zijn poging om op een grappige manier quasiverontwaardigd te kijken, kon de teleurstelling niet verhullen.

'Dat weet ik ook niet,' zei ik, bijna verontschuldigend. 'Ik begrijp er echt net zo weinig van als jij. Mijn plan was in eerste instantie om mijn dromen te gebruiken om zo mijn vriend weer te zien. Ik wilde leren om lucide te dromen, maar dat is me niet gelukt. In plaats daarvan kwam Cal ineens tevoorschijn, schijnbaar uit het niets, en sindsdien helpt hij me iedere nacht om Matt bij me te brengen.'

'Ik wou dat ik hem zelf ook kon zien,' zei hij met een verlangende blik in zijn ogen. 'Lijkt hij echt op mij?'

'Als twee druppels water,' knikte ik. 'Ik dacht niet voor niets in de bus dat jij hem was! En het voelt ook enorm vreemd voor mij, om hier met jou te zitten en met je te praten, maar mezelf er tegelijkertijd steeds aan te herinneren dat je hem níét bent. Dat jij heel iemand anders bent. Want als ik niet uitkijk blijf ik toch denken dat ik hier met Cal aan een tafeltje zit.'

'We zijn een eeneiige tweeling, dus de gelijkenis is logisch, denk ik,' zei hij. 'Maar toch doet de bevestiging me goed. Ik heb het me altijd afgevraagd als ik in de spiegel keek.'

Nadat hij een slok van zijn bier had genomen, bekende hij dat hij een paar jaar geleden een medium had geraadpleegd, in een poging om op die manier contact te leggen met Cal. Maar dat was niet gelukt omdat het medium Cal niet kon 'vinden'. Toen hij het daarna nog een paar keer had geprobeerd, steeds bij een andere paragnost, bleken ze er telkens om diezelfde reden niet toe in staat te zijn.

'En dan hoor je vervolgens van een totaal onbekende dat Cal zomaar in haar dromen is terechtgekomen en dat zij hem sindsdien iedere nacht ziet,' zei ik meelevend. 'Dat moet wel heel frustrerend zijn.'

'Het geeft niet,' verzekerde hij me. 'Ik ben heel blij dat jij en ik elkaar vandaag zijn tegengekomen. Natuurlijk is het even schrikken, maar het doet me goed om te weten dat Caleb dus inderdaad voortleeft, ergens. Dat hij bestaat. Ook al is het dan bij jou.'

'Misschien was onze ontmoeting wel voorbestemd,' zei ik, 'zodat ik jou dit kon vertellen. Het was waarschijnlijk nodig dat je dit weet.'

Het werd drukker in het café en op de klok die schuin achter Josh aan de muur hing zag ik dat het inmiddels al drie uur was geweest. 'Ik had al lang bij mijn ouders moeten zijn,' bekende ik. 'Ik moet er echt vandoor.'

Josh knikte. 'Vind je het goed als ik je mijn nummer geef? Ik zou het fijn vinden om je nog een keer te kunnen spreken hierover, als er misschien iets nieuws te melden is, als Caleb jou bijvoorbeeld een boodschap doorgeeft voor mij of zo.'

Ik zag de hoop in zijn ogen en ik diepte een pen op uit mijn tas. Zonder aarzelen krabbelde ik mijn telefoonnummer op een oude kassabon. 'Hier heb je alvast mijn nummer. Je kunt me altijd bellen.'

Hij stopte het papiertje in zijn portemonnee en schreef zijn eigen nummer op een bierviltje dat op de tafel lag. 'En dit is het mijne. Mijn e-mailadres heb ik er voor de zekerheid ook bij gezet.'

We stonden allebei op. Josh gaf me een hand en we schoten tegelijk in de lach bij dit formele gebaar. Toch liet hij mijn hand niet los, maar verstevigde voor een moment zijn grip. 'Dank je wel,' zei hij. 'Ik zal het eventjes moeten laten bezinken allemaal, maar dank je wel.'

Toen hij naar de bar liep om af te rekenen, verliet ik het café.

Het was even over half vier toen ik bij mijn ouders aankwam. In de gang nam mijn moeder mijn jas aan, ze zei niets over mijn vertraging. Ook mijn vader deed, toen ik de woonkamer binnenstapte, net alsof er niets aan de hand was. Maar aan de blik die hij met mijn moeder wisselde, kon ik zien dat ze het over mij hadden gehad en dat mijn moeder hem had opgedragen er niets over te zeggen. Het was ook voor hen bijzonder dat ik hier na al die tijd weer was, of ik nu laat was of niet.

Op de tafel lag de cd van Johnny Cash die vandaag via Bol.com bij mijn vader was bezorgd. Het glimmende, blauwe cadeaupapier lag er nog naast. Mijn vader zag me ernaar kijken en stond op uit zijn stoel. 'Dank je wel, Tender, ik ben er heel blij mee. Deze had ik nog niet.'

Nadat ik hem een felicitatiekus op zijn wang had gegeven, ging ik zitten. Mijn moeder zette een grote punt appeltaart voor me neer.

Al na tien minuten merkte ik dat ik bijna onophoudelijk naar de klok aan het kijken was. Ik kon er niets aan doen, mijn blik werd er als een magneet naartoe getrokken. Maar het zou onmogelijk zijn om nu al te vertrekken: ik had mijn ouders beloofd dat ik zou blijven eten en dat moest ik ook doen. Daarna zou ik meteen naar huis gaan.

De ontmoeting met Josh bleef door mijn hoofd dansen en het koste me moeite om mijn aandacht bij mijn ouders te houden. Cal had zowaar een – levende – tweelingbroer! En die had ik vandaag zomaar door een bizarre samenkomst van timing en toeval ontdekt. Zou Cal zelf ook weten dat ik zijn broer had gezien? Zou hij het aanvoelen? Kon hij mij überhaupt zien en volgen als ik wakker was? Als het me vandaag eindelijk een keer zou lukken om een gedachte te onthouden en mee mijn droom in te nemen, dan kon ik het hem vragen. Maar die kans was –

'Tender,' klonk mijn moeder.

Ik keek op. Mijn ouders keken me aan en mijn vader zuchtte. Wat was er? Hadden ze me soms iets gevraagd?

'Ik zat me af te vragen hoe laat we gaan eten,' verklaarde ik snel mijn gepeins. 'Ik heb trek!'

Meteen klaarde het gezicht van mijn moeder op. 'De oven is al aan het voorverwarmen,' zei ze tevreden. 'Ik ben blij dat je honger hebt.'

'Je kunt wel wat eten gebruiken zo te zien,' bromde mijn vader. 'De laatste keer dat ik zulke smalle schoudertjes zag, lieten ze op het journaal beelden van Ethiopië zien.'

'Henk!' siste mijn moeder.

Hij haalde zijn schouders op. 'Ik zeg alleen maar wat ik zie. En ík ben natuurlijk ook blij dat je trek hebt, Tender. Ik hoop dat dit het begin is van weer wat meer bezoekjes aan je ouders.'

Toen ik na het eten meldde dat ik naar huis ging, deed ik mijn best om de teleurstelling op het gezicht van mijn ouders te negeren.

'Nu al?' vroeg mijn vader. 'Maar je bent er nog maar net. Wil je niet…'

'Laat haar maar gaan,' kwam mijn moeder snel tussenbeide. 'Vind je het fijn als pa je naar huis brengt, Tender? Dan hoef je niet weer met de bus.'

Ik knikte. 'Graag. En sorry, maar ik ben gewoon moe.'

'Het geeft niet,' zei mijn vader, nadat hij de dwingende blik van mijn moeder had ontvangen. 'We vonden het heel leuk dat je er was.'

Toen ik van tafel opstond lukte het me niet langer om de lege stoel naast me te negeren. Het was de plek waar Matt had gezeten wanneer we hier samen waren blijven eten. De hele avond had ik geprobeerd er niet naar te kijken. Ik wist dat mijn ouders het ook zagen: de lege stoel, de nadrukkelijke aanwezigheid van afwezigheid. We dachten hetzelfde: dat het vreemd was dat ik hier wel was en hij niet. Maar geen van ons bracht het ter sprake. Ze waren natuurlijk bang dat het onderwerp te pijnlijk zou zijn voor mij, dat ze me zouden kwetsen door er zelfs maar over te beginnen. Terwijl iedere opmerking over Matt angstvallig vermijden ook niet goed was. *Niets* was goed. Niets zou de leegte kunnen verzachten. Niets, behalve het eindelijk weer samen zijn met Matt als ik straks thuis was.

Ik kon niet wachten.

In de auto zeiden mijn vader en ik allebei weinig. De muziek die uit de boxen klonk van de cd die hij van me had gekregen, vulde de stilte. Al wist ik hoeveel mijn vader van me hield en dat hij mij langer kende dan ik mezelf, voelde ik dat er iets was veranderd. Hij wist niet meer wie ik was, en voor het eerst in mijn leven moest hij zijn woorden wegen voordat hij ze uitsprak uit angst iets te zeggen wat me zou kunnen kwetsen. De dood van Matt en mijn reactie daarop had hem naar de zijlijn geschoven, waar hij machteloos toekeek hoe ik me steeds verder in mezelf terugtrok. En ik wist dat zowel hij als mijn moeder had gehoopt dat mijn bezoekje van vandaag alles weer wat 'normaler' zou maken, maar dat was niet gebeurd. In plaats van me te ontspannen en samen met mijn ouders de verjaardag van mijn vader te vieren, had ik stijf en ongemakkelijk op de bank gezeten en naderhand aan tafel zwijgend met mijn vork in mijn eten geprikt. Ik had mijn best gedaan om te eten, te doen wat ik me had voorgenomen of om in ieder geval de schijn te wekken dat ik trek had, maar overtuigend was het niet geweest. Toen mijn moeder de tafel had afgeruimd, had ze bijna mijn hele maaltijd in de vuilnisbak gegooid.

'Weet je zeker dat je geen toetje wilt?' had mijn vader gevraagd. 'We hebben speciaal Vienetta in huis gehaald, jouw lievelingsijs!'

'Het spijt me,' had ik gemompeld.

Of het ooit weer normaal zou worden wist ik niet. Wat had het voor zin om het te forceren? Voorlopig deden mijn ouders, hoe geweldig ze ook waren, me juist des te sterker beseffen dat Matt er in deze wereld echt niet meer was: nu ik bij hen was geweest miste ik hem meer dan ooit. En het gesprek met Josh, een wildvreemde, was me beter afgegaan dan de pogingen om een normale conversatie met mijn vader en moeder gaande te houden.

Purr krulde zich om mijn benen toen ik de kleine, knusse flat weer binnen stapte. Ik had de verwarming laten aanstaan toen ik wegging, en de thuiskomst was warm en behaaglijk. Purr spinde toen ik me bukte om haar achter de oren te kriebelen en ik tilde haar hoog de lucht in. Met haar zachte lijfje in mijn armen liep ik naar de bank, waar ze meteen op mijn schoot ging staan om kopjes te geven tegen mijn kin. Ik plantte een kus op haar neus en snoof haar vertrouwde geur op. 'Ik ben ook blij dat ik er weer ben,' vertrouwde ik haar toe.

Er was iets veiligs aan het gevoel van thuiskomen. Om te weten dat je terug was in je eigen omgeving, waar je niet bang hoefde te zijn dat je mensen teleurstelde als je geen toetje nam. Dit was mijn wereld, dit was waar ik samen met Matt had geleefd en waar ik mijn pillen kon slikken om hem opnieuw te zien. En natuurlijk zouden er in de toekomst af en toe dingen zijn waarvoor ik eventjes de deur uit moest: een verjaardag van mijn ouders of een huwelijk van Gwen, maar daarna zou ik altijd meteen weer rechtstreeks kunnen terugkeren naar de besloten omgeving van mijn eigen leven.

Ik liet mijn hoofd leunen op de rugleuning van de bank en sloot mijn ogen. Meteen kwam de vermoeidheid met zo'n kracht naar boven dat ik geen Sleepzz nodig had om de droom te voelen naderen, te merken hoe hij dichterbij kwam en me bijna beethad. Het enige wat ik hoefde te doen was hier te blijven liggen met mijn ogen dicht en dan zou de rest vanzelf gaan.

Met een klein zetje duwde ik Purr van me af. Toen strekte ik mijn benen en ging languit op mijn zij liggen, een extra kussen onder mijn hoofd. Onmiddellijk werd ik de slaap in getrokken.

Nadat Cal ons bij elkaar had gebracht als altijd zaten Matt en ik even later tegenover elkaar aan een tafeltje bij het raam. Zonder om me heen te kijken, wist ik waar we waren: Matt had me meegenomen naar Koriander, ons favoriete eettentje in Rotterdam-Zuid. Knus en idyllisch verscholen in het groen van het uiterste hoekje van het Zuiderpark. Hier kwamen we minstens eens per maand eten.

De eerste keer dat we er samen waren gaan eten was op ons derde afspraakje geweest, en dat was ook de avond waarop hij voor het eerst bij mij was blijven slapen. Matt deelde destijds nog een flat met Arjan, Gwens neef, maar ik woonde net een paar maanden voor het eerst alleen, in mijn eigen appartement, zonder ouders of kamergenoten. Matt was de eerste man die daar de nacht bij me doorbracht, en tweeënhalve maand later was hij bij me ingetrokken. Samenwonen was voor ons allebei nieuw, maar het beviel meteen goed. Ik had mijn baan op de redactie van *24/7* opgezegd om als freelancer verder te gaan, en toen we een half jaar verder waren en de liefde nog steeds groeide, hadden we besloten dat het tijd was voor gezinsuitbreiding. In het asiel had het gekrioeld van de jonge katjes, en met een kleine zwarte pluizenbol genaamd Purr in mijn armen waren we weer naar huis gegaan.

'Waar denk je aan?'

Ik keek op en glimlachte. 'Aan de eerste keer dat we hier kwamen. En aan hoe snel het daarna allemaal is gegaan.'

Over de tafel pakte hij mijn hand. 'Herinneringen kan niemand je ooit afnemen,' zei hij zachtjes met een ernstig gezicht. 'Onthoud dat goed, kleintje. Draag ze bij je, en je zult nooit alleen zijn.'

Thuis lagen we uitgekleed in elkaars armen. Mijn huid gloeide van zijn aanraking en terwijl ik zijn gezicht in me opnam versnelde mijn hartslag. Onze hoofden waren zo dicht bij elkaar dat ik zijn wimpers kon tellen. Met mijn vinger gleed ik over zijn wang, zijn neus. Toen ik bij zijn lippen kwam, kuste hij mijn vinger. Hij streek het haar uit mijn gezicht en boog zijn hoofd om mijn hals te kussen. Ik duwde mijn schouders naar achteren en kreunde zachtjes toen ik voelde hoe zijn –

Het geluid van mijn ringtone beëindigde het moment.

Ik opende mijn ogen.

Shit. Wat ongelooflijk stom om te vergeten het geluid van mijn telefoon uit te zetten voordat ik ging slapen, terwijl ik wist hoe lastig het was om na een onderbreking opnieuw in slaap te komen. Zuchtend liep ik naar mijn mobiel, die op de stoel tegenover Purr lag en waarvan het geluid werd gedempt door de stof van mijn schoudertas. Al voordat ik de telefoon tevoorschijn pakte wist ik dat het mijn moeder was om me te vragen of ik het naar mijn zin had gehad bij hen. Ze hadden het natuurlijk uitgebreid over me gehad zodra mijn vader thuis was gekomen. Ik opende het klepje. OUDERS stond er inderdaad op het display.

'Hoi,' zei ik, niet echt enthousiast. Ze mochten best weten dat ze me wakker belden.

'Ha, je bent er toch!' klonk mijn moeder. 'Ik wilde al ophangen. Ik zei net tegen pa: die staat zeker te douchen, of zo.'

'Ik lag te slapen.'

'O, vandaar.' Ze ging er verder niet op in. 'Nou, ik belde eigenlijk alleen maar om te zeggen dat we het heel leuk vonden dat je er was. En we hopen dat je snel weer een keer komt.'

Als ze me maar uit deze flat konden krijgen, dan zou het in hun ogen allemaal al een stuk beter met me gaan. Als ik me maar weer sociaal wenselijk ging gedragen en me onder de mensen begaf. Ik wist dat ze het goed bedoelden, maar het kostte me vandaag meer moeite dan anders om het gesprek niet af te kappen. 'Het was heel gezellig,' zei ik, 'en er komt vast snel een volgende keer. Maar ik weet niet precies wanneer, hoor.'

'Alles op zijn tijd,' haastte mijn moeder zich te zeggen.

Even klonk er niets anders dan stilte op de lijn. Toen zei ik: 'Welterusten voor straks.'

'Ja, jij ook, Tender. Sorry dat we je wakker hebben gebeld. Morgen kom ik weer een pan verse soep brengen, goed?'

Toen ze ophing, zuchtte ik. Ik zou mijn moeder wel kunnen vertellen dat hun liefde en de eeuwige pannen met soep verstikkend waren, maar dat deed ik niet. Want het leven kon zomaar ineens afgelopen zijn, dat had Matt duidelijk gemaakt. En dan zou ik wensen dat ze er nog waren.

Ik legde mijn telefoon weg en keek op de klok. Half negen, er waren tijdens het slapen nog niet eens twee uren verstreken. Als ik nu mijn tanden zou poetsen, een paar van die pillen slikte en meteen in bed ging liggen, dan zou ik de rest van de avond en de hele nacht kunnen doorslapen tot morgenochtend. En morgen had ik, zodra mijn moeder was geweest, de rest van de dag non-stop gelegenheid om bij Matt te zijn. Mooi.

Maar juist toen ik naar de badkamer wilde lopen ging mijn mobiel wéér. Ik zag Purr opschrikken, en met een verstoorde blik keek ze toe hoe ik op OK drukte en voor de tweede keer het apparaat tegen mijn oor drukte. Ik had niet eens gekeken wie de beller was, maar het was ongetwijfeld mijn moeder die nog iets was vergeten te zeggen.

'Ja?' zei ik, dit keer nauwelijks in staat om mijn irritatie te verbergen.

Een zacht gehuil klonk in mijn oor.

'Hallo?' vroeg ik geschrokken. Ik hield de telefoon voor mijn gezicht om een blik op het display te kunnen werpen.

'Gwen! Wat is er aan de hand?'

'Kan ik…' Ze snufte. 'Mag ik naar je toe komen, Tender? Alsjeblieft?'

'Wat is er aan de hand? Wat is er gebeurd?'

'Het is Sonya,' zei ze zachtjes. 'Het is uit, de verloving is verbroken!' Bij die woorden sloeg haar stem over en een wanhopig gesnik klonk door de telefoon.

Ik bleef kalm. 'Wat is er gebeurd? Vertel!'

'Haar ex! Die smerige mislukte nepmuzikant van haar!'

'Wacht nou eens even. Wie bedoel je?'

'Mag ik naar je toe komen?' vroeg ze weer.

De gedachten schoten razendsnel door mijn hoofd. Het was

verschrikkelijk om op een moment als dit zelfzuchtig te zijn, maar als Gwen hiernaartoe zou komen, dan kon ik Matt niet zien. Al wist ik tegelijkertijd dat ik niet kon weigeren. Niet nu, niet nu ze zo overstuur was en ze altijd voor mij had klaargestaan.

'Tender?' klonk het zachtjes, voorzichtig. 'Kan het?'

Zodra ze weer vertrok, zou ik me meteen in slaap laten vallen en de verloren tijd inhalen.

'Natuurlijk.'

Ik deed mijn best om niet te laten merken dat ik schrok toen ik Gwen zag. Haar gezicht dat normaal gesproken zo vrolijk stond was bedekt onder een dikke laag opgedroogde tranen, verdriet dat met haar mascara op haar wangen was gedruppeld en haar huid had veranderd in een uitgelopen aquarelschilderij. Aan haar schouder hing een grote, donkerblauwe sporttas.

'Kom gauw binnen.'

We liepen door de gang. Gwen deed haar schoenen uit, dropte haar tas onder de kapstok en ging de woonkamer in, waar ze zich moedeloos op de bank liet vallen.

Ik stond in de deuropening, dezelfde plek die Cal een paar uur geleden nog had gebruikt als toegangspoort naar Matt. 'Wil je wat drinken?'

Ze keek op met gezwollen ogen. 'Heb je iets sterks? Of misschien wijn, of zo?'

Ik schudde mijn hoofd. 'Maar ik kan wel thee zetten.'

Ze knikte. 'Graag. Doe maar een grote mok, als je wilt.'

In de keuken kon ik het gesnotter horen uit de woonkamer. Ik kon me niet voorstellen dat de verloving daadwerkelijk was verbroken, zoals Gwen beweerde. Het was waarschijnlijk gewoon een oververhitte reactie op een ruzie. Maar wat had Sonya's ex ermee te maken, waarom zouden ze om hem onenigheid krijgen?

Danny, de ex, was een zanger in een bandje dat al bijna tien jaar bezig was met het voorbereiden van hun Grote Doorbraak, die desondanks nog steeds niet was bereikt en die waarschijnlijk ook nooit zou komen. De bandleden speelden, altijd stoned, in grauwe pubs en kroegen door heel Europa en ze hadden al een paar keer met overtrokken verwachtingen een single uitgebracht – in eigen beheer, want het was ze tot op heden niet gelukt een platenlabel te vinden dat hen wilde contracteren – maar daar waren er slechts een paar honderd van verkocht. De relatie van Danny en Sonya had ongeveer een jaar geduurd en ze waren al een tijdje uit elkaar toen Gwen een voortslepende knipperlichtrelatie kreeg met Chris, de drummer van de band. Sonya was in die periode nog actief geweest als zaakwaarnemer van de groep, en zo hadden Gwen en zij elkaar leren kennen. Het was voor beiden, Chris ten spijt, liefde op het eerste gezicht geweest. Sonya had al vaker relaties met vrouwen gehad. Voor Gwen was het de eerste keer. Weg waren de stress en de ruzies die ze altijd met Chris had gehad, en in plaats daarvan moest ik plotseling honderden malen aanhoren dat ze nu eindelijk 'haar ware geluk' had gevonden. Bij een vrouw kon ze tenminste 'zichzelf zijn', had ze uitgelegd, en de liefde tussen hen ging volgens haar op een emotioneel en intellectueel niveau veel verder dan met een man ooit mogelijk zou zijn geweest. Ze had haar soulmate gevonden.

'Hier, alsjeblieft,' zei ik, terwijl ik de kamillethee voor haar neerzette. Voor mezelf had ik ook thee ingeschonken: sterke groene thee die me zou helpen om wakker te blijven.

'Dank je,' zei ze. Ze wees geïrriteerd naar haar telefoon die ze op tafel had gelegd. 'Toen jij in de keuken was, probeerde Son me te bellen. Maar ik heb haar weggedrukt en mijn telefoon uitgezet.' Ze klonk grimmig, maar haar trillende kaaklijn verraadde dat ze helemaal niet zo zeker was van haar zaak.

'Zou je dat nou wel doen?' vroeg ik zachtjes. 'Misschien wil ze het uitpraten, en nu geef je haar die kans niet.'

'Uitpraten? Er valt niets uit te praten! Ik weet hoe zij erover denkt en zij weet hoe ik erover denk. Klaar.'

'Wat is er gebeurd dan?'

Gwen snoof. 'Dat raad je nooit. Ik kan het zelf niet eens geloven.'

Maar voordat ze het kon vertellen, ging mijn telefoon af. De hoge en harde ringtone verstoorde ons gesprek en Gwen zweeg. Ik wilde opstaan, maar Gwen greep mijn arm. 'Nee, niet opnemen! Dat is Son, zeker weten. Omdat mijn telefoon uitstaat probeert ze de jouwe. Zo voorspelbaar.'

'Weet ze dan dat je hier bent?'

Gwen rolde met haar ogen. 'Ja, ze is natuurlijk niet gek. Ik ben de deur uitgestormd met een weekendtas: waar kan ik anders heen zijn gegaan dan naar jou?'

'Ik ga toch even kijken,' zei ik toen mijn telefoon herrie bleef maken. 'Misschien is het iemand anders.'

Ik liep naar de fauteuil waar hij op lag, maar vlak voordat ik hem openklapte, werd het stil. Te laat. Ik keek op het schermpje om te zien wie het was geweest: een onbekend 06-nummer.

'Wat is Sonya's nummer?' vroeg ik.

'Hoezo?'

'Zodat ik kan zien of het inderdaad Sonya was die me probeerde te bellen.'

Zuchtend noemde Gwen het nummer op en ik fronste mijn wenkbrauwen. 'Wat vreemd,' zei ik. 'Dat is niet het nummer dat hier staat.'

Ze haalde haar schouders op. 'Dan zal het wel het nummer van Danny zijn. Ze is natuurlijk meteen naar die loser toe gerend. Om bij hem te kunnen uithuilen. Niet te geloven!' Ze wierp haar armen in de lucht en schudde haar hoofd. 'Zo zie je maar. Echt, op dit soort momenten zou ik willen dat ik nog rookte.'

Ik legde de telefoon neer en ging weer bij haar zitten. 'Vertel me nu eerst eens even rustig wat er precies aan de hand is.'

Toen Gwen was uitgesproken, haar verhaal af en toe onderbroken door het nippen aan haar thee, keek ze me vragend aan. 'En? Wat vind jij er nou van? Ik heb toch gelijk, of niet?'

'Ik kan me voorstellen dat je er niet blij mee bent. Danny is toch die man die zijn eigen vreemdgaan destijds altijd goedpraatte door te zeggen dat het slechts om "masturberen in het lichaam van een ander" ging?'

Gwen knikte. 'Díé idioot, ja! Dus nu kun je begrijpen waarom ik zo kwaad ben.'

'Je bent een heethoofd, dat ben je altijd al geweest. Maar ik snap dat een bericht als dit een beetje rauw op je dak komt vallen.'

'Een béétje rauw? Ik heb geen dak meer over!'

'Maar verplaats je ook eens in haar,' probeerde ik sussend. 'Ik weet zeker dat ze het niet verkeerd bedoelt.'

'Pff! Ze mag haar bedoelingen houden, goed of verkeerd. Of beter nog, ze mag ze aan Danny geven en ze mogen er met zijn tweetjes van genieten en dan lekker samen allemaal walgelijke kinderen gaan verwekken die het net als zij ook allemaal altijd zogenaamd goed bedoelen. Nee, ik ben er klaar mee, Tender, ik heb het gehad!'

Ze was koppig en vastberaden en ik wist dat er vanavond niet op haar in te praten zou zijn. Ze moest gewoon rustig gaan slapen en morgen met een uitgeraasd hoofd de situatie opnieuw bekijken. Dan zou ze vanzelf bijdraaien. Want zo erg was het nou ook weer niet allemaal.

Sonya en zij hadden gepraat over het stichten van een gezinnetje, had ze me verteld. Een kindje, van hen samen.

'Joh! Ik wist helemaal niet dat jullie daar al mee bezig waren,' had ik verbaasd gereageerd.

Gwen had gegrimast. 'Nou, het is nu waarschijnlijk toch van de baan, dus je kunt het net zo goed ook meteen weer vergeten.'

Verbitterd had ze me de rest van de geschiedenis verteld. Gwen zou, omdat zij het jongste en sterkste lichaam had van de twee, de zwangerschap op zich nemen en omdat zij en Sonya gingen trouwen zouden ze allebei officieel de ouders zijn. Maar vandaag was er een schaduw over het sprookje gevallen, want vanmiddag was Sonya ineens met het nieuws gekomen dat zij iemand wist die als zaaddonor zou kunnen fungeren. Dit op zich was al een verrassing voor Gwen, die ervan uit was gegaan dat ze het met behulp van de spermabank zouden 'regelen', maar de verbazing was verontwaardiging geworden toen bleek wie Sonya als vader op het oog had: haar ex Danny. Gwen was geflipt toen ze hoorde dat Sonya het er zelfs al met Danny over had gehad, volledig buiten haar om. En dat Danny 'best wilde meewerken'.

'Alsof ik zou willen dat de vader van mijn kindje een psychopathische drugsverslaafde nepzanger is!' had ze gebriest. Ze had haar lege mok met een klap op de tafel gezet. 'Zodat Son de rest van haar leven voor altijd aan hem verbonden blijft zeker!'

'Hij is toch niet meer verslaafd?' vroeg ik. 'Ik dacht dat je de vorige keer zei dat hij inmiddels alweer een paar jaar clean is.'

'Wat maakt het uit? Je hebt geen idee hoe walgelijk hij is en dáár bestaat geen rehab voor. Hij is zo goor, dat toen hij herpes op zijn smerige pik had zitten hij tegen Son zei dat ze er dan maar omheen moest pijpen. Kun je het geloven? En hij…'

'Oké, oké,' onderbrak ik haar, 'dat is genoeg informatie.'

Gwen zuchtte. 'Ik wíl het gewoon niet, dat snap jij toch ook wel? Echt, het is het meest ranzige en stompzinnige idee dat ik ooit heb gehoord. Hoe komt ze erbij? Uitgerekend hij!'

'Maar wie dan wel?'

'Ja, weet ik het? Iemand van de spermabank, gewoon lekker anoniem zoals we van plan waren. Hoe komt zo'n debiel idee überhaupt bij haar op?' Deze vraag liet ze even op zich inwerken. Toen haalde ze diep adem en constateerde: 'Omdat ze nog steeds gevoelens voor hem heeft, dáárom. Ze houdt nog steeds van die junk en dit is het bewijs.' Haar gezicht was rood aangelopen van ontzetting.

Ik schoot in de lach. 'Vind je niet dat je nu een beetje overdrijft? Dat is wel een heel bizarre conclusie, hoor. Sonya houdt van jóú, dat weet iedereen.'

Maar Gwen schudde haar hoofd. 'Nee, ik geloof het niet meer. En ik blijf hier bij jou totdat ik een andere plek heb gevonden, want ik ga niet meer naar huis.'

Mijn mond viel open. 'Wat? Gwen, luister nou eens naar jezelf, je slaat door. Dit is een ruzie om niets.'

Ze keek me door samengeknepen ogen aan. 'Dat vind jij.'

Weer werden we onderbroken door mijn telefoon. Ik zuchtte en stond op. 'Luister, ze belt niet voor niets: ik ga opnemen en dan gaan jullie het uitpraten.'

Gwen kruiste haar armen voor haar borst en zei niets.

Het was hetzelfde 06-nummer als daarnet, wat betekende dat Sonya dus nog steeds bij Danny zat. 'Met Tender,' zei ik, terwijl ik alvast naar de bank liep om de telefoon aan Gwen te geven.

Even was het stil.

'Eh… hoi Tender,' klonk toen een schuchtere mannenstem. 'Sorry dat ik je zo laat bel.'

'Wie was dat?' vroeg Gwen, die vanaf de bank nieuwsgierig had zitten toekijken terwijl ik aan de telefoon was.

Ik ging weer naast haar zitten. 'O, niets belangrijks.'

'Ja, dag!' riep ze uit. 'En daarom werd je zeker zo rood terwijl je met hem in gesprek was?'

Ik haalde mijn schouders op. 'Het was een opdrachtgever. Ik wil langzaam mijn werk weer een beetje oppakken.'

Ze snoof. 'Een opdrachtgever. En die belt jou dan om half elf 's avonds.'

'Ja, waarom niet? Ik heb geen negen tot vijf baan, hoor.'

Gwen schudde haar hoofd. 'Ik geloof je niet. Er is meer aan de hand, iets wat je mij niet vertelt.'

Ik zweeg.

'Want waarom zei je anders tegen hem – want het was een hij, ik kon zijn stem horen, ook al was er niets van te verstaan – dat je hem morgen gaat terugbellen? Waarom kon je het er nu niet over hebben, wat het ook is?'

Ik rolde met mijn ogen. 'Je maakt het allemaal veel spannender dan het is. Ik zei dat omdat ik de juiste bestanden nu even niet bij de hand heb en morgen wel. Ze staan op mijn laptop.'

In werkelijkheid was ik me rot geschrokken toen ik ineens de stem van Cal – nee, niet Cal, *Josh* – hoorde. Ergens had ik natuurlijk wel een vermoeden gehad dat hij me inderdaad zou gaan bellen, maar niet nu al. En dan ook nog eens precies op het moment dat Gwen hier bij me was en me nauwlettend gadesloeg.

Josh had zich verontschuldigd dat hij zo laat belde, maar had eraan toegevoegd dat hij sinds onze ontmoeting van vandaag nergens anders aan kon denken. 'De gedachte dat jij contact hebt met mijn broer, hoe absurd dat ook steeds klinkt, laat me gewoon niet los,' had hij door de telefoon bekend. 'En er is iets waar ik het graag met je over wil hebben. Kun je praten, is dit een goed moment?'

'Eigenlijk niet,' had ik spijtig gezegd. 'Kan ik je morgen terugbellen?'

'Dat is goed. Ik zal erop wachten. Sorry dat ik je heb gestoord.'

'Dat geeft niet. Je hoort me morgen.'

Pas toen ik had opgehangen, voelde ik hoe mijn hart tekeerging. Wat zou hij met me willen bespreken morgen? Waarschijnlijk zou hij me gewoon nog meer vragen willen stellen over Cal: of zijn broer er echt precies hetzelfde uitzag als hij, of hij dezelfde stem had. En het was begrijpelijk dat hij dat soort dingen wilde weten. Hij had immers verteld dat hij zich al zijn hele leven een beeld probeerde te vormen van hoe zijn tweelingbroer er zou hebben uitgezien en nu –

'Tender!'

Ik schrok op en Gwen keek me ongelovig aan. 'Je hoort me dus echt niet! Dit is niet te geloven! Ik was tegen je aan het praten en jij zit alleen maar voor je uit te staren. Waar zat je in godsnaam aan te denken?'

Ik voerde hetzelfde excuus aan als een paar uur geleden bij

mijn ouders. 'Sorry, ik ben gewoon moe.' Ik stond op van de bank. 'Wil jij ook nog thee?'

De rest van de avond hield mijn telefoon zich stil, en toen ik tegen middernacht onze bekers in de keuken zette en terug de woonkamer in kwam, zag ik dat Gwen toch haar mobiel aanzette. Drie korte piepjes gaven aan dat ze een voicemailbericht had, en met tegenzin bracht ze de telefoon naar haar oor. Zuchtend klapte ze het ding even later geïrriteerd weer dicht.

'Was dat Sonya?' vroeg ik.

Ze knikte en lachte spottend. 'Ze wil het uitpraten, kun je dat voorstellen? *Uitpraten!* Alsof dit zomaar eventjes goed te maken valt. Ze vraagt of ik alsjeblieft naar huis wil komen.'

'Waarom ga je dan niet?'

'Nee!' Haar ogen stonden fel. 'Ik ben nog te boos over wat er is gebeurd, begrijp je dat dan niet? Ik kan niet terug, vanavond niet en misschien wel helemaal nooit meer.'

'Maar is dat niet een klein beetje overdreven?' vroeg ik voorzichtig. 'Dit is pas jullie eerste echte ruzie. Misschien moet je er gewoon even een nachtje rustig over slapen. Morgen zie je alles in een heel ander licht, let maar op.'

'Dat denk ik niet. Ik blijf hier, bij jou.'

Het was al de tweede keer vanavond dat ze dit zei, en ik dwong mijn gezicht neutraal te houden, maar Gwen had de bezorgde flits al gezien voordat ik hem kon onderdrukken.

'Tenzij ik niet welkom ben, natuurlijk.' Ze klonk gekwetst.

'Doe niet zo gek,' zei ik vlug. 'Je bent hier altijd welkom, dat weet je toch? Je bent er nu toch ook? Het is alleen, heel eerlijk gezegd, eventjes niet zo'n goede timing voor mij. Dat je vannacht blijft slapen is natuurlijk geen probleem, dat spreekt voor zich, maar morgen…'

Gwen trok haar wenkbrauw op. 'Geen goede timing? Hoezo? Omdat jij jezelf tegenwoordig het liefste volledig afzondert van alles en iedereen op de hele wereld en dus kennelijk ook van mij?' Ze zweeg even. 'Of komt het misschien door die mysterieuze man die jou vanavond belde?'

Ik voelde dat ik kleurde. 'Dat heeft er allemaal niets mee te maken.'

'Weet je wat, Tender, laat maar gaan ook.' Haar gezicht stond plotseling vermoeid. 'Ik vind het fijn dat ik hier vannacht kan blijven, dus bedankt, en als ik inderdaad besluit om niet meer naar Son terug te gaan, dan vind ik wel een andere plek om tijdelijk te crashen. Misschien hebben ze op mijn werk nog wel ergens een kamertje voor me vrij, dat doen ze wel eens. Als je het zelf schoonhoudt en ze verder niet vol zitten, dan mag je er soms zelf gebruik van maken.' Gwen werkte als receptioniste bij hotel Nieuw Rotterdam in het centrum.

'Zo'n vaart zal het heus niet lopen,' hield ik vol. 'Je zult het zien. Ik geloof nog steeds dat jij en Sonya morgen om deze tijd weer in elkaars armen liggen.'

'Hm,' was alles wat Gwen zei.

'Hm,' antwoordde ik.

Het was al bijna twee uur toen Gwen eindelijk onderuitzakte op de bank. Ze geeuwde. 'Ik ben nog niet moe, dat is het niet. Alleen een beetje suf. Ik doe eventjes mijn ogen dicht, maar je kunt gewoon tegen me blijven praten, goed? Want ik hoor je… echt, ik…'

Ik glimlachte en liep naar de kast in de slaapkamer om een deken en kussen voor haar te pakken. Toen ik terugkwam was ze op haar zij gaan liggen en had ze haar benen bij zich op de bank getrokken, met haar rug naar me toe. Haar diepe, regelmatige ademhaling verried dat ze sliep. Voorzichtig, zonder haar wakker te maken, spreidde ik de plaid over haar heen en legde het kussen naast haar hoofd. Toen deed ik het licht uit en verliet de kamer.

Ik lag in bed. Al bijna een uur. Misschien kwam het door de aanwezigheid van Gwen of doordat ik vanavond geen Sleepzz-tabletten had ingenomen, maar ik had nog geen seconde geslapen. Ik was niet eens moe. En ook al was het diep in de nacht, de reis naar morgen leek, als ik hem wakend moest afleggen, ondraaglijk lang.

Na nog eens een half uur woelen ging ik rechtop zitten. Dit schoot niet op. Ik moest iets doen, iets dat de frustratie van het wakker zijn zou wegnemen. Opstaan. Douchen, of zo.

Toen ik mijn gezicht om de hoek van de woonkamer stak, zag ik dat Gwen nog steeds lag te slapen. Zachtjes sloot ik de deur zodat mijn geluiden haar niet zouden wekken, en liep de badkamer in.

In het felle licht keek mijn spiegelbeeld me met rode wangen en kleine ogen van vermoeidheid aan. Ik deed de deur dicht, trok Matts T-shirt over mijn hoofd uit en stapte in de douchecabine. Met mijn vingers onder de straal wachtte ik af tot het water de juiste temperatuur had. Toen liet ik de douchestraal over mijn hoofd en langs mijn lichaam stromen. Ik sloot mijn ogen. Hopelijk zou de stoom me loom genoeg maken om de slaap te kunnen vatten als ik straks weer mijn bed in kroop. Ik draaide de warme kraan nog wat verder open en voelde mijn benen zwaar worden. Langzaam liet ik me door mijn knieën zakken tot ik op de bodem van de cabine zat, met mijn armen om mijn opgetrokken benen en mijn rug naar de straal. Het water streelde mijn huid en spoelde de gedachten weg, liet ze uit mijn systeem glijden en in het doucheputje verdwijnen tot er alleen nog rust overbleef.

Het plotselinge geluid deed me zo schrikken dat mijn hoofd omhoogschoot en tegen de harde tegelmuur stootte. Ik vloekte zachtjes. Meteen was ik weer klaarwakker. De wanden van de douchecabine waren beslagen zodat ik er niet doorheen kon kijken, maar ook zonder iets te zien wist ik dat het Gwen was geweest die ik had gehoord. Ze was natuurlijk wakker geworden en even de badkamer in gelopen om wat water te drinken of om alsnog haar tanden te poetsen. Snel ging ik rechtop staan. Ze zou het wel vreemd vinden dat ik op dit tijdstip stond te douchen.

'Ik kon niet slapen,' verklaarde ik alvast, voordat ze wat kon vragen. 'Heb ik je wakker gemaakt?'

Er kwam geen antwoord.

'Gwen?'

Op een kier opende ik de deur van de douchecabine en keek de badkamer in. Er was niemand te zien. Had ik dan misschien Purr gehoord? Stond ze, zoals ze wel vaker deed als ik hier was, aan de andere kant van de deur te krabben omdat ze naar me toe wilde komen?

Maar het was stil.

Juist toen ik de cabine weer wilde sluiten om de stoom en de warmte bij me te houden, zag ik hem. Mijn hart maakte een sprongetje. Hij glimlachte, stak zijn armen naar me uit en trok mijn natte lichaam stevig tegen zich aan.

We stonden samen onder de douche. Matts kleren lagen net als vroeger in een stapeltje op de wasmand, en met onze armen om elkaar heen geslagen streelde ik zijn rug, zijn haar, zijn schouders. Ik zeepte hem in en hij waste mijn haar. Ik drukte mezelf dicht tegen hem aan, tot er geen druppel meer tussen ons in paste. De stralen van de douche waren als een tropische waterval in ons eigen paradijs, en toen hij me kuste, gloeide mijn hele lichaam.

'Dus het geluid wat ik in eerste instantie hoorde toen ik dacht dat het Gwen was, dat was Cal,' mompelde ik toen we elkaar aan het afdrogen waren. 'En toen is hij jou gaan halen.'

Matt knikte.

Ik liet de handdoek vallen en omhelsde hem weer. 'Ik ben zo blij dat je er eindelijk bent.'

Hij kuste mijn nek. 'Ik ook. Waar…'

'…Tender? Gaat alles goed? Wat ben je aan het doen?'

Ik opende mijn ogen. Ik zat weer onder de straal, op de grond, mijn hoofd op mijn knieën en het water kletterend op mijn rug. De houding waarin ik blijkbaar in slaap was gevallen. Ik was nat, naakt en alleen.

'Tender?' klonk Gwen nogmaals. 'Gaat het?'

Vlug kwam ik overeind. Mijn natte haren plakten aan mijn wangen. 'Ik sta te douchen.'

'Ja, dat zie ik ook wel. Maar ik maakte me ongerust, het leek door het glas net alsof je op de grond zat. Ik dacht dat je niet goed was geworden, of zo.'

'Ik was mijn benen aan het scheren,' mompelde ik. Ik draaide de kraan uit en schoof de cabinedeur een klein stukje open. 'Wil je me een handdoek aangeven?'

Gwen deed wat ik vroeg, en met ruwe bewegingen wreef ik over hetzelfde lichaam dat een paar minuten geleden nog zo teder door Matt was afgedroogd. Op mijn mond brandde nog de afdruk van zijn lippen.

Terwijl ik de handdoek om me heen knoopte en een tweede handdoek om mijn haren heen wikkelde, keek ik toe hoe Gwen haar tanden poetste. Nadat ze voor de laatste keer haar mond had gespoeld, spuugde ze het water uit en stopte haar tandenborstel terug in haar toilettas die ze had meegenomen. De tas was groot en knalroze.

Ze draaide zich weg van de wasbak en keek me onderzoekend aan. 'Weet je zeker dat het goed gaat? Waarom stond je eigenlijk midden in de nacht te douchen?'

'Ik kon niet slapen,' zei ik naar waarheid. Ik keek naar haar opgewekte gezicht. 'Maar waarom sta jij eigenlijk midden in de nacht je tanden te poetsen?'

Ze straalde. 'Ik ga terug. We hebben het uitgepraat. Son is het met me eens dat het absoluut geen goed idee is om Danny de vader te laten zijn.'

'Dat zei ik toch,' glimlachte ik. 'Maar ga je nú terug? Het is midden in de nacht, kun je niet beter wachten tot het ochtend is?'

Gwen schudde haar hoofd. 'Ze komt me ophalen, over een paar minuten staat ze beneden. Dus bedankt, lieve Tender, voor alles, en sorry dat ik je er zo mee overviel vandaag.'

'Geen probleem,' verzekerde ik haar.

Toen ze de badkamerdeur opendeed stroomde koele lucht vanaf de donkere gang de doucheruimte in. Neuriënd en met haar toilettas onder haar arm liep ze weg. In de keuken hoorde ik de koelkast open- en dichtgaan.

Ik bleef achter in de douche en staarde naar de wasmand, waar een paar minuten terug, in een wereld die zo parallel was aan deze, maar tegelijkertijd zo ver weg, Matts kleren hadden gelegen. Het was lang geleden geweest dat we voor de laatste keer samen hadden gedoucht, en doordat we het eindelijk weer hadden meegemaakt voelde dezelfde ruimte door mijn ontwaken kil en verlaten aan.

'Ze sms't dat ze beneden staat!' riep Gwen vanuit de gang.

'Doeg, *darling*, ik ga ervandoor!'

Met kippenvel op mijn armen liep ik de badkamer uit. Gwen stond bij de buitendeur, haar schoenen al aan. Ze bukte zich om haar weekendtas op te tillen en over haar schouder te hangen.

'Ik ben blij dat alles weer goed is,' zei ik.

Gwen grijnsde. 'Ik ook. Je had gelijk: ik ben soms een heethoofd.'

'Ik ken je toch.'

Toen ze de buitendeur opende, verscheen er een twinkeling in haar ogen. 'Gelukkig zit er in ieder geval ook een leuke kant aan ruzie: het goedmaken.'

'Wegwezen jij,' lachte ik, en nadat ze de deur had dichtgetrokken, draaide ik hem vanaf de binnenkant op slot. Toen liep ik, nog steeds slechts gekleed in een handdoek, rechtstreeks door naar de slaapkamer en liet me op bed vallen.

Maar alweer lukte het me niet om te slapen. Mijn gedachten waren te actief. Gwen en Sonya waren het aan het goedmaken. Ik was blij voor ze. Ze verdienden het. Maar tegelijkertijd was het totaal onrechtvaardig dat Matt en ik geen tweede kans kregen. Het was ongetwijfeld egoïstisch en jaloers om zo te denken, maar het was wel zo. Onze liefde was zeker even mooi en puur als die van Sonya en Gwen, dus waarom was ons dit overkomen, terwijl andere mensen maar in het wilde weg ruzie konden maken en daarna gewoon weer samen konden zijn alsof er niets was gebeurd? Wíj hadden dat niet gedaan, en toch was er door een hogere hand besloten dat er achter ons leven samen een punt gezet moest worden. Waar sloeg dat op? Het was een fout geweest, een grove fout, dat kon niet anders. En dat wisten ze, de goden, of de dood, of wie dan ook. Ze wisten het donders goed, en om de pijn van hun vergissing te verzachten hadden ze me dan maar mijn dromen geschonken. Een alternatief, een zoethoudertje. Ter verontschuldiging.

De rest van de nacht liet Cal zich niet zien en als gevolg daarvan Matt ook niet. Ik lag voortdurend wakker en in de korte momenten dat ik toch even wegzakte was mijn slaap licht en oppervlakkig, waardoor de sluimer een flinterdun gordijn was dat wankel tussen bewustzijn en onbewustzijn in hing.

Het telefoontje van Josh spookte door mijn hoofd. De arme jongen. Ik had niet eens echt met hem kunnen praten toen hij belde en nu pas, nu alles kans kreeg om te bezinken, besefte ik hoe onthutsend onze ontmoeting voor hem moest zijn geweest. Om geconfronteerd te worden met mijn verhaal. En om het te geloven. Zou hij net als ik wakker liggen, peinzend en vol met vragen?

Het vroege zonlicht duwde al tegen de gordijnen aan toen ik eindelijk echt in slaap viel. In mijn droom kroop Matt zwijgend bij me en lagen we dicht tegen elkaar aan in bed, met gesloten ogen. Samen sliepen we verder.

De rammelende leegte in mijn buik maakte me wakker. Ik keek op de wekker: tien voor elf. Over ongeveer een uur zou mijn moeder, die altijd rond twaalven op de stoep stond, zich aandienen. De verjaardagsvisite van mijn vader zou 's middags en 's avonds komen. Het vooruitzicht van de pan verse soep die ze bij zich zou hebben deed mijn maag harder knorren, voor het eerst sinds een hele lange tijd was mijn eetlust aan het terugkeren.

Ik ging rechtop in bed zitten met mijn voeten over de rand. Het potje met de slaappillen dat op mijn nachtkastje stond, legde ik onder mijn kussen. Voor de zekerheid. Mijn moeder liep eigenlijk nooit de slaapkamer in, maar toch. Als ze het wel zou doen en de pillen zag, zou ze er ongetwijfeld vragen over stellen, want ze zou aan mijn rode gezicht aflezen dat er meer aan de hand was. Het was het beste om het potje buiten zicht te houden.

Zodra ze weg was zou ik er weer een paar innemen en me daarna met een dekentje op de bank nestelen, waar het 's middags prettig warm was door de zon die dan aan de achterkant van de flat stond. Ik zou er blijven liggen tot ik 's avonds wakker werd van een volle blaas of van de dorst, en daarna zou ik meteen weer een paar nieuwe pillen innemen en in bed gaan liggen, klaar voor de nacht. Dat ik door het weinige eten hoofdpijn zou krijgen maakte niet uit, daar voelde ik in mijn dromen toch niets van. En op die paar momenten dat ik wakker was, kon ik er heus wel tegen. Een beetje hoofdpijn stelde niets voor vergeleken met wat ik ervoor terugkreeg.

Mijn moeder kon ieder moment arriveren. Ik had mijn spijkerbroek al aangetrokken en was net bezig de laatste knoopjes van mijn vest dicht te doen toen mijn telefoon ging.

Dit keer herkende ik het nummer van gisteren. 'Met Tender.'

'Tender, hoi, met Josh.'

'Hé.'

'Zeg, sorry dat ik je nu al bel, ik weet dat je had gezegd dat jij mij zou bellen, maar heel eerlijk gezegd kon ik het niet opbrengen om nog langer te wachten…'

'Dat geeft niet, hoor.'

'Ik weet namelijk niet hoe het met jou zit, maar ik heb geen oog dichtgedaan vannacht. Ik kan alleen maar aan Caleb denken en aan wat jij me gisteren hebt verteld. En eh… ik hoop dat je het niet erg vindt, maar ik heb een voorstel…'

'Wat dan?'

'Nou, ik heb je gisteren verteld dat ik al mijn hele leven de wens heb om een keer contact te krijgen met Cal, weet je nog?'

'Ja, dat zei je inderdaad. En dat is heel begrijpelijk.'

'Precies. En ik heb erover nagedacht en ik denk dat ik een manier heb gevonden waarop het misschien eindelijk kan lukken. Maar dat kan alleen als jij me daarbij helpt.'

Shit, dit had ik kunnen verwachten: hij wilde de nacht bij mij doorbrengen. Hij hoopte natuurlijk dat als we tegelijk gingen slapen, ik hem misschien in mijn droom kon betrekken zoals ik dat schijnbaar bij Purr ook kon. Maar moest ik daar dan zomaar mee instemmen? Ik kende hem niet eens.

'Het zit zo, Tender. Ik heb besloten dat ik, ondanks alle teleurstellingen van de voorgaande keren, toch nog eenmaal wil proberen om via een medium contact te leggen met Caleb.'

Ik ademde door en mijn schouders ontspanden zich.

'Alleen zal het grote verschil met de vorige pogingen zijn dat jij dit keer meegaat,' voegde hij eraan toe.

'Ik?'

'Zeg alsjeblieft dat je het doet. Ik hoop namelijk dat het, door jouw band met Cal, nu misschien eindelijk eens zal lukken.'

Even liet ik zijn woorden op me inwerken. 'Ik ga mee,' zei ik toen. Het was wel het minste wat ik kon terugdoen. Zonder Cal zou ik Matt waarschijnlijk nooit meer hebben gezien.

'Meen je dat?' vroeg Josh. 'Wil je dat echt voor mij doen?'

'Je kunt op me rekenen,' beloofde ik.

Zijn lach door de telefoon maakte me warm. Het zou fijn zijn om eindelijk weer eens iets voor iemand te kunnen betekenen en het was duidelijk erg belangrijk voor Josh. Dit was een goede daad die ik zou verrichten en misschien was het zelfs wel voorbestemd dat ik hem op deze manier kon helpen.

Josh zou uitzoeken bij wie we het beste terechtkonden en dan de afspraak maken. 'Ik hoop dat het deze week nog lukt,' zei hij opgewonden, 'maar ik weet natuurlijk niet of het op zo'n korte termijn mogelijk is.'

'Hou me op de hoogte, oké?'

Toen we ophingen glimlachte ik. Ik wist zeker dat hij meteen zou rondbellen. En ik hoopte dat hij gelijk had met zijn vermoeden: dat mijn aanwezigheid er op de een of andere manier inderdaad voor zou kunnen zorgen dat het dit keer wel lukte om contact te leggen met Cal. Josh wilde het zo graag.

Nadat ik mijn telefoon terug op het nachtkastje had gelegd liep ik de woonkamer in en Purr, die daar in de vensterbank lag, keek loom naar me op. Ik ging bij haar staan en staarde naar buiten. Er ging iets gebeuren, ik kon het voelen. Ik wist niet wat het was maar het hing in de lucht en cirkelde om me heen, zo dicht dat het de haartjes op mijn armen raakte. Er was een verandering op komst.

Nog geen kwartier later, juist toen ik me begon af te vragen waar mijn moeder bleef, belde Josh al terug. Het was hem gelukt, meldde hij trots: over twee dagen hadden we een afspraak bij ene mevrouw Maassen, die haar 'praktijk' thuis runde.

'Wat goed!' zei ik. 'Ben je blij?'

'Ik weet het niet,' klonk hij voorzichtig. 'Het is natuurlijk heel fijn dat we er terecht kunnen. Maar na de mislukkingen van de vorige keren durf ik eigenlijk niet zo goed hoop te koesteren, dat begrijp je wel. Ik ga het gewoon proberen en wie weet.'

'Ben je al eens eerder bij deze vrouw geweest?'

'Nee, bij haar nog nooit, ik ken haar niet. Maar mijn buurvrouw heeft haar wel kort geleden bezocht omdat haar zoon pas is overleden, en die zei dat ze heel goed is. Zij heeft mij het nummer gegeven.'

'Ik ben benieuwd.'

'Heb je dat bierviltje nog dat ik aan je gaf?'

'Ja, dat zit als het goed is nog in mijn tas.'

'Nou, daar staat mijn e-mailadres op. Als je wilt kun je mij straks jouw adresgegevens even mailen, want dan kom ik je overmorgen met de auto ophalen zodat we er samen heen kunnen.' Toen ik niet reageerde, voegde hij er snel aan toe: 'Tenzij je dat liever niet wilt, natuurlijk. Ik bedoel, dat begrijp ik best. Je kent me verder niet, en zo. Dus als je het fijner vindt om elkaar gewoon pas daar te zien, dan mail ik je wel even door waar het is. Dat is geen enkel probleem.'

'Nee, het is goed,' zei ik. 'Het is een prima idee om er samen heen te gaan. Ik mail je later vandaag mijn adres.'

Hij lachte. 'Sorry dat ik een beetje nerveus klink, hoor. Maar ik vind het gewoon zo bijzonder allemaal. Het moet nog eventjes bezinken, denk ik.'

'Je ziet er vermoeid uit, Tender,' zei mijn moeder een paar minuten later toen ze binnenkwam en haar jas aan de kapstok hing. 'Hoe voel je je?'

Ik haalde mijn schouders op. 'Een beetje moe, dat is alles. Gefeliciteerd met papa!'

'Dank je lieverd, jij ook.' Ze liep met de boodschappentas de keuken in en stalde alles uit op het aanrecht. 'Nou, je hebt in ieder geval weer eten in huis.'

In de woonkamer gingen we op de bank zitten, waar het gesprek moeizaam verliep. Voor de zoveelste keer vroeg ik me af hoe lang ze dit zo zou blijven volhouden. Als ik ervoor koos om inderdaad de rest van mijn leven zo veel mogelijk slapend door te brengen, zou zij het dan de rest van háár leven kunnen opbrengen om een paar keer per week bij me te blijven langskomen met de boodschappen en voorgekookte maaltijden? Ik was dan wel haar dochter, maar ze wist heel goed dat ik niet ziek was en dat ik prima in staat was om dat soort dingen zelf te doen. Maar toen ze weer weg was en alleen de geur van haar parfum me nog gezelschap hield, dacht ik er al niet meer aan. Eindelijk kon ik terug naar bed.

Josh zou me komen ophalen. Ik was nog nooit bij een medium geweest en had geen idee wat ik me erbij moest voorstellen. De commerciële, op sensatie beluste tv-programma's waarin contact werd gelegd met overledenen, zapte ik altijd snel voorbij. Hoe het er vanavond bij die mevrouw Maassen aan toe zou gaan, daar had ik me nog totaal geen beeld van gevormd. Wat zou ze voor type zijn? Josh had verteld dat de vorige paragnosten waar hij op bezoek was geweest, heel 'normaal' leken. Gewone mannen en vrouwen met een alledaags uiterlijk, zonder bizarre kleding, kristallen bol of gordijnen van wierook. Zou dat nu weer zo zijn? En stel dat het die vrouw inderdaad lukte om contact te leggen met Cal, wat zou hij haar dan vertellen? Zou hij weten dat ik er ook was, misschien zelfs via haar tegen mij gaan praten?

De afgelopen nacht had Matt me meegenomen naar Bergen op Zoom, naar de manege waar we 's zomers en in het najaar vaak paarden hadden gehuurd om in het bos mee te rijden. Matt zelf was opgegroeid in die streek en hij kende er de bossen op zijn duimpje. En terwijl we net als vroeger tussen de bomen galoppeerden, wist ik dat Matt gelijk had gehad toen hij zei dat herinneringen alles zouden doorstaan. Ik kon ze steeds weer opnieuw beleven, ze zouden zelfs als ik wakker was altijd tot mijn beschikking staan. Mijn geheugen was mijn dierbaarste bezit geworden.

Voor de zekerheid had ik na het ontwaken geen slaappillen meer ingenomen en was ik ook de rest van de dag uit bed gebleven. Ik moest helder blijven. Niet alleen als we bij het medium waren, maar ook in de auto bij Josh. Aan de ene kant voelde ik dat ik hem kon vertrouwen en dat hij heus geen misbruik van me zou maken als ik toevallig in slaap viel terwijl ik naast hem zat, maar aan de andere kant moest ik het risico toch niet nemen. Hij was en bleef een onbekende.

Toen hij me over de telefoon had verteld dat het hem goed deed om met mij te praten, begreep ik wat hij bedoelde. Het was duidelijk, en waarschijnlijk ook logisch, dat hij door mijn connectie met Cal het gevoel had dichter bij zijn broer te zijn. En ik hoopte echt dat het vanavond zou gaan zoals hij hoopte.

Om zeven uur, de afgesproken tijd, was ik klaar om naar beneden te gaan. Ik liet een klein lampje branden voor Purr en gaf haar een visbiscuit. Toen trok ik mijn laarzen aan, knoopte mijn jas dicht en zwaaide mijn tas over mijn schouder. Met een kriebel in mijn buik van opwinding stapte ik de deur uit.

Josh zat al op me te wachten toen ik buitenkwam. Zijn auto stond stil, maar hij had zijn motor laten draaien en zijn lampen waren aan. 'Hé!' begroette hij me.

Toen ik naast hem ging zitten, was meteen duidelijk dat hij nerveus was. Op zijn voorhoofd glom transpiratie en zijn vingers trommelden op het stuur.

'Ben je er klaar voor?' vroeg hij.

Ik glimlachte. 'Ik wel. Maar hoe zit het met jou?'

Zijn poging tot een grijns kwam niet verder dan het optrekken van zijn bovenlip. 'Ik ben blij dat jij erbij bent.'

Het medium Maassen woonde in de volkse buurt van Vreewijk, in een doodgewoon rijtjeshuis met een voortuintje. Ik liet Josh voor toen we naar de deur liepen, en toen hij vragend naar me omkeek, knikte ik hem bemoedigend toe.

Hij belde aan.

Een vrouw van middelbare leeftijd en met kort, roodbruin haar deed open. Vanuit de deuropening glimlachte ze ons toe. Er was niets ongewoons aan haar te zien, ze was het soort vrouw dat je in de supermarkt of de Hema met dozijnen tegelijk tegenkwam. We betraden het huis en ze stak haar hand uit naar Josh om zich voor te stellen. 'Ik ben Vonda.' Haar stem was zacht en zangerig.

'Josh.'

Ook ik schudde haar hand. 'Tender.'

'Dat is een bijzondere naam.' Ze glimlachte weer en liet ons verder binnen. In de woonkamer zat een man op de bank, haar echtgenoot waarschijnlijk, met een kop koffie in de hand. Hij had grijs haar en keek kort op. 'Goedenavond,' begroette hij ons.

'Hallo,' knikte ik hem toe.

'Hierheen,' wenkte Vonda, en ze ging ons voor op de trap. Boven bracht ze ons naar een kamer waar een vierkante houten tafel stond met een kleed erover en drie stoelen eromheen.

Toen ik ging zitten, voelde ik een zachte streling tegen mijn been. Ik keek naar beneden en glimlachte: ook Vonda had een kat. Ik boog voorover om het dier, een stuk groter en dikker dan Purr, en met een grijsgestreepte vacht, te aaien en richtte me toen weer op.

Vonda kwam bij ons zitten. 'Zo,' zei ze. 'Daar zijn jullie dan.'

Josh glimlachte.

'Voordat jullie hier kwamen, heb ik twee letters opgeschreven,' zei ze. 'Ik heb geen idee wat ze betekenen, maar ze kwamen zomaar in me op.' Ze draaide een papiertje om, dat eerst omgekeerd op tafel had gelegen. 'Een T en een C.'

Naast me hoorde ik Josh slikken. 'De C is ongetwijfeld van mijn broer,' zei hij. 'Caleb.'

'En de T staat voor Tender, weet ik nu,' zei Vonda tevreden.

Ik knikte en een koude rilling kroop over mijn rug.

Vonda keek van mij naar Josh. 'Wat is jullie band met elkaar?'

'Mijn overleden broer verschijnt de laatste tijd in Tenders dromen,' begon Josh. 'En zoals ik u over de telefoon al vertelde zou ik graag zelf in contact met hem komen. Ik hoop dat het met haar erbij makkelijker zal zijn.'

Vonda knikte en sloot haar ogen.

Nadat er een paar minuten waren verstreken, minuten waarin we alle drie zwijgend aan tafel zaten terwijl Vonda met gesloten ogen tegenover ons zat en haar handen tegen de zijkant van haar gezicht drukte, schudde ze haar hoofd. 'Het lukt niet. Het spijt me.'

Josh en ik keken elkaar aan. Was dit het, nu al? Ze kon toch niet zo snel al opgeven? De ogen van Josh weerspiegelden de teleurstelling die ik zelf ook voelde. Allebei hadden we verwacht dat het dit keer wel zou lukken.

'Heb je het wel eens eerder geprobeerd?' vroeg Vonda aan Josh.

Josh knikte en het licht van de ronde, gele kaars die op tafel stond streek op en neer over zijn gezicht.

'En toen is het ook niet gelukt... of wel?' vroeg ze zacht.

'Het is nog nooit gelukt.' Zijn stem klonk verslagen en hij zuchtte. 'Terwijl ik het zo graag wil.'

Vonda wreef met haar vingertoppen over de zijkant van haar voorhoofd. 'Het is vreemd: ik kreeg niets, echt helemaal niets. Alleen donkerheid, leegte. Hij is niet in de andere wereld.'

Josh hief zijn hoofd op. 'Natuurlijk is hij daar wel. Hij is overleden, waar kan hij anders zijn dan daar?'

Maar Vonda schudde van nee. 'Ik zeg je dat hij daar niet is, anders zou het me wel gelukt zijn om contact met hem te krijgen. Of is er misschien een reden waarom hij zich daartegen zou verzetten?'

Josh en ik keken elkaar aan. 'Ik zou er geen een kunnen bedenken,' zei hij.

'Dan is hij daar dus niet,' concludeerde Vonda. 'Want ik hoor of zie hem niet.'

'Maar hoe kan het dan zijn dat zíj hem wel ziet?' Josh knikte naar mij en ik voelde dat ik kleurde.

Vonda keek me aan en ik bedwong de neiging om mijn ogen neer te slaan. 'Waar zie je hem dan, Tender?'

Ik slikte. 'In mijn dromen. Als ik slaap.'

'En wat zijn dat voor dromen?' wilde ze weten. 'Lucide dromen?'

'Nee,' zei ik. 'Dat heb ik geprobeerd, maar dat lukt mij helaas niet. Het is meer zo dat hij gewoon "verschijnt" wanneer ik droom.'

Even was Vonda stil, haar blik dwaalde af en ze sloot haar ogen weer. Toen zei ze, met haar ogen nog steeds dicht: 'En je hebt hem nooit gezien als je wakker was.'

'Nee.'

Vonda opende haar ogen, een rimpel van concentratie priemde tussen haar wenkbrauwen. Ze richtte het woord tot Josh. 'Vertel me eens hoe jouw broer precies is overleden?'

'Hij is dood geboren.'

'Aha. Maar is hij echt dood geboren? Of is hij kort na de geboorte pas overleden?'

Josh schraapte zijn keel, dit gesprek was kennelijk moeilijk voor hem. Ik legde mijn hand op zijn arm en gaf er een zacht kneepje in. 'Hij was al dood toen hij geboren werd,' antwoordde hij met onvaste stem. 'Ik werd eerst geboren en toen Caleb. Maar een hartslag had hij toen al niet meer.'

'Hij is dus waarschijnlijk al in de baarmoeder overleden,' constateerde Vonda.

Josh knikte.

Vonda vouwde haar handen in haar schoot en keek ons om beurten aan. Toen ze sprak was haar stem helder. 'Dan begrijp ik het.'

Vragend keken we haar aan.

'Wat je moet beseffen,' zei ze, 'is dat een baby'tje in de baarmoeder het grootste gedeelte van de tijd slapend doorbrengt. Caleb is waarschijnlijk als foetus overleden in zijn slaap.' Ze zweeg even en drukte haar bril wat steviger op haar neus. Ze keek ernstig. 'De reden dat het mij niet lukt om Caleb op te roepen, is dat hij niet in het hiernamaals verkeert, maar dat hij in de droomwereld is blijven leven. Dat is waarom Tender hem in haar dromen wel ziet. Mensen die in hun slaap sterven, blijven in dat universum hangen in plaats van over te steken naar de andere wereld.'

Even waren we allemaal stil. Toen merkte ik voorzichtig op: 'Eerlijk gezegd wist ik dit al. Cal heeft het me verteld. Maar ik had me niet gerealiseerd dat een medium dan geen contact met hem zou kunnen leggen.'

Vonda knikte. 'Helaas is dat wel zo.'

'Maar waarom blijft hij daar dan?' vroeg Josh. 'Waarom steekt hij niet gewoon over?'

'Zo simpel is het niet, Joshua. Het is nooit een kwestie van "gewoon even oversteken", zoiets kunnen ze helaas niet zelf.'

'Wat bedoelt u daarmee?' Zijn stem werd luider. 'Dat mijn broer voor altijd gevangen zal zitten in de droomwereld?'

'Nee. Ik denk dat we hem kunnen helpen,' zei Vonda rustig.

'Hoe dan?' vroegen Josh en ik tegelijk.

Vonda knikte naar mij. 'Deze jongedame is het antwoord.'

Na een lange stilte, waarin ze allebei hun ogen op mij gericht hielden, keek ik Vonda aan. 'Hoe bedoel je dat?'

'Jij bent niet lang geleden zelf iemand verloren die jou zeer dierbaar is, klopt dat?'

Deze vraag kwam zo onverwachts, dat mijn ogen begonnen te prikken. Zowel Josh als ik had haar niet over Matt verteld. Het had ons niet relevant geleken, want we waren hier voor Cal. En nu begon ze er zelf over.

Ik knikte. Mijn stem was dik toen ik antwoordde: 'Mijn vriend is afgelopen zomer overleden.'

Nu was het Josh' beurt om zijn hand op míjn arm te leggen. Met mijn pink veegde ik een traan uit mijn ooghoek.

'Hij is onverwachts overleden, is het niet?' vroeg Vonda zacht.

Weer knikte ik, en ik voelde hoe mijn lip begon te trillen. 'Hij kreeg een hersenbloeding 's nachts.'

Vonda's gezicht bleef rustig en beheerst. Aan alles was te merken dat ze hieraan gewend was, aan de situatie en de emoties die erbij hoorden. Dagelijks kreeg ze mensen bij zich over de vloer die hun dierbaren waren verloren, die hier op deze stoel waar ik op zat in tranen uitbarstten. Maar voor haar bestond de dood niet. Zij wist dat iedereen verder ging met leven, ook al was het op een andere plek. 'Ik zal je vertellen wat er aan de hand is,' zei ze vriendelijk. Ze glimlachte me toe. 'Wil je een zakdoekje?'

Ik schudde mijn hoofd. 'Het gaat wel weer.'

'Goed dan. Het zit zo: een onbekende geest laat zich vrijwel altijd alleen maar zien als hij iets van je wil. Caleb vormt daarin geen uitzondering. Hij…'

'Wacht even,' onderbrak Josh haar. 'Waarom zoekt mijn broer dan contact met Tender en niet met mij? Als hij iets nodig heeft dan kan hij dat toch ook aan mij vragen? Ik droom toevallig iedere nacht, hoor, maar ik heb hem nog nooit gezien. Nog nooit!'

'Dat is helemaal niet zo gek,' zei Vonda. Ze keek me onderzoekend aan. 'Vertel me eens, Tender: jij bent Caleb pas gaan zien nadat jouw vriend – heet hij trouwens Matthew? Ja? Mooi, dan krijg ik dat goed door – was overleden, klopt dat?'

Weer schoot er een rilling over mijn rug. 'Inderdaad.' Ik haalde diep adem. 'Eigenlijk ben ik Cal gaan zien nadat ik me had voorgenomen om in een lucide droom Matt op te zoeken. Maar zoals ik al zei is het beleven van een lucide droom mij nooit gelukt, en in plaats daarvan was het Cal die zich liet zien.'

'Het is allemaal vrij logisch, nu ik eenmaal snap hoe het zit. Tender en Joshua: Caleb wil dat Matthew hem helpt om over te steken.'

'*Matt*?' vroeg ik.

'Ja. Zoals je nu weet, kunnen zielen die in hun slaap zijn gestorven de oversteek naar het hiernamaals niet zelf maken: ze hebben daarbij vrijwel altijd de hulp nodig van iemand die daar al is. En in Calebs geval heeft hij daar kennelijk Matthew voor uitgekozen. Dat is de reden dat jij hem in jouw dromen ziet, Tender.'

'Kunt u Matt zien…?' fluisterde ik. 'Hem horen? Want hoe wist u net ineens zijn naam?'

'Ik kan zijn aanwezigheid voelen,' zei ze. 'Ik krijg informatie van hem door. Hij is heel erg present.'

Dit keer vroeg ze niet of ik een zakdoekje wilde, maar drukte ze de tissue met een begrijpend knikje in mijn handen.

Naast me was Josh onrustig heen en weer op zijn stoel aan het bewegen. 'Mijn broer heeft dus hulp nodig.'

Vonda knikte weer. 'En dit zal vast niet de eerste poging zijn die hij doet, je hebt geluk dat Tender ervoor openstaat. Het lukt slaapzielen namelijk lang niet altijd om zich te manifesteren in de droom van een aards persoon.'

Ik snoot kort mijn neus en verfrommelde het papiertje tot een prop, die ik in de vuist van mijn hand hield. Josh keek naar me, maar ik ontweek zijn blik en hield mijn ogen op mijn schoot gericht.

'Tender?' vroeg Vonda. 'Hoe voel je je?'

Moet je dat echt vragen? wilde ik zeggen. *Jij bent toch een paragnost, of een helderziende, of een* ghost whisperer, *of weet ik hoe zoiets allemaal heet? Dan weet je toch zeker ook wel hoe ik me nu voel, zonder dat ik dat in de groep hoef te gooien?*

'Tender,' zei Josh zacht, 'zeg eens wat.'

Maar ik stond op. 'We zijn klaar. Dit was genoeg.'

Josh keek me niet-begrijpend aan, maar Vonda veerde op en opende de deur. Zwijgend liet ze ons de kamer uit lopen. Toen ik omkeek zag ik nog net hoe Josh haar vijfentwintig euro gaf. Even legde ze haar hand op zijn schouder. 'Het komt wel goed,' bewogen haar lippen.

In de auto zei ik weinig. Ook Josh was zwijgzaam, verzonken in gedachten. Maar toen we mijn straat in reden en ik alvast mijn gordel los klikte, stopte hij plots de auto. We stonden aan de overkant van mijn flat, en het raam van de woonkamer kon ik al zien. De zachte verlichting was zichtbaar achter het gordijn. Josh had de motor uitgezet, waardoor de auto nu net zo stil was als wijzelf.

Hij draaide zich naar me toe, maar ik keek hem niet aan. Ik wist wat hij ging zeggen.

'Waarom, Tender? Waarom wilde je ineens weg? Wil je soms niet dat Cal wordt geholpen?'

Ik zweeg. Het getik van de afkoelende auto was alles wat te horen was.

'Nou? Vertel het me alsjeblieft, want ik begrijp er niets van.'
Ik keek naar hem. In het licht van de lantaarnpaal naast de auto leek zijn gezicht gepijnigd. Maar begreep hij niet wat ik ervoor zou moeten opofferen om Cal te helpen? Welke prijs ik daarvoor zou moeten betalen?

'Ik kan niet leven met de gedachte dat de ziel van mijn broer vastzit in een wereld waar hij uit wil,' zei Josh. Zijn stem klonk wanhopig.

Ik begreep het, natuurlijk begreep ik het. Josh ging zijn hele leven al gebukt onder het verlies van zijn broer. Maar aan de andere kant: hij had hem eigenlijk nooit gekend, hij had enkel de afwezigheid gevoeld. Kon zulke pijn dan net zo erg zijn als het kwijtraken van je grote liefde?

'Ik heb Cal nodig,' zei ik zacht. 'Het spijt me.'

'Nodig? Heb je niet gehoord wat die vrouw zei? Caleb zit vast – *vast!* – en jij kunt hem helpen om over te steken naar het hiernamaals. Jouw vriend…' Zijn stem brak. Hij zuchtte en wreef met zijn hand door zijn haar. Langzaam schudde hij zijn hoofd, een spottend lachje verscheen op zijn lippen. 'Hoor mij nou toch eens,' mompelde hij, half tegen zichzelf en half tegen mij. 'Wie had ooit gedacht dat ik zo zou praten. Over het "hiernamaals" en "oversteken". Caleb…' Hij vloekte. 'Weet je wat? *Fuck it.* Laat maar gaan ook. Ga maar naar huis en vergeet dit allemaal. Dan zal ik dat ook proberen. Ik heb me laten gek maken, ik had beter moeten weten.'

Hij startte de auto en reed een paar meter door, tot hij de parkeerplaats voor mijn flatgebouw kon oprijden. Hier stopte hij, maar hij liet de motor lopen. 'In ieder geval bedankt voor je tijd.'

Ik bleef zitten. 'Josh…'

Hij schudde zijn hoofd. 'Nee, hou maar op. Het geeft niet. Ik begrijp het zelf allemaal niet eens meer. Ik weet niet wat echt is en wat niet. Wat ik moet geloven, en wat niet. Als ik vroeger mensen over dit soort bizarre dingen hoorde praten, of als ik die vreselijke types zoals Char of een of andere fluisteraar op de tv zag, dan lachte ik de mensen in het publiek uit om hun goedgelovigheid. Ik dacht dat ík daar allemaal doorheen prikte, dat ík wist hoe het zat. Maar nu...'

'Nu begin je te twijfelen?'

Josh hief zijn armen in de lucht. 'Ik weet het niet, ik weet het gewoon niet. Verdomme! Als het waar is wat die vrouw zei – en het is waar, dat kan bijna niet anders, want hoe wist ze anders Matthews naam? – dan zou ik dus echt heel boos op jou moeten zijn nu jij blijkbaar niet wilt dat mijn broer wordt geholpen. Snap je me? Begrijp je dat?'

Ik keek naar buiten. 'Zo simpel ligt het niet.'

'Zo simpel ligt het wél, Tender!'

Ik beet op mijn lip in een poging het trillen van mijn mond tegen te gaan. Mijn ogen begonnen te prikken. 'Als Cal oversteekt, kan ik Matt niet meer zien.'

Nu was het Josh die stil was.

Hij zette de motor weer uit.

De auto reed niet weg nadat ik was uitgestapt en naar de ingang van de flat toe liep, maar ik keek niet om. De laatste woorden van Josh waren hard geweest. Ondanks het feit dat ik hem had uitgelegd dat ik het niet zou aankunnen om voor een tweede keer afscheid te moeten nemen van Matt, was zijn reactie niet die waar ik op had gehoopt.

'Maar Caleb dan?' had hij geroepen. 'Moet hij dan maar blijven zoeken en dwalen voor altijd? Heeft mijn broer niet ook het recht om gelukkig te zijn? Jouw Matt heeft tenminste nog kunnen leven, Tender. Caleb niet. Nooit.'

Het had geen zin om te proberen het hem van mijn kant te laten zien. Voor Josh was het evident wat er moest gebeuren. Toen hij steeds harder ging praten en op een gegeven moment zelfs met zijn vuist op zijn stuur sloeg van frustratie, was ik uitgestapt. Met grote stappen was ik bij hem vandaan gelopen.

Boven schopte ik mijn laarzen uit en liep rechtstreeks door naar de slaapkamer, waar ik me languit op mijn buik op bed liet vallen. Purr sprong naast me en gaf troostende kopjes tegen mijn wang, maar het hielp niet.

Ik bedwong de neiging om naar de woonkamer te lopen en daar uit het raam te kijken of de auto er nog steeds stond, en draaide me in plaats daarvan op mijn rug. Met vochtige ogen staarde ik naar het plafond.

Natuurlijk wist ik wat me te doen stond.

Maar dat wilde niet zeggen dat ik het er niet moeilijk mee kon hebben.

Ik belde Josh pas de volgende ochtend. De telefoon ging over en over en met gesloten ogen hield ik mijn duim tegen de verbindingstoets om op te hangen. Misschien moest ik dit helemaal niet doen. Vannacht hadden Matt en ik ons complete weekend Venetië van vorig jaar opnieuw beleefd. In de droom was ik me er niet van bewust dat dit waarschijnlijk een van de laatste keren was dat ik hem zou zien, maar toen ik wakker werd was het de eerste gedachte die me te binnen schoot. Het besef was als een emmer koud en stinkend water die over mijn hoofd werd leeggekiept.

Als Cal echt zo graag wilde oversteken, waarom vroeg hij dat dan niet rechtstreeks aan mij? Hij stond aan de start van iedere droom. Hij had kans genoeg om erover te beginnen. Waarom had ik het dan via Vonda moeten vernemen? Stel nou dat zij ernaast zat en dat Cal eigenlijk helemaal niet wilde oversteken? Misschien had hij het juist wel naar zijn zin en wilde hij iets heel anders van me. Dat ik een boodschap aan Josh zou doorgeven, of zo!

Op het moment dat ik de verbinding wilde verbreken om van het hele plan af te zien, werd er opgenomen. 'Met Josh.'

'Hoi,' zei ik, 'met Tender.'

Zijn stem was terughoudend toen hij antwoordde. 'Hoi.'

'Ik bel je om te zeggen dat ik het doe.' Ik zei het snel en luid, voordat ik me kon bedenken. Ik slikte.

Het was stil aan de andere kant van de lijn. En het bleef stil. Voor de zekerheid checkte ik het display van mijn telefoon, maar er was nog verbinding. Josh zweeg.

'Dank je wel, Tender,' zei hij schor. 'Dat betekent heel veel voor me.'

'Dat weet ik,' zei ik en ik probeerde mijn stem stabiel te houden. 'En je hebt gelijk.' De nagels van mijn linkerhand drukten hard in mijn palm, en mijn knokkels waren wit.

'Ik waardeer het extra omdat ik weet hoe moeilijk het voor jou is,' zei hij langzaam. 'En het spijt me dat ik gisteren tegen je geschreeuwd heb in de auto. Dat waren de emoties. Maar je doet er goed aan, echt.'

We spraken af dat hij Vonda meteen zou bellen en zo snel mogelijk een afspraak zou maken. Toen hij me een paar minuten later terugbelde, staken zijn woorden als een dolk in mijn hart. 'We kunnen vanavond langskomen. Ik kom je om half acht ophalen.'

Nog voordat we ophingen waren mijn wangen nat.

Ik liep door het huis met een tollend hoofd. Half acht moest ik klaarstaan. En hoe laat was het nu? Vijf over elf. Ik liet mijn tranen de vrije loop en mijn haar plakte aan mijn gezicht. Matt en ik hadden nog maar een paar uurtjes om samen te zijn. Voor het laatst.

In de keuken liet ik een glas vollopen met water, en met bevende hand nam ik drie slaappillen in. Ook dit was voor het laatst, na vanavond zou ik ze niet meer nodig hebben. Nooit meer. Wat zou het nog voor zin hebben om te slapen? Vanavond zou ik Matt kwijtraken.

Voor de zekerheid zette ik mijn telefoonwekker op zeven uur. Ik was moe. Hoofdpijn sneed door mijn schedel en mijn ogen brandden. Hopelijk zouden de pillen me slapend houden tot vanavond.

Het kostte me meer tijd dan anders om in slaap te vallen. Toen het na een uur nog niet was gelukt, slikte ik nog eens drie pillen. Terug in bed sloot ik mijn ogen zo stijf als ik kon en zei dringend: 'Kom me halen, Cal. Breng Matt bij me.'

En eindelijk lukte het.

We gingen nergens heen dit keer, maar bleven in bed. Langzaam bedreven we de liefde, gingen we op in het moment, en na afloop keek ik naar hem op, naar zijn knappe gezicht dat boven het mijne hing. Ik boorde mijn ogen in de zijne. We hielden elkaars blik vast, voor altijd, samen voor eeuwig verbonden in het nu.

'Ik hou van jou,' fluisterde ik.

En toen was het voorbij.

'Nee!' Ik smeet mijn rinkelende mobieltje op de grond. Het vervloekte alarm stopte meteen. Ik tastte naast me in bed, maar Matts plek was leeg en koud. Ik drukte mijn gezicht in zijn kussen en probeerde zijn vervlogen geur op te snuiven. Ik trok het dekbed over mijn hoofd en perste mijn ogen nog stijver dicht, zo hard dat het pijn deed. Ik zou weer in slaap vallen, ik móést weer in slaap vallen. Ik had hem niet eens gedag gezegd. Hij was nota bene nog ín me geweest op het moment dat hij verdween, zo mocht het niet eindigen! Dit kon onmogelijk ons afscheid zijn.

Maar ik viel niet meer in slaap.

Op de grond naast het bed klonk dit keer niet mijn wekkeralarm, maar het geluid van mijn ringtone. Met mijn vingers tastte ik de vloer af tot ik de telefoon vond.

'Waar blijf je?' vroeg Josh verontwaardigd, nog voordat ik iets had gezegd. 'Ik sta al bijna tien minuten beneden op je te wachten.'

Ik kreunde en draaide me om naar Matts wekker. Zachtjes vloekte ik. Het was bijna kwart voor acht. Om acht uur moesten we bij Vonda zijn.

'Ik ga niet,' besloot ik, zonder mijn woorden eerst te overwegen.

'Wat?! Tender, dat kun je niet maken. We hebben het er toch over gehad?'

'Ik kan het niet.' Mijn schedel bonkte en ik drukte een hand tegen mijn voorhoofd.

'Ik kom naar boven,' kondigde Josh aan. 'Op welk nummer woon je?'

'Je komt helemaal niet naar boven! Dit is mijn beslissing en die moet je respecteren. Ik wil Matt niet weer kwijtraken.'

'Maar je hebt me toch beloofd dat –'

'Nou en! Ik ken jou niet eens. Waarom zou ik mijn eigen geluk opofferen voor jou?'

'Voor mij? Voor Caleb, zul je bedoelen. En heeft hij jou niet geholpen al die tijd? Zonder hem zou je Matt überhaupt niet meer hebben gezien.'

'Maar nu wel en dat laat ik zo. We horen samen te zijn.'

Nu was het Josh die vloekte. 'Verdomme! Is dit echt wat je wilt, Tender? De rest van je leven slapend doorbrengen samen met de geest van je overleden vriend? Is dat hoe je oud wilt worden, je dagen wilt slijten? Door jezelf los te scheuren van de echte wereld, verslaafd aan slaappillen, als een langharige zombie?'

Mijn god, hij begreep er echt helemaal niets van. Ik had hem nooit zo veel moeten vertellen, hij sloeg me in mijn gezicht met dingen die ik in vertrouwen met hem had gedeeld.

'Wat ik met mijn leven doe gaat jou niets aan,' zei ik ijzig.

Josh zuchtte. 'Doe het dan voor Caleb, alsjeblieft. Tender, ik ben ervan overtuigd dat er een reden is dat jij en ik op hetzelfde moment in dezelfde bus zaten. En jij geloofde dat ook, weet je nog? We waren het erover eens dat het is gebeurd zodat jij mijn broer kunt helpen om eindelijk op zijn bestemming aan te komen.'

'Maar ik dan...? En Matt dan? Heb je daar eigenlijk wel echt over nagedacht? Volgens mij niet.'

Josh gaf geen antwoord. Toen hij mijn gesnotter hoorde, zei hij zachtjes: 'Kom nou maar naar beneden, Tender, we rekenen op je.'

Nog steeds hield ik mijn linkerhand tegen mijn hoofd en ik masseerde mijn kloppende slaap.

'Wat zou Matt gewild hebben dat je deed?' vroeg Josh. 'Denk daar eens eerlijk over na.'

Dat was vals. Ik wist hoe Matt was: hij zou Cal willen helpen, direct. Hij zou er geen seconde over twijfelen.

'Nou?' vroeg Josh.

Ik veegde mijn wangen droog en slikte. 'Ik kom eraan,' zei ik uiteindelijk.

Door de telefoon heen kon ik zijn opluchting horen. 'Doe maar rustig aan,' zei hij. 'Ik zal Vonda wel even bellen dat we iets later komen.'

De trui die ik aantrok, schuurde langs de tranen op mijn gezicht. Deed ik hier echt wel goed aan? Matt en ik hadden elkaar op een wonderbaarlijke manier opnieuw gevonden, en nu koos ik er bewust voor om dat de rug toe te keren. Hoe kon zoiets een goede beslissing zijn? Oké, ik zou er een ander mee helpen, maar hoe kon dat ooit goedmaken dat ik afstand ging doen van de man van wie ik zo veel hield?

Maar het was wel aan Cal te danken dat ik had gekregen wat

ik nooit voor mogelijk had gehouden. En ik wist precies wat Matt zou zeggen: het was nu onze beurt om iets terug te doen, hoe moeilijk het ook was.

Ik dwong mezelf om mijn spijkerbroek aan te trekken, mijn tanden te poetsen en een borstel door mijn haren te halen. Toen snoot ik voor de laatste keer mijn neus en stapte de deur uit.

In de auto glimlachte Josh me bemoedigend toe. 'Ik ben blij dat je er bent.'

Ik knikte. De tranen zaten nog te hoog in mijn keel om iets te kunnen zeggen. Het maanlicht dat de auto in scheen was helder en ik wist dat Josh mijn rode ogen kon zien en mijn trillende handen. Maar hij zei er niets van en startte de motor.

Net als de vorige keer was het Vonda zelf die opendeed. We liepen achter haar aan de trap op, ditmaal zonder eerst de woonkamer in te kijken. Zou haar man eigenlijk af weten van onze situatie? Zou ze hem überhaupt vertellen over de dingen die er in het kamertje boven in hun huis gebeurden, of zou ze dat beschouwen als privacyschending van haar klanten en sprak ze er uit principe nooit over?

Josh en ik gingen op dezelfde plek zitten als gisteren, met Vonda tegenover ons aan tafel.

Weer stak ze eerst de kaars aan. Haar gezicht stond kalm en vriendelijk, en toen haar ogen de mijne kruisten schonk ze me een glimlach. 'Je doet hier goed aan, meid.'

Ik antwoordde niet. Hoe kon zij weten dat ik hier goed aan deed als ik het tegenovergestelde voelde? Zij en Josh zagen alleen maar dat ze Cal gingen helpen en ze staarden zich blind op die gedachte, maar ze stonden amper stil bij de gevolgen voor mij. Ik –

Josh stootte me aan met zijn elleboog.

Vragend keek ik op.

Vonda glimlachte weer. 'Je zit met je gedachten bij je vriend, dat is heel begrijpelijk. Ik vroeg of je er klaar voor bent.'

Ik schudde resoluut mijn hoofd. Onder de tafel hadden mijn handen zich tot vuisten gebald.

'De reden dat ik dat vraag is omdat Matthew hier is.'

Mijn ogen sperden zich open. 'Wat?'

'Hij is hier,' knikte ze. 'Hij is aanwezig. En hij vraagt mij om tegen je te zeggen dat hij heel veel van je houdt.'

Dat was te veel. Het kon me niet meer schelen dat Josh naast me zat en dat Vonda naar me zat te staren, ik brak. Mijn tranen stroomden onbeheerst over mijn wangen en mijn schouders schokten. Hij was hier. *Mijn Matt* was hier. Hij hield van me. En ik wilde gewoon niets liever dan nú zijn armen om me heen voelen, zijn sterke armen die zouden bevestigen dat hij inderdaad bij me was en dat alles goed zou komen.

Vonda gaf me een tissue.

'Ik mis hem,' bracht ik uit.

'Hij zegt dat je niet verdrietig hoeft te zijn,' zei ze geruststellend. 'Het gaat goed met hem.'

Ik keek haar aan, wachtend op meer.

Ze sloot haar ogen. 'Hij zegt dat hij altijd van je zal blijven houden en bij je zal zijn. "Kleintje" noemt hij je.'

Was hij echt hier? Kon hij me zien zitten, aan tafel bij deze vreemde mensen?

'Hij is jouw beschermengel en hij wil dat je dat weet,' ging Vonda verder. 'Hij is altijd bij je. En dat betekent niet dat hij mijn hand zou kunnen tegenhouden als ik jou nu bij wijze van spreken een klap zou geven, maar wel dat hij je zal bijstaan in alles wat je meemaakt. Begrijp je wat ik bedoel?'

Toen ik niets zei, drukte Vonda haar handen tegen haar slapen en zei: 'Hij vindt het belangrijk dat je verder gaat met je leven, Tender. Hij zegt dat het hem pijn doet om je zo te zien. Jullie liefde zal altijd blijven bestaan, maar jij moet door. Het is tijd.'

Ik rechtte mijn rug. 'Ik moet helemaal niets.'

'O, nu lacht hij. "Dat is mijn Tender," zegt hij. En hij zegt dat je altijd zo koppig bent.'

Ondanks alles glimlachte ik door mijn tranen heen. Ik stak mijn kin in de lucht. 'Ik ben hier nu toch, of niet?' zei ik. 'Dat is toch wat jullie allemaal willen?'

Toen ik mijn handen op tafel legde, boog Vonda voorover en legde haar handen eroverheen. Haar aanraking was warm. 'Hij wil dat je weet dat hij je altijd zal horen als je tegen hem praat, Tender. Hij is bij je als je hem nodig hebt. Hij vindt het heel belangrijk dat je dit beseft.'

Ik slikte.

Vonda liet haar hand op de mijne liggen. 'Ik weet dat het moeilijk voor je is, lieverd.'

Vonda vertelde dat het belangrijk was dat ik erbij bleef omdat mijn aanwezigheid ervoor zorgde dat zij goed contact kon houden met Matt en Cal. Ze zat tegenover ons, haar ogen gesloten en haar hoofd rustend op haar handen. Ze had mij en Josh gevraagd om stil te zijn en ik zag haar lippen bewegen. Onverstaanbare geluidjes ontsnapten aan haar mond. In iedere andere situatie zou ik misschien zijn gaan lachen, al was het maar van de zenuwen, maar ik zat doodstil.

Toen ze eindelijk, na minstens tien minuten, haar ogen weer opende en ons aankeek, zag ze er vermoeid uit. 'Het is gelukt,' zei ze. 'Caleb is aan de andere kant. Bij Matthew. Hij is overgestoken.'

Josh ging rechtop zitten, hoopvol. 'Dus nu kun je Caleb wel oproepen? Want hij is nu in die andere wereld, waar jij contact mee kunt leggen. Toch?'

Vonda knikte. 'Hopelijk kan dat nu inderdaad. Maar dat ga ik tijdens deze sessie niet meer doen. Ik ben klaar voor vandaag, mijn energie is op.' Ze schoof haar stoel naar achteren en ging staan. 'Het is weg. Ik kan dit ook niet onbeperkt doen, begrijp je, ik moet hier eerst van bijkomen. Wat we wilden is gelukt, we hebben ons doel bereikt. En als jij contact met Caleb wilt, dan kun je een andere keer terugkomen. Ik zal je dan graag helpen.'

Ze ving mijn blik op en zei: 'En hetzelfde geldt natuurlijk voor jou, Tender. Je bent altijd welkom om een afspraak met me te maken zodat we contact kunnen leggen met Matthew.'

Ik reageerde niet. Hoe zou ons 'contact' via Vonda ooit te vergelijken zijn met wat we gewend waren? Er was hier geen privacy, niets. Het enige wat ik via Vonda van hem zou horen was dat hij van me hield en dat hij wilde dat ik doorging met mijn leven. Onze afspraakjes en ons echte samenzijn waren niet langer mogelijk. Maar toch, het was waarschijnlijk nog altijd beter dan niets.

Vonda zag er inderdaad uit alsof ze 'op' was. Op haar voorhoofd glinsterde transpiratie, en in haar hals waren rode vlekken verschenen.

Josh en ik stonden tegelijk op. Ik voelde me hol, alsof mijn maag was leeggepompt en mijn hart was weggerukt. Tranen lagen aan de oppervlakte en ik knipperde om ze tegen te houden.

'Let je een beetje op haar?' vroeg Vonda aan Josh.

Thuis bleef ik wakker. Met Purr zat ik op de bank, gekleed in een dikke, donkerblauwe Adidas-trui van Matt. Het was moeilijk te bevatten dat het echt voorbij was. Het was over, afgelopen, vanavond had ik Matt voorgoed laten gaan. Als ik me uit zijn omhelzing had losgemaakt om hem mijn rug toe te keren, de andere kant op te lopen, en mijn verlovingsring van mijn vinger rukte en in de goot smeet, zou dat niet drastischer hebben kunnen zijn dan dit. En het kon me niet schelen dat iedereen, inclusief Matt zelf, zei dat dit het beste was. Want als het echt zo goed was wat ik had gedaan, dan zou het niet voelen alsof er een abortus had plaatsgevonden van mijn ziel.

Urenlang bleef ik op de bank zitten, zonder licht, zonder muziek. Toen ik eindelijk, ver na middernacht, geen weerstand meer kon bieden aan de vermoeidheid liet ik mijn hoofd hangen en werd ik opgeslokt door een leeg en zwart gat dat koud en droomloos was.

Ik schrok wakker van hoog, bloedstollend gegil. Mijn ogen vlogen open. In het maanlicht dat door het raam naar binnen scheen zag ik de bank waar ik me nog steeds op bevond, en ik schoot overeind.

Waar was Purr? Ze had naast me gelegen toen ik in slaap viel.
Was ze soms –

De ijzige kreet klonk opnieuw en Purr kwam de kamer in gerend. Haar staart was dik en stond stijf omhoog, en haar ogen, die bijna licht gaven in de duisternis, waren groot van paniek. 'Purr!' riep ik. Ik boog voorover en stak mijn armen naar haar uit. 'Kom eens hier, meisje. Wat is er?'

Maar ze negeerde me en rende rondjes door de woonkamer, hysterisch. Ze krijste voor de derde keer, sprong naast me op de bank om er meteen weer vanaf te vliegen, vluchtte toen de gang in en kwam met een hoge duikvlucht terug de woonkamer in gestoven, waar ze zich op mijn schoot wierp en vanaf daar met opengesperde ogen naar me opkeek. Haar hele lichaam beefde.

Voorzichtig aaide ik haar trillende lijfje en fluisterde geruststellende woordjes in haar oor. Wat was er in vredesnaam gebeurd? Nog nooit had ik haar zo horen gillen, nog nooit. Ik had niet eens geweten dat ze zo veel geluid kon voortbrengen. Ik had überhaupt nog nooit een dier zo overspannen gezien.

Nieuwsgierig onderzocht ik haar, op zoek naar een wondje. Toen ik niets vond, deed ik de lamp aan en tilde haar pootjes een voor een op om te zien of er misschien bloed aan zat. Ook die waren in orde. Ik drukte op haar buikje om te controleren of ze inwendig pijn had, maar ze reageerde nergens op en ik vond niets. Was ze misschien gestoken door een of ander insect dat naar binnen was gevlogen en was ze daarvan geschrokken? Of had ze wellicht een onbekend geluid gehoord dat van buiten kwam? En waar was ze eigenlijk vandaan gekomen toen ze de eerste keer de kamer in was komen rennen? Het was niets voor haar om in haar eentje ergens te gaan liggen, vooral niet 's nachts.

'Kom,' besloot ik, kalm en resoluut, 'we gaan naar bed.'

Ik deed het licht in de woonkamer uit en liep naar de slaapkamer. Ik sloot de gordijnen. In het donker sloeg ik op de tast het dekbed open en trok mijn spijkerbroek en sokken uit. Matts trui hield ik aan.

Toen ik in bed lag kwam Purr niet naast me liggen. Ik hoorde haar onder het bed kruipen om daar een plaatsje te zoeken. Weer iets wat ze nog nooit eerder had gedaan. Moest ik de dierenambulance bellen? Was ze misschien ziek, mankeerde ze iets wat ik niet kon zien? Er moest een reden zijn waarom ze zich zo vreemd gedroeg.

Ik hurkte naast het bed op de grond en stak mijn hoofd eronder. Purr was rustiger geworden, ik hoorde het aan haar ademhaling. In het donker zag ik slechts haar grote, reflecterende ogen die me aankeken.

Toch was ik niet gerustgesteld. Ik kroop terug in bed, maar bleef wakker liggen, gespitst op een geluid van Purr.

Buiten weerklonk een vroege auto die voorbijreed, maar verder was het stil. Mijn ogen waren gesloten. Hoe laat zou het zijn? Met mijn hand taste ik naar mijn telefoon, maar hij lag niet onder mijn kussen. Logisch, hij zat natuurlijk nog in mijn tas. Sinds ik thuis was gekomen van Vonda had ik hem niet meer gebruikt. Geeuwend draaide ik me om op mijn andere zij om een blik te werpen op de digitale wekker op Matts nachtkastje.

05.35 uur. Ochtend dus. Het zou…

Maar nee, ik had het verkeerd gezien. Het was pas 02.58 uur.

Of nee, ook niet. Ik knipperde met mijn ogen. 01.13 uur, ineens!

'*What the fuck…?*' mompelde ik. Ik ging rechtop zitten en deed de schemerlamp aan. Ik keek weer naar de wekker en op dat moment verschoten de rode lichtgevende cijfers naar 13.29 uur.

Ik kroop naar Matts kant van het bed en pakte het apparaat. Het ging luid zoemen, zo luid dat ik er een klap op gaf om het te laten ophouden. Maar het hielp niet, en het gezoem ging over in een hard geratel. De tijd bleef intussen verspringen en gaf aan dat het 07.21 uur was.

Hoe kon dit? Ik pakte hem op en draaide hem om, maar ook aan de onderkant was niets vreemds te zien. Het display gaf 16.08 uur aan en dit keer sprong hij niet meteen verder naar een ander tijdstip, maar bleef hij stilstaan en het geluid hield op.

'Het zal wel,' zei ik hardop. Ik wilde de wekker terugzetten, maar van het ene op het andere moment was hij zo gloeiend heet dat ik bijna mijn handen brandde. Met een vloek smeet ik het ding op de grond. Door de klap vloog de stekker uit het stopcontact, maar de cijfers, die nog steeds 16.08 uur aangaven, bleven zichtbaar. Ze werden niet eens minder fel. Ik schoot bij de wekker vandaan en staarde ernaar. Hoe was dit mogelijk? De stroom was eraf en er zaten geen batterijen in. Hoe kon het dan –

Plotseling klonk er een luid gesis.

Met verbijstering keek ik toe hoe Matts wekker wegsmolt, op de grond, tot er alleen nog maar een snoer en een dampend laagje vloeibaar kunststof van over was.

Een vreselijke stank drong mijn neus binnen.

Purr schoot onder het bed vandaan en holde de slaapkamer uit. De haren op haar rug stonden rechtovereind.

Zelfs nadat ik de gesmolten wekker in een oude krant had gewikkeld en in de vuilnisbak had gegooid, bleef het stinken in de slaapkamer. Op de vloerbedekking was een kleverige laag achtergebleven die eruitzag als zwart kaarsvet. Hoe had dit kunnen gebeuren? Er was geen kortsluiting geweest, dat wist ik zeker, want ik had een paar lampen en zelfs de tv gecontroleerd en alles werkte gewoon. Maar wat was het dan wel geweest? Ik had het hele op hol geslagen apparaat voor mijn ogen zien smelten, gezien hoe het letterlijk in rook opging.

In de woonkamer ging ik op zoek naar Purr. Ik vond haar weggekropen onder de fauteuil, ineengedoken en nog altijd bibberend. Toen ik naast haar op de grond ging zitten, klom ze bij me op schoot en ik wiegde haar in mijn armen.

'Wat is er gebeurd?' vroeg ik zachtjes.

Het antwoord bleef uit.

De morgen brak aan op dezelfde manier als altijd: geluiden van het eerste verkeer, buren die hun deuren opendeden en over de galerij liepen om naar hun werk te gaan. Een verse dag voor iedereen en ook voor mij. Maar ze mochten hem houden, ik hoefde hem niet. Wat moest ik ermee, wat moest ik überhaupt met de rest van mijn leven?

Ik draaide me om in bed en staarde naar het lege nachtkastje. Van slapen was weinig meer gekomen na de krankzinnige toestand met Matts wekker, maar nu het weer ochtend was leek het overdreven dat ik een paar uur geleden zo onrustig was geweest. Dat ik me had laten aansteken door Purrs hysterie. Het arme dier had waarschijnlijk gewoon een nachtmerrie gehad. En het enige wat er eigenlijk daadwerkelijk was gebeurd, was dat de wekker oververhit was geraakt. Zoiets kon tal van logische oorzaken hebben, en als ik er rustig over nadacht dan zou ik er vast wel een paar kunnen bedenken.

De zoemer van de intercom schalde door het huis. Het onverwachte geluid klonk vreemd en indringend door de vertrouwde stilte in de flat en vanzelf ging ik rechtop zitten.

Wie kon dat in godsnaam zijn? Mijn moeder en Gwen belden nooit via de intercom aan, die hadden een sleutel van de benedendeur en gingen met de lift naar boven. Het moest iemand zijn die per ongeluk op de verkeerde bel had gedrukt. Ik liet me achterover zakken en trok het dekbed weer over me heen.

Maar de zoemer ging weer, langer. Zuchtend stapte ik uit bed en liep de gang in. Ik pakte de hoorn op. 'Hallo?'

'Hallo!' klonk een onbekende vrouwenstem. 'Ik heb hier een aangetekende brief voor u.'

...

'Hallo?' zei de vrouw. 'Hoort u mij? Kunt u naar beneden komen?'

'Eh, kunt u niet naar boven komen?' vroeg ik. Ik drukte alvast op de knop die de benedendeur ontgrendelde om haar binnen te laten. Maar er klonk geen geluid dat aangaf dat ze hem openduwde.

'Nou, mijn fiets staat hier eigenlijk niet zo handig,' zei ze met een plat Rotterdams accent. 'Komt u maar naar beneden, dan wacht ik hier op u.'

Snel schoot ik in mijn spijkerbroek, die naast mijn bed op de grond lag. Matts trui had ik nog steeds aan. Van wie zou die brief kunnen zijn? Ik ontving helemaal nooit aangetekende post.

Terwijl ik over de galerij naar de lift liep knipperden mijn ogen tegen het felle ochtendlicht. Alweer was ik buiten, voor de vierde keer in zo'n korte tijd. Ik zou er bijna aan gaan wennen. Toch hield ik mijn hoofd gebogen zodat mijn gezicht schuilging achter mijn loshangende haar, voor het geval een van de buren naar buiten zou komen en een gesprek met me wilde aanknopen.

In de liftspiegel leek mijn bleke en magere gezicht door de harde tl-verlichting extra smalletjes. Mijn ogen waren nog rood van het huilen. Mijn god, ik zag er niet uit. Als ik nu iemand tegenkwam, dan zouden ze zich rot schrikken. Zouden de buren van onze galerij eigenlijk wel weten dat Matt er niet meer was? Het moest ze zijn opgevallen dat zijn auto al meer dan een half jaar niet meer op de parkeerplaats stond en dat ze hem nooit meer zagen lopen. Maar aan de andere kant: mij zagen ze natuurlijk ook niet meer. Misschien dachten ze wel dat we allebei weg waren, in stilte verhuisd, en dat de nieuwe bewoners waren vergeten om het naambordje aan te passen. Of dat we uit elkaar waren, dat Matt mij had verlaten en dat ik me volledig in mezelf had teruggetrokken omdat ik de verbroken relatie niet kon verwerken. Of misschien dachten ze wel helemaal niets: in dit flatgebouw hadden de bewoners nauwelijks contact met elkaar, meer dan een groet en een sporadische opmerking over het weer of het schandalige gebrek aan fatsoenlijke parkeerplaatsen werd er niet gewisseld.

Op de begane grond schoven de liftdeuren open en ik stapte uit. Toen ik naar buiten keek zag ik de blonde postbezorgster op de stoep staan, haar oranje jas glom in de zon. Ik liep naar de deur en deed open.

'Dit is hem,' zei de jonge vrouw nadat ik haar had begroet. Ze overhandigde me een witte envelop en hield me een lijst voor. 'Als je hier je handtekening zou willen zetten?'

Met de pen die ze me aanreikte krabbelde ik mijn handtekening op het formulier. Met de envelop liep ik weer naar binnen. Ik herkende het logo van Matts werk.

Nog voordat ik op het knopje kon drukken om de lift te laten komen, gingen de deuren al open. Een hoogbejaarde vrouw kwam er langzaam uit lopen, haar gebogen lichaam steunend op een rollator. Ze keek verbaasd op toen ze mij zag. 'Ben ik er al?'

Ik glimlachte. 'U bent nu op de begane grond.'

'Mijn hemel,' zei ze met krakende stem. 'Ik weet helemaal niet waar ik ben!' Haar lip begon te trillen. 'Ik... weet... niet... waar... ik... ben!'

Ik keek door de hal van de benedeningang, maar behalve de brievenbussen, de lift en het trappenhuis was er niets te zien. 'Bent u hier alleen? Is er niemand bij u?'

Onder haar brillenglazen waren haar ogen nat. Met één hand liet ze haar rollator los en veegde een traan van haar witte, gerimpelde wang. 'Ik weet het niet,' fluisterde ze. 'Ik weet niet hoe ik hier ben terechtgekomen.'

Het zoemende geluid van de lift die weer omhoogging klonk achter haar. Ik deed een stap naar voren en pakte haar voorzichtig bij haar fragiele arm. Ze was gehuld in een lichtbruine mantel van zachte stof en aan haar voeten had ze stevige bruinleren schoenen. Ze droeg geen tas. 'Kom maar eventjes hier staan,' zei ik vriendelijk, 'want er komen straks mensen uit de lift en anders botsen die tegen u op.'

Behoedzaam schuifelde ze een paar pasjes in mijn richting. Toen keek ze me onderzoekend aan. 'Wie bent u?'

'Ik woon hier,' zei ik. 'En u?'

Ze knipperde met haar ogen en keek verbaasd om zich heen alsof ze, alweer, nu pas zag waar ze was. 'Waar ben ik?'

De liftdeuren gingen weer open en een stevige, Surinaamse vrouw die ik kende en die op de derde verdieping woonde, stapte uit. In haar hand hield ze een grote katoenen boodschappentas. 'Goedemorgen!' zei ze vrolijk en luid terwijl ze langs ons naar de buitendeur liep en een kokosachtige geur verspreidde.

'Hallo,' knikte ik.

Het oude mevrouwtje keek me vragend aan. 'En wie is dat?'

'Dat is iemand die hier ook woont.'

Ze snikte. 'Maar ik snap het niet! Help me alsjeblieft, waar ben ik nou toch?'

'U bent in een flat aan de Langenhorst,' zei ik zacht.

Door de gebogen houding waarin het kleine vrouwtje stond was de bovenkant van haar hoofd zichtbaar. Haar witte, gewatergolfde haar was dun en stukjes roze en schilferige hoofdhuid schitterden erdoorheen. 'Ik moet naar huis!' riep ze. 'Ik ken u niet, ik moet naar huis!'

'Rustig maar,' zei ik sussend. 'Alles is goed. Waar woont u?'

De brief van Matts werk brandde intussen in mijn handen. Eigenlijk moest ik zo snel mogelijk terug naar boven om de envelop te openen, of misschien hier alvast even kijken wat erin stond. Ik zou in een oogopslag kunnen zien wat zijn werk –

Er werd op de buitendeur getikt.

Ik keek om. Een man van middelbare leeftijd stond buiten en keek ongerust. Hij wenkte naar me dat ik open moest doen. Toen ik hem binnenliet, stoof hij meteen op de vrouw af. 'Ma! Waar was je nou? We hebben je overal gezocht!'

De oude vrouw barstte in snikken uit en de man keek me vragend aan. 'Staat ze hier al lang?'

'Ze kwam uit de lift,' zei ik. 'Een minuut of vijf geleden. Ze maakte een verwarde indruk, alsof ze niet zo goed weet waar ze is.'

De man zuchtte. 'Hier heeft ze vroeger gewoond,' zei hij. 'In dit gebouw. Ze is hier na de oorlog komen wonen, toen deze flat net was gebouwd. Vijftien jaar geleden is ze samen met mijn vader in een bejaardenhuis gaan wonen, en tegenwoordig woont ze in een verzorgingshuis een paar straten verderop. De laatste tijd gaat ze er iedere keer vandoor, en het is nu al de zoveelste keer dat we haar hier vinden.'

'Leeft haar man niet meer?' vroeg ik voordat ik besefte dat mij dit niets aanging.

De man schudde kort zijn hoofd. 'Mijn vader is een paar jaar geleden overleden. Sindsdien is het snel achteruitgegaan met haar.' Hij pakte zijn moeder bij de arm. 'Kom moe, we gaan je naar huis brengen. Zeg maar dag tegen deze vriendelijke jongedame.'

De oude vrouw keek verbaasd naar me op. 'Wie ben jij?'

Met een hulpeloos gebaar keek haar zoon me aan, maar ik glimlachte. 'Sterkte.'

In de lift scheurde ik de envelop open, maar het bleek slechts om iets administratiefs te gaan. Ze waren er bij *Ori Advertising* achter gekomen dat Matt nog een klein bedrag aan vergoeding voor overuren had openstaan en waren officieel verplicht om mij hiervan op de hoogte te brengen. Waarom ze ervoor hadden gekozen om dat overdreven via aangetekende post te doen, stond er niet bij vermeld en ik schudde mijn hoofd terwijl ik over de galerij terugliep naar mijn appartement.

Binnen legde ik de brief op de plank boven de kapstok, knuffelde Purr en ving mijn reflectie op in de gangspiegel. Ik bleef staan en staarde naar mijn spiegelbeeld. Ik keek vermoeid terug en streek mijn haar achter mijn oren. Ik haalde diep adem en bracht mijn peinzende gezicht dicht bij zijn weerkaatsing. Ik zuchtte. Dit kon zo niet langer, besefte ik. Als ik op deze manier doorging dan eindigde ik straks als die arme vrouw: als iemand die wanhopig probeerde om terug in het verleden te strompelen, met haar rollator als steun. Iedere dag opnieuw de weg kwijt, was dat wat ik wilde? Was dat hoe ik oud wilde worden, door me voortdurend vast te klampen aan wat er niet meer was?

Het waren retorische vragen. Ergens in mijn hoofd, op een plek die ik tot nu toe zorgvuldig had genegeerd, was er waarschijnlijk al die tijd al het besef geweest dat er vanzelf een dag zou komen waarop ik mezelf bij elkaar moest rapen. Ik had geprobeerd het niet te zien, om het te ontkennen, maar de boodschap die ik had gekregen was duidelijk.

De echte vraag was of ik er klaar voor was. Klaar om in mijn eentje een nieuwe weg in te slaan, klaar voor een stap voorwaarts.

'Matt wil dat je verder gaat met je leven,' had Vonda gezegd. En zelf wist ik dat hij zou willen dat ik zijn bemoedigende woorden in gedachten hield, dat ze me moed zouden geven en ik er kracht uit zou halen om door te gaan. Hij zou nooit hebben gewild dat ik de rest van mijn leven doorbracht zoals ik dat nu deed. Maar wat dan? Hij kon moeilijk van me verwachten dat ik deed alsof er niets was gebeurd.

Mijn spiegelbeeld schudde zachtjes het hoofd. Natuurlijk wist ik heus wel wat Matt écht bedoelde. 'Er is altijd een middenweg, Tender,' had hij vroeger vaak genoeg gezegd, en daar had hij gelijk in. Mijn vaak extreme acties en reacties hadden hem soms geamuseerd, maar regelmatig ook doen fronsen. Als ík het was geweest die was overleden, dan zou hij er zeker ook om hebben getreurd, daar twijfelde ik niet aan, maar hij zou niet bijna al zijn vrienden hebben afgestoten en zijn werk hebben opgegeven. Zoiets zou niet eens in hem zijn opgekomen: daar was hij simpelweg te praktisch voor geweest, te nuchter en verstandig. En ik had dat wel gedaan. Ik had maandenlang liggen wentelen in zelfmedelijden tot ik doorligplekken had gekregen op mijn ziel. En voor het eerst voelde ik dat het tijd was om op te staan uit het bed van verdriet. Om de dekens van me af te gooien en de gordijnen te openen. Als ik dat niet deed, dan zou ik als een bejaarde vrouw door dit gebouw zwerven: snikkend op zoek naar het verleden en voor altijd vastgeketend aan de plek waar ik ooit gelukkig was geweest. Ik zag de ogen van de oude vrouw voor me: blauwe kralen die verteerd waren van rouw, en die precies op het juiste moment de mijne hadden geopend. Mijn ontmoeting met haar was geen toeval geweest, maar was een waarschuwing. En ik zou ernaar luisteren. Misschien niet halsoverkop, maar zeker geleidelijk aan. Ik ging het proberen en ik zou er vandaag mee beginnen.

Voor Matt.

Die nacht viel ik voor de eerste keer zonder hulp van pillen in een diepe slaap, en ik sliep door tot de ochtend. Toen ik wakker werd was het eerste wat ik zag het onbeslapen kussen naast me en vanzelf schoot de rituele pijnscheut, het besef door me heen dat Matt er niet meer was. Hier zou ik nooit aan wennen, hoe goed ik de draad van mijn leven ook weer zou oppakken en hoe oud en sterk ik ook werd. Het enige wat ik kon doen was proberen een manier te vinden om ermee om te gaan, om het te aanvaarden. Het ging immers goed met hem, had Vonda me verzekerd. En hij…

Wacht even, waarom brandde het ganglicht eigenlijk? Had dat de hele tijd al aangestaan? Vreemd, want ik wist zeker dat ik het gisteravond voordat ik naar bed was gegaan had uitgedaan. Was het vannacht misschien onbewust door mij aangedrukt toen ik naar de wc ging? Dat was nooit eerder gebeurd. En eigenlijk kon ik me ook helemaal niet herinneren dat ik uit bed was geweest. Maar hoe –

Het licht ging weer uit.

Onder me klonk een verontrust piepje. Ik zwaaide mijn benen uit bed en boog voorover om onder het bed te kunnen kijken. Daar lag Purr, op dezelfde beschutte plek als waar ze was weggekropen toen de wekker zo vreemd was gaan doen. Een trilling schoot door haar heen toen de lamp in de gang weer aansprong.

Zuchtend stond ik op en liep de gang in. Wat was er de laatste dagen toch aan de hand met de elektriciteit? Het kwam vast door een of andere storing.

Ik drukte het licht uit.

'Zo,' zei ik, terwijl ik weer de slaapkamer in liep, 'kom maar weer tevoorschijn, Purr, het is weer veilig.'

Achter me flitste het licht weer aan.

Met een ruk draaide ik me om. 'Wat…'

En weer uit.

En aan.

Ik sperde mijn ogen open.

Ook in de slaapkamer was de lamp tot leven gekomen en sprong aan en uit. Vanuit de woonkamer kwamen dezelfde flitsen en in twee stappen was ik terug in de hal, waar ik met een wilde zwaai de gangkast opentrok. Hier bevond zich de meterkast en in één ruk duwde ik alle schakelaars naar beneden, zodat de elektriciteit niet anders kon dan uitgaan. In de keuken werd de koelkast stil. Maar verder gebeurde er niets, de op hol geslagen lichten bleven knipperen als neurotische discolampen.

Ik liep naar de slaapkamer en greep mijn telefoon. Mijn hart bonkte toen ik het nummer selecteerde en verbinding maakte.

Nog geen kwartier later klonk de zoemer van de intercom. Voor de zekerheid had ik de groepsschakelaars weer terug omhoog gezet. Op de nog altijd aan en uit springende lampen had het immers toch geen invloed en zo wist ik in ieder geval zeker dat de bel het zou doen.

Josh' gezicht was rood toen hij bovenkwam en zijn ademhaling was versneld. 'Ik ben zo vlug als ik kon gekomen,' bracht hij uit. Zijn voorhoofd glom. 'Ik heb de trap genomen om geen tijd te verspillen. Je klonk echt in paniek.'

Ik knikte en trok hem aan zijn mouw mee naar binnen. 'Kom gauw verder, dit moet je echt met eigen ogen zien. Je gaat het niet geloven.'

Josh deed de deur achter zich dicht en samen liepen we de gang in, waar de lamp...

Nee! Waar sloeg dit nou weer op? Het licht in de gang was aan, gewoon rustig aan, zonder te knipperen. Snel liep ik door, de woonkamer in, maar ook hier was alles normaal en brandde er een stabiel licht.

'Wat is er dan?' klonk Josh achter me. 'En waarom heb je trouwens al je lampen aan? Het is klaarlichte dag.'

Ik draaide me naar hem om. 'De lampen... Het was...' Ik schudde mijn hoofd. 'Wacht even.' Ik liep weer naar de slaapkamer, maar ook hier scheen het lamplicht bedaard en toen ik op het lichtknopje drukte ging het braaf uit. In de gang en de woonkamer deed ik hetzelfde, tot alle verlichting was gedoofd en alleen de zonnestralen nog naar binnen schenen.

Josh keek me verward aan. 'Je hebt me echt laten schrikken, Tender. Je klonk zo overstuur. Ik dacht dat er een ramp was gebeurd.'

Ik negeerde hem en drukte nog eenmaal op het lichtknopje in de woonkamer. De lamp aan het plafond floepte aan, en toen ik er nogmaals op drukte ging hij netjes weer uit. Heel normaal, alsof ze niet tot aan een paar minuten geleden volledig behekst waren geweest.

'Wat is er aan de hand?' drong Josh aan. 'Wat doe je?'

Ik keek hem aan. 'Sorry,' mompelde ik. 'Het zal wel aan mij liggen. Ik word gek, of zo. Ik weet het ook niet.'

Ook Josh liep de woonkamer in en kwam dicht bij me staan. Hij gebaarde naar de bank. 'Kom eens even zitten,' zei hij vriendelijk, alsof we in zijn huis waren in plaats van het mijne.

Pas nu we zaten, zag ik dat hij ongeschoren was en zijn haren in de war zaten.

'Sliep je nog?' vroeg ik. 'Heb ik je wakker gebeld?'

Hij knikte. 'Maar dat geeft niets. Ik slaap toch altijd veel te lang uit als ik vrij ben en dat is zonde van mijn dag. Dus ik ben blij dat je me belde, ook al ben ik me helemaal rot geschrokken. Ik ben echt meteen uit bed gesprongen en hiernaartoe geracet. De klank in je stem... ik kreeg er kippenvel van.'

Mijn wangen werden heet. Wat moest hij wel niet van me denken? Om hem op zaterdagochtend uit zijn bed te bellen omdat er zogenaamd iets ergs aan de hand was, terwijl daar vervolgens niets van te zien was? 'Het spijt me,' zei ik. 'Ik dacht dat er iets was, maar het is blijkbaar weg.'

Hij glimlachte. 'Het geeft echt niet, maak je geen zorgen. Maar hoe gaat het met je? Heb je een beetje kunnen slapen, sinds... nou ja, je weet wel?'

'Het gaat goed,' zei ik. Ik trok een gezicht. 'Naar omstandigheden dan. Ik ben het eindelijk aan het accepteren, denk ik. Of zoiets.'

'Als er ooit iets is dat ik voor je kan doen,' zei hij ernstig, 'dan moet je het maar zeggen. Want ik waardeer het echt bijzonder wat je hebt gedaan. Dat weet je, hoop ik.'

'Heb je het aan iemand verteld?' vroeg ik. 'Wat er is gebeurd?'

Hij schudde zijn hoofd. 'Nee, aan niemand. Zelfs niet aan mijn moeder. Dit zijn van die dingen die je eigenlijk alleen maar kunt begrijpen als je ze zelf meemaakt... en zelfs dan misschien niet eens echt. Je weet vast wel wat ik bedoel: als je dit zou proberen uit te leggen aan iemand die er zelf niet bij betrokken is, dan denken ze dat je gek bent.'

'Op z'n minst.'

We schoten tegelijk in de lach. Maar mijn eigen lach was kort en mijn ogen dwaalden nog steeds af naar de lamp boven ons, die zich hypocriet rustig hield.

Josh volgde mijn blik. 'Wat was er nou eigenlijk aan de hand? Waren je lampen kapot?'

Ik snoof. 'Zo zou ik het niet willen noemen. Voor zoiets simpels zou ik je niet wakker bellen, dan had ik wel even mijn vader gebeld, of zo.'

Hij keek me afwachtend aan.

'Voordat ik je vertel wat er is gebeurd, moet je me eerst je woord geven dat je me zult geloven.'

'Ik beloof het,' zei hij zonder aarzeling.

'Echt,' drong ik aan.

Hij keek verbaasd, maar knikte. 'Ik moet wel zeggen dat je me heel nieuwsgierig maakt.'

Toen ik hem had beschreven wat zich had voorgedaan, opperde hij: 'Misschien is er iets met je elektriciteit aan de hand?'

Ik schudde mijn hoofd. 'Nee, want toen ik in de meterkast de elektriciteit uit zette, ging het geknipper gewoon onverstoorbaar door.'

'Dat kan niet.'

'Ik zei toch dat je me niet zou geloven.'

'Natuurlijk geloof ik je wel.' Josh wreef over zijn kin. 'Maar het is wel... tja, hoe zal ik het zeggen... nogal vreemd inderdaad.'

'En daarom belde ik jou dus,' legde ik uit. 'Omdat ik het gevoel had dat jij de enige zou zijn die niet zou denken dat ik gek was geworden.'

'Maar toen ik net binnenkwam was alles normaal. Toch?'

'Ja, en dat maakt het nog raarder. Het hele hysterische tafereel duurde tot aan het moment dat jij binnenstapte. Toen hield het op, net zo plotseling als het was begonnen.'

Even was Josh stil. Hij keek omhoog, de gang in en uiteindelijk naar mij. 'Vind je het goed als ik even een paar dingen na-kijk?'

Ik knikte.

Nadat Josh de meterkast had onderzocht, de lampen een voor een had losgedraaid, bestudeerd en weer teruggedraaid, en alle lichten een paar keer had aan- en uitgedaan, stonden we tegen-over elkaar in de gang. Vragend keek ik hem aan.

Hij krabde op zijn hoofd en verklaarde: 'Ik heb niets onge-woons kunnen ontdekken.'

'Daar was ik al bang voor. En toch is het precies gegaan zoals ik het jou beschreef.' Ik gebaarde dat hij mee moest lopen de slaapkamer in. Het bed had ik voordat hij kwam snel opge-maakt en ik wees naar de vieze plek in de vloerbedekking waar de wekker was gesmolten. Het stonk nog steeds.

'Dit is eergisteren gebeurd,' zei ik. 'De wekker sloeg spontaan op hol en smolt vervolgens helemaal weg. Zonder stekker, dus net als bij de lampen zonder dat er elektriciteit aan te pas kwam.'

Josh hurkte neer en wreef met zijn wijsvinger over de kleveri-ge vlek. Toen rook hij aan zijn vinger. 'Sloeg op hol? Hoe bedoel je?'

'Nou, de tijd versprong voortdurend, iedere seconde flitste hij naar een andere tijdsaanduiding. Uiteindelijk bleef hij ste-ken op één tijdstip, en daarna werd het apparaat gloeiend heet en smeulde alles weg.'

'En wat was het tijdstip waarop hij stil bleef staan?'

'O, ik weet niet of ik dat nog weet, hoor. Even denken, ja, ik ge-loof dat het 16.08 uur was. Niet eens, zoals je zou verwachten, klokslag middernacht of zo. Gewoon een doodnormaal tijdstip, dus dat betekent verder niets, denk ik.' Maar terwijl ik die laatste woorden uitsprak kreeg ik het opeens koud. Nu pas drong het tot me door. '16.08,' zei ik langzaam. '16 augustus.'

We keken elkaar aan.

'Toen is Matt overleden,' zei ik.

'Dat is mijn verjaardag,' zei Josh op hetzelfde moment.

We waren terug in de woonkamer.

'Oké, dus we weten nu dat Cal en Matt op dezelfde datum zijn overleden,' zei ik. 'Cal nog voor zijn geboorte en Matt in bed. Maar wat kan dat te betekenen hebben?'

'Het is allemaal heel eigenaardig,' knikte Josh. 'Maar weet je, misschien moeten we er niet te veel achter zoeken. Het kan ook gewoon toeval zijn.'

'Geloof je dat zelf?'

'Wat ik geloof is dat we er niets mee opschieten om meteen allemaal enge dingen te gaan denken,' zei hij kalm. 'Maar als je wilt dat ik hier blijf omdat je misschien bang bent dat er weer rare dingen gaan gebeuren als ik weg ben, dan doe ik dat graag.'

'Je hoeft niet te blijven,' verzekerde ik hem. 'Ik vind het aardig dat je het aanbiedt, maar ik ga ervan uit dat het niet nodig is. Mocht er wel nog iets gebeuren dan bel ik je meteen, maar vooralsnog ben ik gewoon heel blij dat je daarnet zo snel kon komen. Ook al was het blijkbaar voor niets…'

Josh grijnsde. 'Ach, ik schiet graag te hulp. Ik vind het fijn dat ik iets heb kunnen terugdoen voor je, ook al heb ik je niet daadwerkelijk kunnen helpen.'

'Dat heb je wel gedaan,' zei ik. 'Simpelweg door te komen. En door er op een of andere manier voor te zorgen dat het ophield, ook al hebben we geen idee hoe je dat hebt geflikt!'

Hij stak zijn kin in de lucht en pochte: 'Dat zijn mijn geheime krachten.'

Ondanks alles grinnikte ik.

Ook nadat Josh weg was, bleef het rustig in huis. Na het verontrustende begin van de dag was Purr gekalmeerd en ze lag vredig naast me op de bank. Ik had mijn laptop op schoot genomen en nam wat teksten door van artikelen die ik had geschreven in de weken voor Matts overlijden. Misschien zou ik binnenkort weer kunnen beginnen met mijn werk op te pakken. Heel rustig en voorzichtig, gewoon met één opdracht. Een kleine, om het te proberen. En als dat goed ging, zou ik langzaam maar zeker meer opdrachten kunnen gaan aannemen en mijn oude contacten laten weten dat ik weer beschikbaar was.

De lampen had ik, ook toen het ging schemeren, niet meer aan gehad. In plaats daarvan had ik kaarsen aangestoken, en als ik naar de wc ging liet ik de deur wijd openstaan zodat ik ook daar het licht niet hoefde aan te doen. Morgen zou ik er vast niet meer zo huiverig mee omgaan, maar de schrik zat er nog goed in. En eigenlijk had het ook wel iets knus, om samen met Purr te zitten bij het schijnsel van mijn laptop en wat kaarsen. Voor het eerst sinds Matts overlijden was de sfeer bijna gezellig te noemen. Matts afwezigheid zou altijd voelbaar blijven, dat zou nooit veranderen, maar toch begon deze flat langzaam weer aan te voelen als een thuis. Het was alsof er eindelijk wat frisse lucht was binnengekomen, verse zuurstof, waardoor ik weer kon ademhalen zonder het gevoel te krijgen dat ik stikte in mijn verdriet.

Ik legde de laptop even naast me neer en stond op van de bank om een muziekje aan te zetten. Geen deprimerende cd dit keer, maar de radio, op een aangenaam station. Om het geluid zachtjes op de achtergrond aan te hebben, zodat het rustig de stilte vulde zonder te storen.

Ik hurkte neer bij de radio en nadat ik een paar zenders had geprobeerd vond ik er een die goed klonk. Terwijl ik terugliep naar de bank, glimlachte ik om mijn door het kaarslicht gecreëerde schaduw. Het vertekende beeld op de grond volgde me met donkere, spichtige ledematen. Grappig dat een schaduw altijd zo uit verhouding was met je echte bouw. Het was langwerpig op het komische af, en –

Ik bevroor in mijn beweging en hield mijn adem in. Voorzichtig knipperde ik met mijn ogen om er zeker van te zijn dat ik het goed zag, maar ik verbeeldde het me niet. Naast de schaduw van mijn eigen lichaam was een andere verschenen. Niet die van Purr, want zij lag op de bank. En het was ook niet een willekeurige schaduw van een kast of wat dan ook, nee, het was echt een menselijk silhouet. Een schim. *Er stond iemand achter me*, iemand die nu net als ik stokstijf stilstond.

Ik wreef in mijn ogen, hard en snel, en keek toen nogmaals naar de grond. De extra schaduw was er nog steeds. Langzaam richtte hij zijn armen omhoog en stak met gespreide vingers zijn handen naar me uit.

Gillend dook ik naar de bank. Purr vloog krijsend weg.

Met een ruk keek ik om.

Er stond niemand achter me. Toen ik naar de grond keek, was de schaduw verdwenen.

's Avonds in bed was ik klaarwakker. Slapen was uitgesloten. Het was ondenkbaar dat ik rustig zou wegsoezen alsof er niets aan de hand was, terwijl ik wist dat er onverklaarbare voorvallen plaatsvonden in huis en dat ik waarschijnlijk niet alleen was. De enige reden dat ik in bed was gekropen was dat ik in de woonkamer, waar overal schaduwen leken op te duiken, gek van mezelf werd. En misschien was dat ook wel precies wat er aan het gebeuren was: misschien was ik inderdaad gek geworden. Doorgedraaid. Misschien kon mijn hoofd het niet aan dat ik eindelijk het verdriet om Matt had losgelaten en waren de vrijgekomen emoties een eigen leven gaan leiden, hadden ze de vorm van waanzin aangenomen en kropen ze mijn hoofd in om daar verder te spoken.

Eén ding stond vast: ik zou de rest van de avond en nacht geen voet meer in de woonkamer zetten. Het zware dekbed waar ik onder lag voelde veilig, en hier zou ik blijven liggen tot de ochtend. Als er morgen dan weer iets vreemds gebeurde, zou ik geen seconde wachten en onmiddellijk Josh bellen. Het maakte niet meer uit dat hij opnieuw zo'n vaag telefoontje misschien raar zou vinden. Zijn komst had vandaag ook geholpen, en hij had zijn toekomstige hulp zelf aangeboden.

Misschien dat hij kon bedenken wat ik moest doen.

Ondanks alles viel ik uiteindelijk toch in slaap, al besefte ik pas dat ik was weggezakt toen ik wakker schrok van het vreemde geluid.

Ik opende mijn ogen. Het was nog volledig donker in de slaapkamer. Maar wat was dat voor herrie? Het klonk als gordijnen die wild werden opengeschoven. En toen weer dichtgingen. En weer open. Het gebeurde niet bij een van de buren, het geluid kwam zonder twijfel uit mijn woning.

Wat nu weer?

Ik stapte uit bed. Op mijn tenen sloop ik de donkere slaapkamer door de gang in. En toen zag ik het: in de woonkamer bewogen de gordijnen wild heen en weer over de rails, open en dicht, alsof een onzichtbare hand aan ze trok. Open: maanlicht in de kamer. Dicht: alles donker. De gordijnen vlogen heen en weer, steeds harder.

Abrupt draaide ik me om en rende naar de slaapkamer, waar ik met een klap de deur achter me dichtdeed en er met mijn rug tegenaan leunde. Ik trilde over mijn hele lichaam. *Wat was er in godsnaam aan de hand?* Wie deed dit allemaal? Was het Cal? Was hij boos omdat we hem naar de andere kant hadden gebracht, had Vonda het bij het verkeerde eind gehad en had hij dat juist helemaal niet gewild?

Ik deed het licht aan en ging op de rand van het bed zitten. Ik drukte mijn kussen hard tegen mijn schoot aan om mijn trillende benen stil te krijgen. Mijn hart klopte in mijn keel. Waarom had ik Josh weg laten gaan vanmorgen? Waarom, verdomme? Door mijn eigen schuld was ik nu helemaal alleen met wie het ook was, met *wat* het ook was!

In de slaapkamer, met de deur dicht, waren de razende, heen en weer schuivende gordijnen ook te horen. Ik drukte mijn handen tegen mijn oren. 'Ga weg,' fluisterde ik. 'Ga weg!'

Met een klap vloog de slaapkamerdeur open. Ik gilde. Koude lucht stroomde de slaapkamer in, toen sprong de lamp uit. Het was volledig donker. Ergens vlak boven mijn hoofd klonk een hoge toon, jankend en klagend, een huiveringwekkend geluid dat nog het meeste leek op een soort krankzinnig gehuil. Ik voelde hoe Purr onder het bed vandaan schoot, tussen mijn enkels door glipte en de kamer uit rende.

Het gehuil werd harder en hoger en ik hoorde mezelf meegillen. Ik boog voorover en verborg mijn hoofd tussen mijn knieën. Met mijn vuisten sloeg ik aan weerszijden naast me op het bed. 'Rot op!' schreeuwde ik. 'Laat me met rust!'

Op de grond onder het bed klonk een protesterend gebonk. De buren waren met een bezem of iets anders tegen het plafond aan het bonzen, waarschijnlijk waren ze boos om de herrie midden in de nacht. Maar hadden ze dan niet door dat er iets goed mis was? Waarom kwamen ze niet naar boven?

Het gejank werd steeds hoger. Het sneed in mijn oren, weerkaatste tegen de muren en sloot me in. Het was boven me, naast me, onder me, kwam overal tegelijk vandaan.

Ik sprong op van het bed en sloeg met mijn handen in de lucht. Mijn bewegingen waren blind en hysterisch, en behalve de wind raakte ik niets en voelde ik niets. 'Ga weg!' schreeuwde ik. 'Ik wil je hier niet, GA WEG!'

Hoorde niemand me? Waarom kwamen de buren me niet helpen? Was ik dan echt helemaal alleen?

In het donker rende ik duizelig om het bed heen naar de slaapkamerdeur. Maar juist toen ik er bijna was en ik het maanlicht dat de gang in scheen al kon zien, weerklonk het geluid van een deur die hard werd dichtgesmeten.

'NEE!' Op de tast trok ik aan de deurknop. 'Doe open!'

Ik rukte eraan met mijn hele gewicht, maar hij bleef dicht. Het gejank om me heen was nu zo luid dat mijn hoofd uit elkaar zou barsten als het niet ophield. Ergens achter me klonk het geluid van brekend glas en een zachte, doffe klap niet ver daarvandaan. Toen was er totale stilte.

De wind was weg en ook het hoge gehuil was verdwenen. Ik liet de deur los.

Even bleef ik staan, bevend en hijgend. Toen strekte ik mijn arm uit en vond het lichtknopje aan de muur. Met trillende vingers drukte ik erop. De lamp flitste aan en meteen baadde de hele slaapkamer in fel licht. Ik knipperde met mijn ogen en trok nog eenmaal aan de slaapkamerdeur, die soepeltjes openzwaaide. Ook in de gang was de rust terug en vanuit de woonkamer kwamen geen geluiden meer.

Voorzichtig, met langzame passen en voortdurend om me heen en achter me kijkend, liep ik door de flat. In de woonkamer deed ik het licht aan en keek rond. De gordijnen waren gesloten, alles leek weer normaal.

Purr kwam achter de bank vandaan gekropen en ik hurkte neer om haar te aaien. 'Alles is weer goed, meisje,' zei ik zachtjes. 'Wat het ook was, het is er nu niet meer.'

Terwijl ik haar bevende lijfje stevig tegen me aangedrukt hield, liep ik terug de verlichte slaapkamer in.

Op de grond lag de ingelijste foto van Matt die op mijn nachtkastje hoorde te staan. Het glas was gebroken.

'Je gaat er nu toch geen gewoonte van maken om me in de weekenden wakker te bellen, hè?' grapte Josh de volgende ochtend.

'Het is zondagmorgen, hoor.'

'Sorry,' zei ik. 'Maar ik kon echt niet langer wachten en jij bent de enige die ik hierover kan bellen. Ik moet gewoon even iemand spreken.'

Meteen werd zijn stem ernstig. 'Wat is er gebeurd?'

In het kort legde ik hem de situatie uit. Toen ik hem vertelde over het kapotte glas van het fotolijstje, reageerde hij nuchter.

'Dat is toch niet zo gek? Dat is natuurlijk gewoon gevallen in alle paniek.'

'Maar het glas is gebroken.'

'Ja, door de val.'

'Nee, Josh. Mijn nachtkastje is niet zo hoog en er ligt in de slaapkamer dikke, zachte vloerbedekking op de grond. Het is onmogelijk dat het glas zou breken als het van het nachtkastje valt. Echt onmogelijk.'

'Wat wil je daarmee zeggen? Dat iemand de foto op de grond heeft gegooid en het glas kapot heeft gemaakt?'

'Ja,' zei ik, ook al besefte ik hoe vergezocht die bewering klonk. 'Dat is inderdaad wat ik denk. Of misschien dat het glas is gebroken door dat hoge gegil, dat is ook mogelijk.'

'En de gordijnen...'

'Dat was ook iemand! Ik zweer het, Josh, hoe vreemd het ook klinkt: *er is hier iets*. Geloof me alsjeblieft. Ik voelde het al eerder, maar na gisteravond weet ik het zeker. Zulke dingen gebeuren toch niet zomaar uit zichzelf? Je had erbij moeten zijn, dan had je mijn verhaal misschien wat serieuzer genomen.'

'Rustig maar, ik geloof je,' verzekerde hij me. 'Echt waar. Ik baal er nu alleen van dat ik je daar heb achtergelaten gisteren, dat is alles. Dat was stom, ik had bij je moeten blijven.'

'Jij kunt er ook niets aan doen. Wie verwacht nou zoiets? Ik weet zelf niet eens wat er aan de hand is, het enige wat ik kan bedenken is dat het misschien iets te maken heeft met Cal.'

'Of met Matt.'

'Die zou dit nooit doen,' zei ik stellig. 'Waarom zou hij?'

'Caleb zou het ook niet doen,' reageerde Josh. 'Helemaal niet nu hij eindelijk aan de andere kant is. Dat is gewoon niet logisch.'

Even waren we allebei stil. Toen zei hij: 'Maar gaat het wel goed verder? Ik bedoel, wil je dat ik naar je toe kom? Vind je het eng om alleen te zijn?'

'Je hoeft niet te komen,' zei ik. 'Misschien dat ik even een paar dagen bij mijn ouders ga logeren, of bij een vriendin, ik weet het niet. Aan de ene kant lijkt het, nu ik jou aan de telefoon heb en alles weer rustig is, bijna ondenkbaar dat er weer zoiets geks gaat gebeuren, maar aan de andere kant wil ik hier eigenlijk geen moment langer meer blijven. Maar wat dan? Ik woon hier, dus ook al ga ik logeren, dan moet ik uiteindelijk terugkomen.' Ik zuchtte. 'En ik wil hier natuurlijk ook eigenlijk helemaal niet weg. Hier voel ik me thuis.'

'Luister,' zei Josh met zachte stem, 'je hoeft niet weg. Misschien dat ik iets weet waar je wat aan hebt, iets wat jou een beetje kan geruststellen. Jij hebt het vermoeden dat er iets in je huis aan de hand is, toch? Dat er een soort aanwezigheid is, of hoe je het ook wilt noemen?'

'Ja.'

'Nou, weet je wat ik denk? Want ik heb er gisteravond een beetje over zitten lezen, gewoon op internet, en er is volgens mij een mogelijkheid dat het misschien wel uit jou zelf komt allemaal.'

'Dat denk ik niet, Josh, want…'

'Nee, niet meteen mij onderbreken maar even luisteren naar wat ik wil zeggen. Goed?'

'Goed,' mompelde ik.

'Ik las dat veel van dit soort verschijnselen – en ze kunnen inderdaad heel angstaanjagend zijn, dat geloof ik meteen – eigenlijk worden veroorzaakt door de mensen zelf. Daar heeft geen geest of wat dan ook iets mee te maken. Het ontstaat namelijk door energie, door spanningen in je eigen hoofd. Meestal gebeurt zoiets in een periode van zware stress of zeer krachtige emoties. En denk nu eens na, Tender, want het is echt allemaal heel logisch als je het op deze manier bekijkt: wanneer zijn deze incidenten begonnen?'

Hier hoefde ik niet over na te denken. 'In de nacht nadat we Cal hebben laten oversteken.'

'En dús in de nacht waarin jij voor de eerste keer weer naar bed ging zonder het vooruitzicht Matt te treffen. Het was voor het eerst in lange tijd weer een nacht zonder hem en dus had je verdriet. Vanzelfsprekend! Je mist Matt zo erg, en al die gevoelens, die emoties, die kunnen nu ineens geen uitweg meer vinden. Ze stapelen zich op, vormen een enorme berg van verstoorde energie, en dat uit zich in dit soort verschijnselen. Zie je wat ik bedoel?'

Ik zuchtte. 'Het is een mooie theorie, Josh, maar…'

'Ga er nou niet gelijk tegen in, maar laat het eens rustig tot je doordringen. Vind je het dan niet logisch en geruststellend, deze verklaring?'

'Het is een prachtige verklaring, echt, heel mooi. Dank je. Maar het kan helaas niet waar zijn. Want ik ben namelijk juist begonnen om het verlies van Matt eindelijk te verwerken. Ik ben zelfs van plan om mijn werk weer op te pakken! Er is geen verstoorde energie en ik weet ook zeker dat ik die vreselijke dingen niet zelf heb veroorzaakt.' Ik moest langzaam ademhalen om mijn stem rustig te houden. 'Je hebt toch zeker zelf die vieze plek gezien waar de wekker is gesmolten? En ik heb je toch verteld over de lampen en de gordijnen? Geloof me, als ik over de gave beschikte om dat soort dingen zelf te laten gebeuren, dan had ik daar al veel eerder in mijn leven iets van gemerkt.'

'Laten we maar gewoon hopen dat het niet meer gebeurt,' zei Josh tactvol. 'Wat het ook is geweest en door wie het ook komt, het is nu weg. En mocht het toch nog terugkomen dan bel je mij, al is het midden in de nacht, en dan kom ik meteen naar je toe.'

's Middags belde ik Gwen op. Een normaal gesprek zou me goed doen, en misschien dat daardoor mijn buikpijn zou verdwijnen, dat ik eventjes niet meer om me heen hoefde te kijken om me ervan te verzekeren dat er niets vreemds aan de hand was. Eventjes contact met de gewone wereld, om mezelf er een stapje dichter naartoe te brengen.

Gwen klonk verrast toen ze hoorde dat ik het was. 'Darling! Gaat alles goed?'

'Ja hoor,' zei ik. 'Ik bel eigenlijk zomaar even.'

De stilte die hierop volgde maakte pijnlijk duidelijk dat het nog een behoorlijk tijdje zou duren voordat ik mensen weer gewoon 'zomaar' zou kunnen bellen zonder argwaan te wekken. In alle maanden die waren verstreken sinds Matts overlijden had ik nog nooit iemand gebeld, en als mensen mij belden nam ik meestal niet op. Het was logisch dat Gwen zo reageerde.

'Wat leuk,' zei ze eindelijk. 'Hoe gaat het?'

'Goed,' antwoordde ik opgewekt, en ik dwong mezelf te geloven dat het inderdaad zo was. Het was fijn om haar te horen, om me voor een moment weer bijna normaal te voelen. Ik was ertoe in staat. Ondanks de merkwaardige dingen die er de afgelopen dagen waren gebeurd, voelde het besluit om voorzichtig mijn leven weer op te pakken nog steeds juist. De beslissing op zich was al een enorme stap in de goede richting. Te weten dat ik deed wat Matt graag wilde, dat hij me erin steunde, was het duwtje in de rug dat ik nodig had gehad. Het was fijn geweest dat hij via Vonda tegen me had kunnen praten. En misschien zou ik binnenkort inderdaad toch nog een keer naar haar toe gaan zoals zij had geopperd, om nogmaals contact met hem te krijgen. Het zou nog steeds niet te vergelijken zijn met ons samenzijn zoals dat in mijn dromen mogelijk was geweest, maar toch: het bleef beter dan niets. En het zou fijn zijn om van hem zelf te horen dat hij trots op me was, dat hij de vooruitgang zag die ik maakte. Want die was er, dat bewees ik nu maar: ik zocht zelfs al op eigen initiatief contact met mensen! Oké, het was Gwen, maar die telde ook. En misschien dat ik over een paar dagen mijn ouders zou verrassen met een onverwachts bezoekje. Ze zouden niet weten wat hun overkwam. En wat zouden ze opgelucht zijn dat het eindelijk beter met me ging, dat ik langzaam mezelf bij elkaar aan het rapen was.

'Hallo, schat!' riep Sonya.

Gwen grinnikte. 'Son zegt je gedag.'

'Ik hoor het,' lachte ik. 'Fijn dat alles weer helemaal goed is tussen jullie.'

'Het is meer dan goed,' vertrouwde Gwen me toe. 'Ben je klaar voor een primeur?' Ze wachtte mijn antwoord niet af. 'We hebben over vier maanden een intakegesprek bij de spermabank!'

'Wat goed!' zei ik. 'Gefeliciteerd.'

Een juichende Sonya op de achtergrond. Gwen lachte. 'Ja, geweldig hè? We hebben het er zo lang over gehad. Kijk, het liefst hadden we natuurlijk een voor ons bekende donor gewild, maar we kennen zoals je weet allebei niemand die daar geschikt voor is. Dus dan is de bank een goede oplossing. We moeten wel nog eventjes wennen aan het idee, maar dat komt wel goed. Son vond het eerst een beetje te klinisch allemaal, maar nu is zij ook enthousiast.'

'We gaan mama worden!' gilde Sonya.

'Ze is een beetje uitbundig vandaag,' giechelde Gwen. 'En dat terwijl we het behalve aan jou nog aan helemaal niemand hebben verteld. Het is nog niet eens zover. Son gedraagt zich alsof ik al zwanger ben.'

'Ik kan me voorstellen dat het spannend is.'

'Ja! En ik vind het zo leuk dat je belt, want ik had het je de vorige keer allemaal al willen vertellen, maar ik wist niet zeker of je er wel op zat te wachten, op al dat gepraat over zaad en zo…'

Ik schoot in de lach. 'Zo klinkt het inderdaad niet echt fris.'

Gwen lachte mee. 'We zijn er zo blij mee. Het vooruitzicht dat er over een paar jaar misschien wel een klein hummeltje is… hier bij ons… Dat is mooi.'

'Ook als het een halve Belg wordt,' hoorde ik Sonya zeggen.

'Ja, dat is waar,' zei Gwen. 'We moeten er voor naar België, omdat de wachtlijsten hier echt absurd lang zijn, jaren langer nog dan in België. Maar het is echt de moeite waard.'

'En eerst gaan jullie ook nog trouwen,' zei ik, voor het eerst in staat om er daadwerkelijk enthousiast over te zijn. 'Het houdt maar niet op.'

Meer aanmoediging had Gwen niet nodig en ze barstte los in een stortvloed van informatie over trouwjurken, feestlocaties en partybands. Haar verhaal werd aangevuld door Sonya, die er af en toe vrolijk een opmerking tussendoor gooide.

Toen we ophingen hing er een glimlach om mijn lippen. De blijdschap die ik voelde voor Gwen en Sonya was oprecht. Hun leven zou over een tijdje worden verrijkt met een nieuw bestaan en dat was mooi, dat mocht gevierd worden. Nieuwe levens begonnen en andere levens eindigden, het hoorde er allemaal bij en ik zag het nu in. Eindelijk droogden mijn tranen en de echte Tender kwam langzaam weer tot leven. Misschien had Josh toch wel gelijk gehad en waren de bizarre verschijnselen van de laatste paar dagen inderdaad uit mezelf gekomen. Want al die maanden had ik mijn verdriet vastgehouden, opgesloten in mijn hart, en nu liet ik het stukje bij beetje los en kon de negatieve energie uit mijn lichaam treden. Het was best mogelijk dat ik de kracht ervan, de schadelijke stoffen die erbij vrijkwamen, had onderschat. En achteraf gezien, als je er echt over nadacht, was het niet eens zo heel vreemd dat zulke heftige gevoelens het een en ander teweeg konden brengen wanneer ze eindelijk ontsnapten. Toen Josh het opperde had ik het niet willen inzien, maar eigenlijk was het vrij logisch.

In ieder geval hoefde ik niet langer bang te zijn voor die rare verschijnselen. Ik zou het simpelweg niet meer voeden.

Het werd een gemoedelijke middag. Buiten regende het zachtjes en Purr zat in de vensterbank, waar ze haar neus tegen het raam drukte om naar de druppels te kijken. Zelf zat ik op de bank, met opgetrokken benen in een boek te lezen. Eindelijk weer. Een paar uur geleden had ik het bovenste boek van mijn nog te lezen stapel gepakt en ik vloog over de regels. Toen ik het had verslonden legde ik de paperback verzadigd naast me neer.

Ik strekte me uit en de botten in mijn armen en benen, die stijf waren van het langdurig in dezelfde houding zitten, kraakten doordat ze van slot werden gehaald. Mijn ogen waren moe, maar ik glimlachte. Het was, op het boek over lucide dromen na, in geen jaren gebeurd dat ik een boek in een paar uur tijd van begin tot eind in één ruk had uitgelezen. Ook toen Matt er nog was had ik nooit langer dan hooguit een half uur achter elkaar gelezen. Er waren gewoon altijd andere dingen te doen of ik gunde mezelf er de tijd niet voor. Terwijl het juist zo heerlijk ontspannend was om helemaal op te gaan in een verhaal en om daarna te ontdekken dat er zomaar tweeënhalf uur waren verstreken en dat je dorst had.

Ik rekte me nogmaals uit en naast me, aan de andere kant van de vitrage, strekte ook Purr haar lijfje. Ze geeuwde, kromde haar rug en sprong vanaf de vensterbank bij mij op schoot. Ze spinde tevreden. Ik zette haar naast me neer en stond op om het lampje naast de tv aan te doen en in de keuken wat te drinken. Misschien zou ik alvast de soep opwarmen die in de koelkast stond, ook al begonnen de door mijn moeder bereidde maaltijden me tegen te staan. Het zou leuk zijn om zelf weer eens iets te maken, om te koken. Zelfs al was het iets kleins als een rijstgerecht of gebakken aardappeltjes. Eigenlijk, nu ik erover nadacht, zou het een goed idee zijn om van de week eens naar de supermarkt te gaan. Eten in te slaan waar ik trek in had. Het zou de zoveelste stap in de richting van een normaal bestaan zijn en bevestigen dat ik nog leefde. Dat ik voor mezelf zorgde. En dat Matt trots op me zou zijn.

Misschien dat ik over een tijdje zelfs weer zou gaan paardrijden. Ik miste het. Het was onzin om alles waar ik met Matt plezier aan had beleefd te blijven mijden alleen maar omdat ik dacht dat de herinnering aan hem te pijnlijk zou zijn. Had hij me zelf niet laten zien dat ik die herinneringen juist moest koesteren? Ze zouden heus niet overschreven worden door nieuwe ervaringen. Naar het bos in Bergen op Zoom zou ik niet meer gaan, maar ik kon best weer beginnen met een paar keer per week de lokale Manege Charlois te bezoeken en daar te rijden.

Met een volle kom groentesoep liep ik terug de woonkamer in en ik installeerde me er voorzichtig mee op de bank. De kussens waren nog warm en de soep smaakte, al was het nog steeds hoog tijd voor iets anders, best goed. Buiten was het gestopt met regenen en een voorzichtig zonnestraaltje kwam achter een wolk vandaan. Ik voelde me –

BOEM!

Ik gilde. De lepel viel uit mijn handen en kletterde in de kom. Hete soep spatte op mijn kin en de hele kamer dreunde.

BOEM!

Snel zette ik de soep op tafel. De bank trilde en ik sprong overeind. Ook de tafel bewoog en de soep gutste over de rand van de kom. De plant op de boekenkast viel met zijn paarse, stenen pot en al naar beneden. Met een zware klap belandde hij op de grond, waar de pot in grote stukken uiteenviel.

BOEM!

Ik gilde weer. Met een ruk schoof ik de vitrage opzij en keek naar buiten. Zelfs het raam trilde. Wat gebeurde er in godsnaam, wat waren dit voor knallen? Was dit een aardbeving? Waar kwam dat lawaai vandaan? Er was –

BOEM!

Door de harde schok van de vierde dreun verloor ik mijn evenwicht en ik moest me aan het stuk vitrage vasthouden om niet te vallen. Purr rende door de kamer, haar zwarte vacht rechtovereind. In één sprong was ik bij haar en had ik haar te pakken voordat ze de kamer uit kon rennen. Half verwachtend dat ze me in blinde paniek zou krabben of bijten drukte ik haar krachtig tegen me aan, maar ze hield zich doodstil, iedere spier in haar lichaam gespannen, stijf van stress. Met haar in mijn armen rende ik de gang in, waar de spiegel door de volgende oorverdovende knal van de muur donderde. Met veel glasgerinkel viel hij kapot op de grond.

Hijgend sprong ik de slaapkamer in en sloeg de deur achter me dicht. Purr worstelde zich los uit mijn greep en ik liet haar gaan. Op mijn buik ging ik op de grond liggen en kroop onder het bed. Purr bleef trillend naast het bed staan. Alleen haar pootjes kon ik zien. 'Kom hier, meisje!' moedigde ik haar aan. 'Kom maar bij me!'

Maar juist toen Purr een voorzichtige stap in mijn richting zette, klonk er opnieuw een dreun. Het was de hardste tot nu toe en de grond waar ik op lag trilde zo hevig dat bij de onderburen de lampen uit het plafond moesten vallen. Purr slaakte een kreet, sprong met vier poten tegelijk omhoog en verdween uit het zicht.

Hoe lang lag ik hier al? Er kon een uur voorbij zijn, twee uur, misschien zelfs nog meer. Het was inmiddels donker geworden en het kabaal was opgehouden, na een laatste knal die zo luid was dat het leek of de wereld ontplofte. Het was weer stil.

Bij de laatste dreun was er uit de keuken een geluid gekomen van een voorwerp dat te pletter viel, iets zwaars. Het werd gevolgd door het kabaal van brekend aardewerk. Maar toen was het opgehouden. Zomaar, ineens was alles weer stil, net zo plotseling als de herrie was begonnen. En ik was blijven liggen, bewegingloos. Het angstzweet droogde op en ik koelde af. Purr had zich niet meer laten zien.

Wat was er in vredesnaam gebeurd? De ontspannen sfeer van vanmiddag en het vrolijke telefoongesprek dat ik met Gwen en Sonya had gevoerd, had me laten geloven dat ik de vreemde toestanden van de afgelopen dagen kon vergeten. Dat ze onverklaarbaar zouden blijven, maar dat ik er gewoon geen aandacht meer aan moest schenken en dat ze dan ook niet zouden terugkeren. Maar het tegendeel was gebleken. En het stond vast dat het niets te maken had met mijn emoties of spanningen of welke bullshit Josh me ook had willen wijsmaken in een poging me gerust te stellen. Want *niemand* kon zoiets als dit zelf veroorzaken, niemand. Nee, er was iets anders aan de hand, iets dat een steeds krachtiger vorm aannam. En het hing om me heen, ik kon het voelen. Het leek nu misschien wel even weg te zijn, maar dat was het niet. Het loerde naar me, wachtend op het volgende moment om toe te slaan.

Het werd steeds koeler onder het bed en het wollige tapijt bleek zo zacht niet als je er lang op lag. Purr, waar ze ook was, kwam niet naar me toe, al had ik haar vier keer geroepen. Ik beet op mijn lip om het trillen tegen te gaan. Het was zo fucking krom, allemaal. Eindelijk was ik begonnen met mijn leven weer op te pakken, zoals iedereen – zelfs Matt – wilde dat ik deed, en waar leidde het toe? Hiertoe! Waarom? Waar kwam het vandaan? En waarom bij mij? Ik balde mijn handen tot vuisten. Het was gewoon absurd. Je huis was een plek waar je jezelf veilig zou moeten voelen, niet een plaats waar je bang moest zijn en waar je nota bene onder het bed moest kruipen om je te verschuilen omdat je het gevoel had dat je werd aangevallen door een of ander onzichtbaar gevaar. Hoe krankzinnig was dit? En hoe was het mogelijk dat de buren er helemaal niet op hadden gereageerd? Waren ze soms niet thuis? De dreunen waren zo heftig geweest dat het onmogelijk was dat de mensen in de woningen rondom mij er niets van hadden gemerkt. Maar toch had niemand hier aangebeld om te kijken hoe het ging.

Eindelijk zag ik vanonder de hangende sprei Purrs pootjes in het schemer door de slaapkamer lopen en voor me halt houden. Ze stak haar kopje onder het bed en keek me vragend aan. Ze was weer rustig. En ineens schaamde ik me dat ik me hier als een bang kind onder het bed aan het verstoppen was. Het was belachelijk, waar was ik mee bezig? Er werd een gemeen spelletje met me gespeeld. Iemand probeerde me angst aan te jagen en helaas was het nog gelukt ook. Maar dat was voorbij. Dit was míjn flat, míjn beschutte wereld, en ik zou niet langer pikken dat wie dan ook dat voor mij verpestte. Dit was de laatste keer geweest, het was genoeg. Ik deed er niet meer aan mee.

Ik was duizelig toen ik onder het bed vandaan kroop, mijn spieren waren stijf van het lange liggen in de ongemakkelijke houding. Ik rekte me uit en deed het licht aan. Toen liep ik naar de gordijnen en schoof ze dicht.

In de gang lag de kapotte spiegel op de grond. De ronde, withouten lijst was nog heel, maar de spiegel zelf lag in gruzelementen. Dat vormde toch een onweerlegbaar bewijs dat ik het me niet had ingebeeld, dat het wel degelijk allemaal echt was gebeurd. Een spiegel viel niet zomaar uit zichzelf van de muur. Even staarde ik ernaar en wreef het kippenvel van mijn armen. Ik zou het straks opruimen. Eerst moest ik de keuken in om te zien wat die enorme klap had veroorzaakt.

Toen ik het licht aanknipte en de ravage zag, hield ik mijn adem in. De deuren van alle kastjes stonden wijd open. Het afdruiprek was van het aanrecht gevallen en op de grond gekletterd, inclusief de borden en glazen die erin hadden gestaan en die nu in scherven lagen. De dikke houten plank die boven de verwarming had gehangen was uit de muur geraakt. Hij lag, compleet met de zware steunen die hem op zijn plek hielden, op de grond, boven op Purrs etensbakje. Drie enorme gaten waren achtergebleven in de muur.

'Mijn god...' fluisterde ik.

Mijn reflectie in het keukenraam was lijkbleek.

Purr verscheen in de deuropening.

'Daar blijven, kitten!' zei ik. Snel veegde ik de scherven van het servies aan de kant voordat zij zich eraan zou bezeren en ik deed de kastdeurtjes dicht. Toen verliet ik de keuken en liep naar de woonkamer. Daar pakte ik mijn telefoon.

'Sorry,' zei ik, nog voordat hij zijn naam had kunnen zeggen.
'Maar ik wist echt niet wie ik anders moest bellen.'
Josh grinnikte. 'Ik zou er bijna iets achter gaan zoeken. Mis je mijn broer zo erg dat je nu naar manieren zoekt om dan maar míj te kunnen zien?'
Ik lachte niet.
'O, het spijt me,' zei hij zacht. 'Dat had ik niet moeten zeggen. Ik dacht er niet bij na, sorry.'
'Het geeft niet,' zei ik. 'Luister Josh, de reden dat ik je bel is dat het allemaal veel erger is dan dat jij dacht. Er is namelijk weer wat gebeurd.' Ik vertelde hem over de dreunen, de klappen, en alles wat er was gevallen. Over de enorme kracht ervan. Mijn stem trilde.
Josh liet me rustig uitpraten en zei toen: 'Ik kom eraan.'

Ik was nog maar net klaar met het opruimen van de glasscherven in de gang en de keuken, toen de bovenbel al door de flat schalde. Josh verspilde geen tijd.
Snel liep ik naar de deur toe. Hij had niet eerst beneden via de intercom aangebeld maar was blijkbaar rechtstreeks naar boven gekomen. Waarschijnlijk had iemand de benedendeur open laten staan.

'Ik kom eraan!' riep ik. Ik griste mijn sleutels van de plank boven de kapstok en draaide de deur van binnenuit van het slot. Voordat ik kon opendoen, klonk er achter me een luide klap. Ik verstijfde. *Niet weer.*

Maar toen ik me omdraaide, ontspande ik me. De tussendeur was dichtgevlogen, dat was alles. Er was niets aan de hand.

Ik opende de voordeur, een glimlach op mijn gezicht om Josh te verwelkomen. Het was echt bijzonder aardig dat hij zo snel had kunnen komen: hij kende me amper en toch stond hij weer voor me klaar. Maar mijn glimlach vervaagde toen bleek dat ik slechts oog in oog stond met de koude avondlucht, die direct kil door mijn trui drong. Voor de zekerheid stak ik mijn hoofd om de hoek van de deur en tuurde de galerij af, maar die was leeg. Achter me, aan de andere kant van de dichtgevallen gangdeur, miauwde Purr klaaglijk. Ik sloot de voordeur en draaide me om.

De tussendeur ging niet open.

Ik pakte de deurknop steviger beet en duwde harder. Maar hij zat vast, muurvast, en er viel geen beweging in te krijgen. Zelfs als ik mezelf er met mijn hele gewicht tegenaan wierp kwam er geen beweging in. Purr ging steeds luider miauwen en sprong met krassende nagels tegen de deur op.

'Ik kom eraan!' riep ik hard om haar te kunnen overstemmen.

Haar klaaglijke antwoord werd onderbroken door de intercom, die aankondigde dat er opnieuw iemand had aangebeld: beneden dit keer.

Josh keek verbaasd op toen hij zag dat ik zelf naar beneden was gekomen om voor hem open te doen. 'Laat me raden: je elektriciteit heeft weer kuren en dit keer doet je intercom het niet.'

'Hij doet het wel, maar ik kon er niet bij.' Ik hoorde zelf hoe vreemd dit antwoord klonk maar het gaf niet, ik zou het hem straks uitleggen.

Samen liepen we de lift in.

'Je kon er niet bij?' vroeg hij niet-begrijpend.

'Ik zat opgesloten in het halletje bij de voordeur.'

Hij fronste zijn wenkbrauwen en terwijl we over de galerij naar mijn woning liepen, legde ik uit wat er was gebeurd. 'Voordat jij beneden aanbelde, was een paar minuten daarvoor de bovenbel al gegaan,' begon ik. 'En ik dacht natuurlijk dat jij dat was, dat je beneden met iemand mee naar binnen was gelopen of zo en op die manier alvast naar boven was gekomen. Maar toen ik de deur opendeed, stond er niemand.'

Hij grinnikte. 'Belletje trekken. Dat deed ik vroeger met mijn vriendjes ook.'

'Nee, ik denk niet dat het zoiets was. Want dat is nog niet alles: de gangdeur was vlak voordat ik opendeed ineens met een enorme klap achter me dichtgevallen en ging niet meer open, wat ik ook deed. Dat is de reden dat ik zelf naar beneden moest komen om voor jou open te doen, ik kon niet bij de deuropener!'

'Merkwaardig,' vond hij. 'Maar misschien klemt de deur, dat gebeurt wel vaker op plaatsen waar het tocht. Ik zal er straks meteen even naar kijken.'

We waren bij mijn voordeur aangekomen. Ik stak de sleutel in het slot en we liepen naar binnen, waar Purr stil was.

Te stil?

Ik pakte de knop van de gangdeur en duwde ertegenaan. Dit keer vloog hij moeiteloos open alsof hij nooit had vastgezeten.

Achter me schraapte Josh zijn keel. 'Is dit de deur waar je het over had?'

Ik negeerde hem en snelde de gang in. Daar was Purr. Op een drafje kwam ze naar me toe. Opgelucht hurkte ik neer om haar te aaien.

'Misschien forceerde je de deur zelf zonder dat je het door-had,' opperde Josh. Hij had de voordeur gesloten en stond bij me. 'Doordat je te gespannen was, omdat je bijvoorbeeld nog van slag was door wat er eerder was gebeurd. Dat is best moge-lijk.'

Ik kwam weer overeind en veegde een pluk haar uit mijn ogen. 'Als je nu weer gaat beginnen met allemaal "logische" ver-klaringen te bedenken voor de werkelijk ónlogische dingen die hier vandaag zijn gebeurd, dan kun je maar beter weer gaan,' zei ik fel. 'Want: sorry, maar ik ben niet gek. En als je niet gelooft dat er hier echt iets vreselijks aan de hand is, dan heb ik er spijt van dat ik je heb gebeld.'

Josh schrok, zag ik. Hij stak zijn handen in de lucht en glim-lachte voorzichtig. 'Rustig maar. Ik probeerde je alleen maar ge-rust te stellen.'

'Nou, dat is niet nodig. Ik ben blij dat je er bent, echt, maar meer hoef je niet te doen. En het gaat gelukkig alleen maar om vanavond, en misschien vannacht als je dat niet erg zou vinden, want ik heb al een plan bedacht voor morgen.'

'Een plan? Wat dan?' vroeg hij nieuwsgierig.

'Dat vertel ik je straks, als we zitten. Eerst wil ik je even een paar dingen laten zien, kom maar mee.'

In de keuken floot hij zachtjes tussen zijn tanden toen hij de plank zag die uit de muur was gestort. 'Dat is een zwaar ding.'

'Ja, en hij zat echt enorm stevig vast, Matt heeft hem in de muur geschroefd. Je kon er bij wijze van spreken op tapdansen en dan nog zou hij niet vallen.'

'Dat laatste lijkt me sterk,' zei Josh met een halve lach, 'ook al zou ik het graag hebben gezien.' Toch was hij het met me eens dat het bizar was dat de plank naar beneden was gekomen. Hij streek met zijn vingers over de gaten waar de steunen hadden gezeten. Korreltjes gruis dwarrelden op de grond. 'Maar ik kan me voorstellen dat je hiervan geschrokken bent.'

Ik knikte en opende de vuilnisbak, waar ik hem de scherven van de kapotte spiegel toonde die boven op de rest van het afval lagen. De witte lijst had ik ernaast gezet, op de grond. Ik wees ernaar. 'Deze viel door het gedreun ook van de muur.'

Josh tilde de lijst op. 'Maar wat was het dan voor soort gedreun, leek het op een aardbeving of iets dergelijks?'

'Nee, eigenlijk helemaal niet. Niet dat ik ooit een aardbeving heb meegemaakt, maar dit waren echt klappen, dreunen, ik weet niet zo goed hoe ik het moet uitleggen. Alsof iemand met volle kracht met een betonnen sloopbal tegen de flat aan het ketsen was, of zo.'

Josh grinnikte. 'Dan was de schade nog iets ernstiger geweest, vrees ik.'

Toen ik zweeg, werd hij serieus. 'Luister, Tender, ik geloof je. Het spijt me dat ik er net zo luchtig over deed, dat komt alleen maar doordat ik niet wil dat je in paniek raakt. Het is al erg genoeg. Maar ik ben blij dat je mij hebt gebeld, je kunt hier inderdaad niet alleen zijn.'

Op de bank, Josh met een mok oploskoffie – iets sterkers had ik niet in huis – en ik met thee, vertelde ik hem wat ik morgen van plan was.

Hij knikte. 'Dat is een wijze beslissing, denk ik. Eentje waar je inderdaad beter niet langer meer mee kunt wachten.'

'Het is het enige wat ik kan bedenken. Want als er iemand is die me kan vertellen wat er in vredesnaam aan de hand is, dan is het Vonda wel.'

Hij pakte zijn telefoon uit zijn broekzak. 'Zal ik je meteen haar nummer geven? Dan heb je dat alvast.'

De rest van de avond brachten we pratend door op de bank. Hij sprak over zijn ouders, die gescheiden waren, zijn werk als broeder in een ziekenhuis en hoe fijn hij het vond dat hij nu op zijn beurt iets voor mij kon betekenen nadat ik Cal had geholpen.

Het was voor het eerst sinds ik met Matt was gaan samenwonen dat ik hier alleen was met een andere man, en het voelde niet eens raar. Het leek zelfs goed te zijn dat Josh er was: de onverklaarbare incidenten waren uitgebleven en zelfs Purr leek ontspannen.

Josh liet me foto's zien van zijn vriendin, met wie hij samenwoonde, maar die nu een jaar in Australië zat voor haar studie.

Ik boog me over de afbeelding in zijn telefoon en glimlachte. 'Wat is ze mooi. Je zult haar wel missen nu ze zo ver weg is.'

Hij knikte. 'We skypen veel, maar dat is toch niet hetzelfde. Ik zal blij zijn als ze terug is. Maar ik vind het wel heel leuk voor Ariël dat ze dit meemaakt. Ze had haar zinnen er al op gezet voordat wij een relatie kregen. Daar wil ik niet tussenkomen, de vrijheid om dit soort dingen te doen moet je elkaar natuurlijk gewoon gunnen.'

'Zijn jullie al lang bij elkaar?'

'Iets meer dan twee jaar.' Hij zweeg even, en grinnikte toen. 'Je kijkt er trouwens helemaal niet van op dat ik een vriendin heb. Je moest eens weten hoeveel mensen meteen denken dat je homoseksueel bent wanneer ze horen dat ik verpleegkundige ben.'

'Onzin,' vond ik.

'Moet je morgen trouwens werken?' vroeg ik, toen het tegen middernacht liep.

'Ja, maar als je wilt kan ik vannacht bij je blijven, hoor. Als je dat fijner vindt. Dat is geen probleem, dan moet ik morgenochtend alleen iets eerder opstaan zodat ik even langs mijn huis kan om mijn spullen te pakken.'

Ik twijfelde. Het was aardig van hem, maar was het niet te veel gevraagd om hem de nacht te laten doorbrengen? Hij zat hier al de hele avond, terwijl hij ongetwijfeld genoeg andere dingen te doen had. De kans was groot dat zijn aanbod alleen maar voortkwam uit beleefdheid.

'Ik zou het echt geen probleem vinden, Tender,' verzekerde hij me alsof hij mijn gedachten kon lezen. 'Sterker nog, ik zou het juist heel goed begrijpen. Na wat jij me allemaal hebt verteld, zou ik hier zelf ook niet in mijn eentje willen zijn.'

Ik glimlachte opgelucht.

'Maar maak je geen zorgen, morgen bel je Vonda en dan komt het goed,' voorspelde hij. 'Dat weet ik zeker.'

'Ik hoop echt dat ze me kan helpen.'

'Daar moeten we gewoon van uitgaan. Ze heeft Caleb toch ook geholpen? Het is vrijwel zeker dat we met iets bovennatuurlijks te maken hebben, dat kan bijna niet anders. Ik mag dan weinig verstand hebben van dit soort dingen, maar zelfs ik zie dat in.' Hij sloeg zijn arm om me heen. 'Alles komt goed, echt. En ik blijf vannacht gewoon hier, zodat je niet alleen bent als er weer iets geks gebeurt.'

Nadat Josh zich met een deken en een kussen op de bank had geïnstalleerd, kroop ik in bed. Purr vlijde zich naast me neer, als een bal opgerold op Matts kussen. We vielen allebei direct in slaap.

Of het door Josh' aanwezigheid kwam of dat het toeval was viel niet te achterhalen, maar het was de hele nacht rustig geweest. Ik sliep diep, vast en droomloos. Ooit, over een tijdje, zou ik opnieuw een poging doen om lucide dromen onder de knie te krijgen. Een echte poging dit keer, waarbij ik alle opdrachten uit het boek naar behoren zou uitvoeren. Maar nu nog niet. Eerst moest ik verder gaan met het verwerken van emoties en mezelf langzaam hervinden. De draad van mijn leven oppakken, weer aan de slag met mijn werk, voorwaarts met één stap tegelijk. En dan, als ik alles op orde had en stevig genoeg in mijn schoenen stond, zou ik kijken of het me lukte om mijn eigen dromen op te wekken en Matt terug te halen. Zonder slaappillen.

Het was nog vroeg, kwart voor zeven, toen ik wakker werd van een onbekend geluid dat uit de woonkamer kwam. Een telefoonwekker. Ik stond op, sloeg de badjas die naast het bed op de grond lag om me heen en liep naar de woonkamer.

Josh glimlachte verontschuldigend toen hij me zag. 'Heb ik je wakker gemaakt?'

'Geeft niets,' zei ik. 'Heb je lekker geslapen?'

Hij knikte en wreef in zijn ogen. Donkere stoppels legden een schaduw op zijn wangen en zijn haar zat verward. 'Als een blok, eigenlijk. Je hebt een heerlijke bank.'

Ik grinnikte. 'Daar ben ik blij om. Wil je misschien iets eten?'

Hij keek op zijn telefoon. 'Nee, hoor. Het is al laat. Ik spring even onder de douche, als je dat niet erg vindt, en daarna ga ik er meteen vandoor.'

'Ik zal even een handdoek voor je pakken.'

Toen Josh vertrokken was, haalde ik het dekbed en het kussen van de bank en legde ze terug in de gangkast. Daarna ging ook ik douchen. Ik glimlachte toen ik zag dat Josh mijn shampoo en douchecrème had gebruikt. De spulletjes van Matt stonden op hun vaste plek, en het was attent geweest van Josh om daarvan af te blijven.

Het was fijn dat hij vannacht was gebleven. Op de een of andere manier had het me een veilig gevoel gegeven. En vandaag zou het – hopelijk – allemaal goed komen. Ik zou straks Vonda bellen – acht uur 's ochtends was wel vroeg maar niet té vroeg – en zij zou vast wel weten wat er verder moest gebeuren. Als zij zich er eenmaal mee ging bemoeien zou het gauw genoeg afgelopen zijn met die onzin, daar was ik van overtuigd.

Met mijn ogen dicht spoelde ik de shampoo uit mijn haren. De frisse, bloemige geur drong mijn neus binnen en terwijl het schuim langs mijn rug naar beneden gleed, voelde ik hoe –

Fuck!

Met een schreeuw sprong ik onder het plotseling kokendhete water vandaan dat uit de douchekop kwam. Snel draaide ik aan de koudwaterknop om de temperatuur weer normaal te krijgen, maar die stond nog gewoon open. Ik stak een vinger onder de straal, die nu weer lauwwarm voelde. Maar op het moment dat ik er weer onder ging staan, versprong het water opnieuw naar gloeiend heet. Wild schoof ik de cabinedeur open en stoof eruit, druipend op het douchekleedje en met een brandende hoofdhuid. Voorzichtig betastte ik met mijn vingertoppen mijn schedel en schouders. Dat gingen een paar fikse blaren worden. Snel stak ik mijn arm terug de cabine in om de kranen uit te draaien. Ik drukte zachtjes met mijn handdoek tegen de zere plekken op mijn hoofd. Daarna droogde ik mezelf driftige af. Wat een begin van de dag. Had de douche kuren, of was dit soms weer een streek van die mysterieuze aanwezigheid?

Toen ik droog was wreef ik met de handdoek het condens van de spiegel. Langzaam werd mijn reflectie zichtbaar, eerst als wazige vlek, toen scherper. Mijn gezicht was rozig van de stoom. Ik staarde naar mezelf toen ik plotseling in de spiegel, schuin achter me iemand zag staan. Een jonge vrouw met groene ogen en wilde rode krullen keek me via de spiegel doordringend aan en slaakte een ijzingwekkende gil die zo hoog en luid was dat ik ineendook en mijn handen tegen mijn oren drukte.

Het voelde alsof mijn hersenen onder stroom stonden.

Toen gilde ook ik het uit en terwijl ik met mijn armen om me heen sloeg gooide ik de deur open en rende de badkamer uit, de gang door en de slaapkamer in, niet in staat om mijn eigen geschreeuw te stoppen.

Wat, *wie*, had ik zojuist in vredesnaam gezien?

Ik beefde, spastisch van de kou, van de schrik, van alles tegelijk. Ik griste een trui van Matt uit de kast, trok hem over mijn hoofd en liep naar het slaapkamerraam toe. Hier dwong ik mezelf stil te blijven staan en naar buiten te kijken. Rustig te worden. Te stoppen met trillen. Want kijk, *kijk*. Daar, aan de andere kant van het raam, was het bewijs dat ik me nog steeds in de normale wereld bevond. Een normale blauwe lucht, check. Normale bomen, check. Een gewone, *normale* dag. En op een gewone normale dag in een gewone normale wereld gebeurden dit soort dingen niet. Ik had het me verbeeld. Dat moest ik geloven, want dat was zo. Het was niet echt geweest. De benauwde stoom van de hete douche was mijn hersenen binnengedrongen en had een spookbeeld opgeroepen. Letterlijk. Het was een logische verklaring en er waren ongetwijfeld mensen die van minder al gingen hallucineren. Er was niets om bang voor te zijn.

Maar waarom beefde ik dan nog steeds? En waarom stond het gezicht van de roodharige vrouw op mijn netvlies gebrand? Omdat het wel degelijk echt was wat er in de spiegel was verschenen, daarom. De buitenwereld kon er nog zo geruststellend uitzien, dat betekende helemaal niets. Ik was hier. En die schreeuw had ik me ook niet verbeeld, dat wist ik zeker. Nooit eerder had ik zo'n hartverscheurende kreet gehoord, de echo galmde nog na in mijn hoofd.

Langzaam draaide ik me weg van het raam, mijn hartslag bonkend in mijn keel. Ik wist wat me te doen stond. Ik moest terug naar de badkamer. De confrontatie aangaan. Het was nu of nooit. Ik moest laten zien dat ik niet onder de indruk was. Dat zij, dat wezen, dat ding, die geest of wat het ook was, niet mocht denken dat ze me echt zo gemakkelijk bang kon krijgen. Want had ik niet, gisteravond nog, besloten dat ik me geen angst meer zou laten aanjagen? Nou dan! Ik zou gewoon rustig teruglopen en haar hardop vragen wat ze hier in godsnaam te zoeken had. Dat ik er geen prijs op stelde en dat ze maar beter iemand anders kon gaan lastigvallen.

Ik liep de slaapkamer uit. De deur naar de badkamer stond nog open. Ik haalde diep adem en stapte naar binnen, met klamme handen en bevende armen, maar met rechte rug en opgeheven kin.

Ondanks de open deur was de spiegel weer bewasemd. Ik keek de ruimte rond. Er was niemand meer te zien. Maar ze was er nog, ik voelde het. Mij hield ze niet voor de gek.

'Wat wil je van me?' vroeg ik zo zelfverzekerd mogelijk. Toen er geen antwoord kwam herhaalde ik het, zo luid dat mijn vraag door de badkamer galmde en weerkaatste tegen de betegelde muren. 'WAT WIL JE VAN ME?!'

Gepiep van een glijdende vinger over glas kwam van de beslagen spiegel. Langzaam verschenen er vijf letters in de condens.

Ik staarde ernaar en voelde me opnieuw koud worden.

Voor de tweede keer rende ik de badkamer uit.

Ik zat op de bank, stijf en gespannen. Waarom nam die Vonda haar vervloekte telefoon niet op? Ik had het dit afgelopen uur al drie keer geprobeerd en inmiddels was het bijna half tien, ze zou nu toch wel wakker zijn? Zuchtend hing ik weer op en legde mijn telefoon naast me neer. Purr lag bij me en ik had de gordijnen wijd opengeschoven om het nuchtere daglicht binnen te laten, maar het hielp niet. De zon kon nog zo fel schijnen, het veranderde niets aan wat ik had gezien.

Sinds ik de badkamer uit was gestormd had ik niet meer in de spiegel gekeken. De spiegel in de gang was nog niet vervangen, dus die vormde geen bedreiging, maar onder het aankleden in de slaapkamer had ik de spiegel aan de binnenkant van de kastdeur zorgvuldig vermeden.

Toch had het beeld zich al in mijn geheugen genesteld: steeds weer doemde het gezicht op dat ik had gezien. Het wilde rode haar, de grote ogen. Vandaag was het onzichtbare zichtbaar geworden.

En eindelijk was het duidelijk wat ze wilde.

CALEB.

243

'Met Vonda,' klonk de rustige, bijna zangerige stem. Het was inmiddels vijf voor tien.

'Vonda, je spreekt met Tender,' begon ik. 'Ik probeer je al de hele ochtend te bereiken. Ik was vorige week bij jou, met –'

'Ik weet het nog,' zei ze, haar stem vriendelijk.

'Mooi.' Ik haalde diep adem en zei toen: 'Vonda, ik wil graag zo snel mogelijk bij je langskomen. Nu meteen eigenlijk. Kan dat?'

'Gaat alles wel goed?'

'Nee, niet echt.' In het kort legde ik haar uit wat er aan de hand was.

'Dat klinkt inderdaad ernstig,' zei ze. 'Ik kan me voorstellen dat je daarvan schrikt. Een momentje hoor, even mijn bril erbij opzetten. Goed, eens eventjes kijken hier... ja, dat dacht ik al. Mooi. Ik heb om twaalf uur tijd. Als jij zorgt dat je dan hier bent, dan kunnen we er verder over praten en dan zullen we eens kijken hoe we deze narigheid het beste kunnen oplossen.'

'Maar is het eigenlijk misschien niet beter als jij hiernaartoe komt?' bedacht ik me ineens. 'Want dit is immers waar het gebeurt.'

'Nee, kom jij maar gewoon hierheen, dan zal ik eerst even kijken wat ik er zo aan kan doen. Ik werk vaak beter in mijn eigen omgeving. Is dat goed?'

'Prima,' zei ik. 'Tot zo.'

Ik had een taxi besteld om erheen te gaan en hield het adres dat Josh me had gegeven op een briefje in mijn hand. Ook al was ik er al twee keer geweest, ik zou op de fiets of met het openbaar vervoer geen idee hebben gehad hoe ik Vonda's straat moest vinden, en tijd om te verdwalen was er niet. Hoe eerder deze afschuwelijke toestand was opgelost, hoe beter.

Vonda schonk me een bemoedigende glimlach toen ze me

binnenliet. Aan haar tafel luisterde ze geduldig naar mijn verhaal. Af en toe knikte ze of roerde met haar lepeltje door haar kruidenthee, maar ze zei niets.

Pas toen ik was uitgesproken boog ze zich naar me toe. 'Ik zal je uitleggen wat er aan de hand is, Tender,' zei ze kalm. 'Caleb, Cal zoals hij zichzelf kennelijk het liefste noemt, was blijkbaar niet alleen in de droomwereld. Toen hij overstak heeft hij iemand achtergelaten, iemand die jou er nu helaas de schuld van geeft dat Caleb niet langer bij haar is.' Ik voelde mijn ogen groot worden, maar ze ging rustig verder: 'Ik heb zoiets wel vaker zien gebeuren. Het is niet ongebruikelijk dat zo'n achtergebleven entiteit verontwaardigd is over het vertrek van de ander. En in dit soort gevallen wordt dan meestal de levende wereld uitgekozen als kanaal om die frustratie te uiten: jij bent helaas degene die daarvan het slachtoffer is.'

Ik staarde haar ongelovig aan. 'Lekker dan,' mompelde ik.

'En zei je nou dat er nooit verschijnselen zijn wanneer Joshua bij je is?'

Ik knikte. 'Dat klopt. Als Josh er is dan is het volmaakt rustig. Hij heeft er werkelijk geen idee van hoe heftig het er allemaal aan toegaat als ik alleen ben. Ik bedoel, hij ziet achteraf natuurlijk wel de ravage, maar hij is er nooit bij op het moment dat het gebeurt.'

Vonda glimlachte. 'Daar is eigenlijk een hele logische verklaring voor.'

Ik keek haar vragend aan.

'Want weet je wat namelijk het geval is? *Die geest ziet Joshua aan voor Caleb*. Hij of zij – en na wat jij mij hebt verteld hebben we dus waarschijnlijk met een "zij" van doen – is boos op jou omdat jij Caleb hebt geholpen om over te steken naar de andere kant. Met haar streken probeert ze jou onder druk te zetten om Caleb weer terug te halen, al zou je dat niet eens kunnen, maar dat weet zij kennelijk niet. Wanneer Joshua bij je is, houdt ze zich rustig. Dan is ze tevreden. Want dan is Caleb er weer even, in haar ogen.'

'Dit is te onwerkelijk allemaal,' zei ik hoofdschuddend.

'Eigenlijk is het heus niet zo gek wat er gebeurt. Als je er helder over nadenkt, is het zelfs logisch.'

'Maar dan is er toch iets wat ik niet snap,' merkte ik op. 'Je zei de vorige keer dat Matt mijn beschermengel is en dat hij altijd bij me is. Nou, als dat echt zo is, hoe kunnen dit soort dingen dan gebeuren? Waarom beschermt Matt mij op die momenten dan niet tegen dat gestoorde wijf, die achterblijver?'

Vonda knikte. 'Ik begrijp dat je dat vraagt. Het zit zo: de entiteit die jou lastigvalt bevindt zich in een andere dimensie, namelijk die van de dromen. Daar kan Matt zonder hulp van haar, of destijds van Caleb, zelf niet komen.'

'Maar hoe krijgt die "entiteit" het dan voor elkaar om wel in míjn dimensie te komen? Cal kon dat alleen maar als ik sliep, maar deze geest is er ook als ik gewoon wakker ben! Zelfs overdag. Vanmorgen nog!'

'Dat is alleen mogelijk wanneer er sprake is van ernstige frustratie,' legde Vonda uit. 'Dan versterken hun krachten zich namelijk, soms tot ongekende hoogten. En dat uit zich in dit geval jammer genoeg op deze negatieve manier. Maar eerlijk gezegd heb je nog geluk met de dingen die er in je huis gebeuren, want het kan veel erger.'

Ik opende mijn mond om wat te zeggen maar er kwam niets uit. Wat zou ik graag geloven dat het allemaal onzin was. Hoe fijn zou het zijn om in schaterlachen te kunnen uitbarsten, om mezelf slap van pret op de knieën te slaan omdat ik hier zat. Dat ik hier in dit kleine kamertje was, bij een vrouw die ik niet kende en die me met een bloedserieus gezicht inlichtte over achtergebleven geesten, en over energie en boze entiteiten.

Het leek wel een foute, hysterische grap! Maar het was echt. Het was niet te geloven, maar toch echt. Het gebeurde en ik maakte het mee.

'Het is goed dat je hier bent gekomen,' verzekerde Vonda me. 'Want gelukkig is er wel iets wat we eraan kunnen doen.' Ze keek me doordringend aan voordat ze verder ging. 'Maar het zal zwaar zijn, voor mij, dat zeg ik je eerlijk. Heel zwaar. Ik heb zoiets pas één keer eerder op me genomen, en het heeft me een maand gekost om daar mentaal van te herstellen. Zo slopend is het.' Ze zweeg even en drukte haar bril aan. 'Maar het is nodig. En daarom zal ik het doen.'

Ze stak de kaars aan die op tafel stond en sloot haar ogen.

Na een paar lange stille minuten schraapte ze haar keel. 'De entiteit heet Jessica,' zei ze. 'Dat wordt me verteld.'

'Door wie?'

Maar Vonda reageerde niet. Zwijgend bleef ze zitten, haar ogen nog steeds gesloten. Haar lippen bewogen zachtjes, zonder geluid.

Uiteindelijk keek ze me weer aan en met een ernstig gezicht vertelde ze me wat er moest gebeuren. Vonda zou zich gaan concentreren op Jessica, en er op die manier proberen achter te komen wie zij was. Als ze dat eenmaal wist, zou ze kunnen proberen om een dierbare van haar te vinden die al aan de andere kant was en aan diegene vervolgens vragen om Jessica te helpen met oversteken.

Ik zat rechtop in mijn stoel. 'En denk je dat het zal lukken?'

'Die kans is groot. Als er een bekende van haar aan de andere kant is, en meestal is dat wel zo, want het kan bijvoorbeeld een van haar grootouders zijn of iemand anders uit haar bloedband, dan moet het mogelijk zijn. Het gaat dan eigenlijk op dezelfde manier zoals dat, dankzij hulp van Matt, ook met Caleb is gebeurd.'

'Maar waarom is het dit keer dan zo zwaar? Je hebt het pas nog gedaan.'

'Dit is anders. Dit keer weet ik, behalve dat ze Jessica heet, nog helemaal niet wie ze is en met wie we dus te maken hebben. Om die reden zal het ook lastig worden om aan de andere zijde iemand te vinden die haar kent. Ik zou kunnen proberen om Caleb erbij te roepen, maar de kans dat hij me hoort is vrij klein. Hij is daar nog maar net en ik weet uit ervaring dat het dan nooit zo goed lukt om ze aan te spreken.'

'Ik begrijp het.'

'Maar het kan in ieder geval niet nu,' deelde Vonda mee. 'Ik heb vanmorgen vroeg al twee mensen bij me gehad, waarbij ik mezelf heb opengesteld voor de andere kant. Ik ben uitgeput, ik moet echt rusten. Je kunt morgen terugkomen.'

'Morgen?!'

Vonda knikte spijtig. 'Ik begrijp dat dit niet is waar je op had gehoopt, maar het is niet anders. Als ik het nu zou proberen dan zou het namelijk kunnen mislukken en dat zou onze kansen voor een volgende keer in gevaar brengen. Dat risico wil ik niet nemen en jij, neem ik aan, ook niet. Het beste wat ik je nu kan aanraden, is om Joshua te vragen nog eenmaal de nacht bij je door te brengen. Dat doet hij vast wel, hij is een goeie jongen. Je kunt hem vertrouwen. En dan kom je morgen hier en gaan we het oplossen.' Ze stond op. 'Om tien uur in de ochtend, is dat goed?'

Ook ik schoof mijn stoel naar achteren en kwam overeind. 'Ik zal er zijn.'

Toen ze mijn hand schudde, vroeg ik: 'Maar als het je nou niet lukt om die Jessica op te roepen? Is het niet beter om het toch bij mij thuis te doen? Dan weet je in ieder geval zeker dat ze in de buurt is.'

'Ik kom niet meer bij mensen thuis,' zei ze stellig. 'Daar ben ik pasgeleden mee gestopt, maar dat is een heel ander verhaal. Mocht het hier niet lukken morgen, al ga ik daar niet van uit, dan zal ik voor jou misschien een uitzondering maken. Maak je vooral geen zorgen, meid, het komt allemaal goed.'

Josh had me het telefoonnummer gegeven van de afdeling waar hij werkte omdat hij in het ziekenhuis zijn mobiel niet overal aan mocht hebben. Een vrouw nam de telefoon op en ik vroeg naar Josh.

'Hé, Tender!' klonk zijn stem even later. 'En...? Heb je Vonda gebeld?'

'Ik ben zelfs al bij haar geweest,' vertelde ik. 'Ik kom net thuis.'

'Serieus?' vroeg hij verrast. 'Wacht even, ik bel je zo direct eventjes terug vanaf een plek waar ik wat beter kan praten. Ik heb nu toch pauze. Momentje hoor, je hoort me zo weer.' Hij hing op en een paar seconden later ging mijn telefoon. Toen ik opnam hoorde ik een deur die openging, wat stemmen die niet waren te verstaan, voetstappen en toen een deur die gesloten werd. 'Zo, daar ben ik,' zei Josh. 'Vertel! Hoe is het gegaan?'

'Nou, je gaat het niet geloven,' begon ik, 'maar volgens Vonda komt het probleem met die geest, of hoe je het ook wilt noemen, voort uit het feit ik ervoor heb gezorgd dat Cal is overgestoken. Die geest is namelijk een vrouw, een jonge vrouw, want ik heb haar zelf gezien, en –'

'Ho, stop, wacht even,' onderbrak hij me verward. 'Een

vrouw? En jij hebt haar gezien? Waarom hoor ik dit nu pas? En hoe bedoel je dat?'

Snel lichtte ik hem in over het voorval in de badkamer. Als Josh niet de hele toestand met Cal had meegemaakt, had hij me nooit geloofd. Zou ik zelf zo'n verhaal serieus nemen als ik het van een ander hoorde? Soms waren er dingen die je eerst moest zien om te geloven, simpelweg omdat ze anders niet te bevatten waren.

Maar Josh reageerde ernstig. 'Shit, Tender, dat is niet goed. Wil je dat ik naar je toe kom?'

'Nee, je bent op je werk, dat gaat niet. Maar als ik heel eerlijk ben zou ik het wel een geruststelling vinden als je vanavond hier naartoe kwam en dan nog één keer hier zou willen blijven logeren. Voor de allerlaatste keer.'

'Natuurlijk wil ik dat doen. Dat is geen enkel probleem, joh. Heb je aan Vonda verteld dat er nooit iets gebeurt wanneer ik er ben?'

'Ja,' zei ik voorzichtig. 'En volgens haar komt dat doordat Jessica, want zo heet die aanwezigheid, jou aanziet voor je broer.'

Josh viel stil. Toen hij uiteindelijk sprak, klonk hij geschokt. 'Dat meen je niet. Dat ding denkt dat ik Caleb ben?'

'Dat "ding", zoals jij het noemt, is dus een geest. Net als Cal.'

Dit liet hij even op zich inwerken. Toen vroeg hij: 'Maar wat nu?'

'Nou, Vonda gaat ervoor zorgen dat Jessica kan oversteken. Morgen.'

Josh blies langzaam zijn adem uit. 'Heftig allemaal. Maar als dat lukt dan ben je dus overal van af?'

'Dat is de bedoeling, dus daar gaan we van uit. Het moet.' Ik klonk overtuigender dan dat ik me voelde. Maar ik moest erin geloven: het zou goed komen. 'Morgen is deze nachtmerrie eens en voor altijd afgelopen,' besloot ik.

'Ik zal echt blij voor je zijn wanneer het allemaal weer normaal is,' zei hij. 'Wanneer je weer gewoon lekker thuis kunt zijn zonder dat er van die krankzinnige dingen gebeuren.'

'Anders ik wel.'

'Weet je, Tender?' Zijn stem klonk plotseling spijtig. 'Eigenlijk, als ik er goed over nadenk, is alles misschien mijn schuld. Want als ik er niet zo op had aangedrongen dat Caleb moest oversteken, dan had jij deze problemen niet gehad.'

'Dat is onzin, zo moet je niet denken. Niemand had dit kunnen voorzien.'

Het geluid van een deur die openging onderbrak ons gesprek. Een vrouwenstem zei iets wat ik niet verstond. 'Ik kom er zo aan,' hoorde ik Josh antwoorden, en de deur ging weer dicht.

'Ik moet weer aan de slag,' zei hij. 'Bloeddruk meten en zo. Maar luister: ik kan hier om vier uur weg en dan ben ik rond half vijf bij jou. Is dat goed? Red je het tot die tijd? Want als je wilt dat ik eerder kom dan moet je het zeggen, hoor, dan regel ik dat hier. Stel dat er weer wat gebeurt!'

'Half vijf is prima,' zei ik. 'Misschien dat ik even langs mijn ouders ga. Als het goed is zijn ze allebei thuis vandaag, want het is woensdag en dan is mijn vader vrij.'

'Mooi,' klonk hij tevreden. 'Tot vanmiddag dan.'

'Tot vanmiddag.'

Nadat ik een volkoren boterham met banaan had gegeten en Purr haar brokjes had gegeven, stapte ik inderdaad de deur uit om naar mijn ouders te gaan. Het zou leuk zijn om ze te verrassen met een onverwacht bezoekje en ik zou in ieder geval even weg zijn van de dreiging die ik thuis voortdurend om me heen voelde. Want stilte was bijna nog erger dan gebonk of iets anders. Was ik nu alleen of toch niet? Was 'zij' er of niet? Ze hield zich dan wel stil maar misschien bekeek ze me vanuit een hoek van de kamer, waar ze me geniepig uitlachte. En hoe kon ik weten of de koude bries die steeds even over mijn gezicht had gestreken toen ik op de bank zat tocht was, of dat zij ergens boven me hing en het haar adem was die ik voelde? In de lift ging ik met mijn rug naar de spiegel staan.

Op de begane grond schoven de liftdeuren open en werd ik aangestaard door de geschrokken ogen van het oude dametje van een paar dagen geleden. Net als de vorige keer leunde ze met voorovergebogen rug op haar rollator en keek ze verward.

Ik knikte haar toe terwijl ik langs haar heen de lift uit liep. 'Goedendag.'

'Waar ben ik?' bracht ze uit. Haar stem kraakte. 'Hoe lang sta ik hier al?'

'Kunt u zich misschien herinneren hoe u hier bent gekomen?'

Ze schudde haar hoofd en de tranen welden op in haar ogen.

Ik legde mijn hand op haar arm. 'Kom,' zei ik vriendelijk. 'Ik breng u naar huis.'

Haar smalle lippen bewogen en brachten onverstaanbaar geprevel voort, maar met kleine, voorzichtige stapjes draaide ze zich met haar rollator om en liep mee naar de uitgang. Ik wist welk verzorgingshuis haar zoon had bedoeld toen hij me de vorige keer had verteld waar ze woonde. Het gebouw lag op de route naar de bushalte. Het zou een kleine moeite zijn om ervoor te zorgen dat dit verwarde omaatje straks weer veilig terug was waar ze hoorde.

Samen liepen we op straat. De zon scheen en de oude dame schuifelde langzaam met me mee. In het mandje dat voor de rollator hing lag een dubbelgevouwen krant. De bejaarde vrouw keek strak vooruit, maar zo nu en dan keek ze opzij. 'Waar gaan we heen? Wie bent u?'

Ik glimlachte en zei rustig: 'We gaan naar huis.'

'Huis? Maar kind, ik weet helemaal niet waar ik woon! Waar is Jaap? Ik moet naar Jaap!'

'Wie is Jaap? Is dat uw zoon?'

Haar onderlip begon te trillen. 'Jaap is mijn man. Waar is hij? Gaan we naar hem toe? Hij is altijd zo ongerust als hij niet weet waar ik ben!'

'We zijn bijna thuis,' zei ik geruststellend, terwijl we verzorgingshuis De Witte Zwaan naderden.

Zwijgend liepen we het laatste stukje. Haar bleke, smalle handen, bedekt met dikke aderen en lichtbruine ouderdomsvlekken, waren stevig om de handvatten van de rollator geklemd.

Toen we twee glazen schuifdeuren door waren gelopen, zat achter de receptie een vrouw van halverwege de veertig. Ze glimlachte toen ze ons zag.

'Hallo, mevrouw Van den Brink!' zei ze luid, te luid eigenlijk voor de kleine afstand tussen ons en de balie. 'Bent u lekker aan de wandel geweest?'

De oude vrouw reageerde niet.

Ik liep naar de receptie. 'Kan zij hier zomaar de hele dag in en uit lopen wanneer ze wil?' vroeg ik. 'Wordt daar niet op gelet?'

De blik van de receptioniste veranderde. 'En wie bent u? Bent u familie van mevrouw?'

Ik negeerde haar vraag. 'Ze is nogal in de war. Zou het niet beter zijn als er wat meer toezicht op haar was?'

De receptioniste sloeg haar armen over elkaar. 'Dit is een verzorgingshuis,' meldde ze. 'Geen verpleeghuis. En een verzorgingshuis houdt in dat de bewoners vrij zijn om te gaan en staan waar ze willen. We kunnen dat niet de hele dag door van iedereen bijhouden, daar zijn wij niet voor.'

Achter me hoorde ik de oude vrouw plotseling giechelen en ik draaide me om.

'Daar heb je Greet,' zei ze, en ze wees met een dunne vinger naar een bejaarde vrouw van haar leeftijd die, eveneens met een rollator, op ons af kwam schuifelen. 'Daar kun je toch zo mee lachen.'

Ik keek toe hoe de twee dames elkaar hartelijk begroetten en samen een lange gang in liepen, hun gebogen ruggen zusterlijk naast elkaar. Mevrouw Van den Brink keek niet om.

Toen ik me weer tot de receptioniste wendde, keek deze me veelzeggend aan. 'Zo gaat dat hier de hele dag. Het ene moment weten ze niet wie of waar ze zijn en het andere moment voelen ze zich hier als een vis in het water en hebben ze onderling de grootste lol.'

'Maar toch,' zei ik voorzichtig, 'bent u het misschien met me eens dat het nog steeds niet zo'n geslaagd idee is om zo'n verwarde oude vrouw in haar eentje over straat te laten zwerven. Straks gebeurt er een keer iets!'

Ze knikte. 'Natuurlijk hebt u gelijk. Maar het punt is: die verantwoordelijkheid ligt niet bij ons, die ligt bij haar familie. Bij haar kinderen. En zolang die ervoor kiezen dat ze hier woont in plaats van in een verpleeghuis, is er weinig wat wij kunnen doen. Voor zover ik weet zijn haar kinderen van plan om haar hier zo lang mogelijk te laten wonen omdat ze niet willen dat ze haar vrijheid kwijtraakt. Want ze heeft hier natuurlijk een eigen woning, of kamer kan ik misschien beter zeggen, en dat is in een verpleeghuis niet het geval. Daar zou ze op een zaal komen. En dat willen die kinderen van haar zo lang mogelijk uitstellen.'

Toen ik zweeg, zei ze: 'Maar het is heel aardig van u dat u haar geholpen hebt.' Ze glimlachte. 'Ooit zijn we zelf ook allemaal zo oud en dan hoop je natuurlijk ook dat er mensen zijn die voor je willen zorgen.'

Ik staarde haar aan. Wat was het toch makkelijk voor sommige mensen om er zonder twijfel maar van uit te gaan dat ze oud zouden worden. Ik mompelde een groet en liep terug naar buiten. Niet aan denken. Vanaf vandaag zou ik mijn best doen om positief te blijven, om te proberen mooie dingen te zien, ze te ontdekken. Ik kon het. De conversatie met de receptioniste was, na Josh en Vonda, het langste gesprek dat ik in ruim een half jaar met een vreemde had gevoerd en het was goed gegaan. Die receptioniste had er geen idee van gehad dat ik maandenlang een kluizenaar was geweest en dat mijn moment met haar als een overwinning op mezelf voelde. Voor haar was het niets bijzonders geweest: zij sprak in haar functie de hele dag door met allerlei mensen en ze was het gewend. Over een paar uur zou ze mij alweer vergeten zijn. Maar voor mij was het een prestatie. En ik was trots op mezelf.

De bus reed net weg toen ik bij de halte aankwam, maar het gaf niet. Want al was het koud, het was ook droog en de lucht was strakblauw. Toen ik op het bankje ging zitten en de aangename stralen van een voorzichtige winterzon op mijn gezicht voelde, moest ik onwillekeurig glimlachen.

Een klein half uur later deed mijn moeder de deur open en zag mij glimlachend op de stoep zag staan. 'Hoi!' zei ik vrolijk.

Vraagtekens flitsten over haar gezicht, maar toen glimlachte ze verheugd. 'Lieverd, wat een verrassing! Kom gauw binnen.'

Terwijl ik in het gangetje mijn jas aan de kapstok hing, vroeg ze: 'Er is toch niets aan de hand, hoop ik?'

'Nou zeg, zo begroette je me vroeger toch ook nooit? Ik was toevallig in de buurt en dacht: ik kom gezellig even langs!'

Samen liepen we de woonkamer in. 'Kijk eens wie hier is!' zei ze tegen mijn vader.

Mijn vader keek op van het boek dat hij aan het lezen was. Meteen begon hij te stralen. 'Dat is nog eens een verrassing, zeg, op mijn vrije dag.'

'Dat zei ik ook al,' zei mijn moeder. 'Ze was in de buurt. Leuk, hè?'

Ik zag de vragende blik die ze wisselden, maar het gaf niet. Ze wisten niet wat ze ervan moesten denken en dat was logisch. Maar ik zou ze laten zien dat ze zich geen zorgden hoefden te maken.

Ik snoepte gretig van de stroopwafels die mijn moeder op tafel had gezet. Haar gezicht fleurde op, de zorgelijke rimpel tussen haar wenkbrauwen vervaagde en mijn vader maakte zelfs grapjes. De sfeer was bijna als vanouds. Bijna, omdat het natuurlijk nooit meer echt zoals vroeger zou worden, hoeveel stroopwafels ik ook at en hoe vrolijk mijn vader ook deed. Maar dat betekende niet dat het, op een andere en misschien minder uitbundige manier, niet toch ook goed kon zijn. Er was een nieuwe fase aangebroken. Wat was geweest zou nooit meer terugkeren, maar we konden wél het beste maken van wat er was overgebleven. Ik zag het in. En het was belangrijk dat mijn ouders het ook inzagen, dat ze wisten dat er iets met mij was veranderd. Dat ik er daarom was, zodat ze de nieuwe Tender konden zien zonder dat ik het met woorden hoefde te vertellen. En het lukte.

'Je ziet er goed uit, Tender,' zei mijn moeder.

Mijn vader knikte instemmend. 'Gaat het ook goed met je?'

Voor het eerst hoefde ik niet weg te kijken toen ik antwoordde. Nee, eindelijk kon ik mijn ouders trots aankijken en met een vaste stem zeggen: 'Ja. Ik voel me goed.'

'Gelukkig,' zei mijn moeder zacht. 'Wat is dat fijn om te horen, zeg.'

Opluchting daalde neer over mijn ouders, deed mijn vader wat losser in zijn stoel zitten en bracht de twinkeling terug in mijn moeders ogen. We kletsten ongedwongen met elkaar en ik voelde hoe mijn hoofd lichter werd. Ik had er goed aan gedaan om hier te komen. Het kostte me geen enkele moeite om oprecht enthousiast te zijn toen ik ze vertelde over de kinderwens van Gwen en Sonya, en mijn moeder zei dat ze een paar dagen geleden Gwens moeder was tegengekomen in de supermarkt en dat zij erg toeleefde naar de bruiloft.

'Ze liep trouwens gearmd met een man met wie ik haar nog niet eerder had gezien,' merkte mijn moeder op. 'Heeft ze soms een nieuwe vriend?'

'Lilian heeft altijd een nieuwe vriend,' grinnikte ik.

Mijn ouders lachten met me mee.

'Ze zei dat ze het zo leuk vindt dat jij Gwens getuige gaat zijn,' vertelde mijn moeder. 'En dat ze volgende week samen voor een bruidsjurk gaan kijken.'

Een paar dagen geleden nog zou er bij dit onderwerp een ongemakkelijke stilte zijn gevallen, een stilte waarin iedereen besefte dat mij dit soort dingen ontnomen was. Maar vandaag niet. Vandaag waren we eindelijk allemaal in staat om gewoon blij te zijn voor Gwen, om haar geluk los te zien van mijn verlies en om er een ouderwets gezellige middag van te maken waarin alle stroopwafels opgingen en ik bleef hangen tot het al ruim na vieren was.

Maar ik wilde nog steeds niet op de tweezitsbank plaatsnemen.

Toen ik naast mijn vader in de auto stapte, zwaaide mijn moeder ons vanachter het keukenraam enthousiast uit. Lachend zwaaide ik terug, en de vrolijkheid op mijn gezicht was nog steeds authentiek en niet gedwongen. Ze had me wat bruine pistoletjes meegegeven om in de oven af te bakken, en ze had verrast gereageerd toen ik haar vertelde dat ik voortaan zelf mijn boodschappen weer zou gaan doen.

'Serieus?' had ze gevraagd. 'Wat goed van je! Maar lukt dat wel, zonder auto?'

'Ja hoor,' had ik geknikt. 'Ik ga lopend of anders op de fiets. Komt helemaal goed.'

Mijn vader had nog een oude fietspomp in de schuur staan die ik mocht meenemen. Toen hij hem aan me gaf had hij zijn hand op mijn schouder gelegd. 'Ik vind het heel goed van je dat je dat soort dingen weer zelf gaat doen, Tender.'

Hun trotse gezichten waren de bevestiging dat het goed was wat ik deed. Niemand zou bang hoeven zijn dat ik over een tijdje een vijfentwintigjarige versie van mevrouw Van den Brink was.

Het was bijna tien voor half vijf toen we mijn straat in reden. Josh was naar alle waarschijnlijkheid ook al onderweg, ik was precies op tijd terug.

Mijn vader stopte de auto en ik klikte mijn gordel los. Een glimlach verscheen op mijn gezicht toen ik omhoogkeek en Purr verwachtingsvol voor het raam zag zitten. 'Bedankt voor het thuisbrengen, pa. Ik –'

Totaal onverwachts ging de auto er met zo'n enorme vaart vandoor dat ik met een klap achterover in mijn stoel werd gedrukt. Mijn vader stootte geschrokken een schreeuw uit. Wild trapte hij op de rem maar de auto bleef rijden, harder en harder. De cd van mijn vader sprong aan op vol volume en de donkere stem van Johnny Cash bulderde om ons heen. Ik gilde. 'Wat gebeurt er?'

'Dat weet ik niet!' riep mijn vader terug. Zijn gezicht zag spierwit. Hij hield met beide handen zijn stuur vast en stampte vol op de rem. 'De rem doet het niet!'

'Stop dan met gas geven!'

'*Ik geef geen gas!*' Hij drukte het rempedaal met zo'n kracht in dat zijn hele lichaam ervan schudde. Zijn gezicht was nat van transpiratie.

Voor ons kwam een tegenligger onze richting uit gereden en in een flits zag ik hoe de bestuurder zijn auto net op tijd met een ruk opzij slingerde. De déjà vu van mijn bijna-ongeluk met Matt kwam hard aan, maar het woedende getoeter voor ons trok me onmiddellijk terug naar het heden. Mijn vader vloekte, zijn tanden op elkaar geklemd en zijn rechterhand rukkend aan de handrem. Ook die deed het niet. We reden harder, steeds harder, en vlogen mijn straat uit, de lange zijstraat in. Sturen lukte wel. Ergens om ons heen werd nog meer getoeterd. We gingen nog steeds harder. Het lukte me wonderbaarlijk genoeg om mijn veiligheidsgordel weer vast te zetten, vlak voordat we door een verkeersdrempel werden gelanceerd en gillend een stuk door de lucht vlogen. Met een klap landden we weer.

'Wat gebeurt er, verdomme?!' brulde mijn vader. Onze ogen puilden bijna uit hun kassen toen we zagen waar we op afstevenden. Voor ons, op een plek die veel te snel dichterbij kwam, lag een zebrapad. Een moeder, met aan iedere hand een kindje van een jaar of drie, stak de weg over. Krijsend en met wilde armgebaren probeerde ik vanuit de auto de vrouw aan te sporen om weg te springen, maar ze keek niet op.

'stop!' hoorde ik mezelf gillen.

Schreeuwend gaf mijn vader uit alle macht een ruk aan zijn stuur.

De auto vloog opzij.

Het laatste wat ik zag, was de lantaarnpaal die voor ons opdoemde.

Ik hoorde niets meer.

Voorzichtig deed ik mijn ogen open, maar het licht dat in mijn gezicht scheen was zo fel dat ik ze meteen weer moest sluiten. Waarom was het zo stil ineens, was door de klap de motor uitgeslagen? En waarom zei mijn vader niets?

Maar wacht, ik hoorde wel wat. Het waren alleen geen geluiden van verkeer of van de auto, maar iets anders, iets vreemds. Het klonk als een soort gepiep. En voetstappen waren er ook, in de verte dan. Ik hoorde stemmen, mensen die met elkaar aan het praten waren. Ik kon niet verstaan wat ze zeiden. Waren het omstanders, hadden ze het ongeluk zien gebeuren en waren ze op ons af komen rennen? Maar waarom haalde niemand ons dan uit de auto? Waren ze aan het wachten op hulpverleners?

Weer opende ik mijn ogen, maar het licht – van de lantaarnpaal? – was nog steeds te sterk. Ik probeerde me te bewegen, maar het lukte niet. Zat ik klem? Moest ik hier straks worden uitgezaagd? Maar nee, vreemd genoeg zat ik niet meer in de stoel. Ik lag! Op mijn rug, maar mijn benen kon ik niet voelen. En mijn armen ook niet. Wat was dit, droomde ik?

Met mijn ogen op een kiertje tuurde ik door mijn wimpers. In plaats van het interieur van mijn vaders auto zag ik ergens ver boven me het wit van een plafond. Hoe hadden ze het voor elkaar gekregen om me zo snel te verplaatsen? En waar was ik nu dan, in een ambulance?

Langzaam, want iedere beweging van mijn ogen maakte me duizelig, gleed mijn blik naar opzij. Mijn vader was nergens meer te zien. Hadden ze hem ook uit de auto gehaald en lag hij in een andere ambulance? Of mankeerde hij niets? Maar waarom was...

Mijn ogen vielen weer dicht. De duisternis was terug. Ik hoorde nog net hoe de stemmen dichterbij kwamen, me omringden. Iemand boog zich over me heen, voelde ik. Maar ik viel weg. Ik was moe, zo moe...

Toen mijn ogen eindelijk weer opengingen, keek ik recht in het gezicht van Matt.

Later – hoeveel later…? Ik had geen idee. Tijd leek niet te bestaan in deze vreemde werkelijkheid – was Matt er nog steeds.
Hij was er en zijn hand streelde zachtjes mijn wang. Ik wilde
naar hem glimlachen maar het lukte me niet. Waar waren we?
En hoe was het hem gelukt om toch nog een manier te vinden
om in mijn droom te komen nu Cal er niet meer was?

Of was ik nu soms zelf ook dood? Was dat het, en bevonden
we ons samen in zíjn wereld?

Ik probeerde mijn mond te openen, mijn lippen te bewegen,
wat dan ook, maar het was tevergeefs. Zonder dat ik het wilde,
sloten mijn ogen zich weer.

Meteen was ik weg.

De dagen hierna zweefde ik voortdurend heen en weer tussen licht en duister, tussen slapen en waken. Matts gezicht was het enige wat ik zag wanneer het me lukte om voor een paar seconden mijn ogen te openen. 'Alles is goed,' hoorde ik hem keer op keer zachtjes zeggen. 'Ik ben bij je.'

Praten bleef onmogelijk. Zelfs denken ging moeilijk. Ik wist dat ik sliep, dat was de enige zekerheid die ik had. Het was alleen anders dan hoe ik het gewend was, het was een soort *omgekeerde slaap*. Ik had namelijk ontdekt dat iedere keer wanneer het leek of ik wakker werd, dat in feite het begin was van een droom. Dit werd bevestigd door het feit dat ik Cals stem al een paar keer had gehoord: hij was dus teruggekomen. En net als voorheen bracht hij Matt bij me. Alleen zag ik Matt steeds maar in een flits, en werd mijn slaap daarna meteen weer droomloos. Hoe kwam dat? Had ik door het ongeluk met mijn vader misschien een klap op mijn hoofd gekregen en waren mijn hersenen daardoor niet in staat om langer dan een paar seconden in een droom te blijven? En waarom was ik in deze droom steeds op zo'n vreemde plek?

Gek genoeg voelde ik dat er antwoorden waren, dat ze zich ergens in mijn hoofd bevonden, maar ze waren te ver weg en ik kon er niet bij. Onwrikbaar bleven ze bedekt onder een dikke deken van slaap, dezelfde slaap die ervoor zorgde dat ik mijn ogen maar een paar momenten kon openhouden voordat de lichten weer werden gedoofd.

'Alles is goed,' fluisterde Matt opnieuw. Er klonk tederheid in zijn stem. 'Ik ben zo blij dat je er weer bent.'

Het geluid van zijn woorden reisde met me mee terug de duisternis in, tot ik niets meer hoorde.

Dit keer was het niet Matt maar Cal die over me heen stond gebogen toen ik mijn ogen opende. En ook hij lachte me toe. Hij deed iets bij mijn hoofd, met zijn handen. Ik probeerde ernaar te kijken, maar het lukte niet, mijn schedel voelde nog steeds te zwaar om te bewegen.

Waar is Matt? wilde ik vragen. *Wil je hem bij me brengen?* Maar uit mijn mond kwam slechts een rare, holle klank. Snel deed ik hem weer dicht.

'Stil maar,' zei Cal rustig. 'Alles op zijn tijd.' Toen herhaalde hij de woorden die Matt ook had gesproken: 'Alles is goed.'

Ik spande al mijn gezichtspieren aan om mijn ogen open te houden, maar toch vielen ze dicht.

Het beeld van Cal werd toegedekt door mijn wimpers.

De droom was weer weg.

Langzaam, stukje bij beetje, begon ik te begrijpen wat er was gebeurd. Ik droomde helemaal niet. Cal was niet weer op de plek waar hij al die jaren was geweest, en Matt kon niet dankzij hem weer bij me komen. Want waarom was ik dan iedere keer dat ik Matt zag op deze rare onbekende plek? Mijn droom begon altijd op de plaats waar ik in slaap was gevallen en dit was niet onze slaapkamer, dit was een omgeving waar ik telkens weer die vreemde piepjes hoorde en waar er voortdurend stemmen op de achtergrond waren. Waar het me niet lukte om mijn hoofd te bewegen en ik dus niet om me heen kon kijken, maar waarvan ik toch wist dat ik er niet eerder was geweest. Er was dus iets anders gebeurd en ik wist nu ook wat dat was. Nu ik alles op een rijtje had gezet kon er eigenlijk maar één verklaring zijn voor deze situatie: het auto-ongeluk met mijn vader was me fataal geworden en ik was dood. Ik was in het hiernamaals. Samen met Matt en Cal.

Matt bracht zijn gezicht dicht bij het mijne. 'Waar lig je allemaal aan te denken, kleintje?'

Dit was het moment waarop hij het me zou vertellen. En ik was er klaar voor. Ik zou hem laten zien dat het me helemaal niets kon schelen dat ik was overleden, want daardoor waren we nu samen. Eindelijk. En daar ging het om.

Ik deed mijn lippen van elkaar. De beweging ging stroef, maar het lukte. 'Waar ben ik?' wist ik uit te brengen, om hem vast op weg te helpen. Het geluid van mijn vraag klonk vreemd in mijn oren. Mijn tong was zwaar en dik, mijn stem hees. Zo klonk ik normaal gesproken helemaal niet.

Cal verscheen naast hem. Het was de eerste keer dat hij zichzelf liet zien wanneer Matt al bij me was, en dit was wederom een bewijs dat we nu alle drie in die andere wereld waren. Ook ik was overgestoken, en ik had er niet eens wat van gemerkt. Vonda moest eens weten. Bij die gedachte kwam er een lachkriebel naar boven en ik voelde hoe mijn mond zich vertrok tot wat er ongetwijfeld uitzag als een rare, scheve grijns.

Maar wat was dat voor vreemde, geruststellende glimlach die Cal aan Matt schonk? 'Het is heel normaal dat ze dat vandaag alweer vraagt,' zei hij zachtjes tegen hem. Nu pas zag ik dat Cal helemaal in het wit was gekleed. 'Het duurt een tijdje voordat het geheugen weer optimaal werkt. Ze zal het morgen waarschijnlijk weer vragen, en de dag erna misschien weer, zo gaat dat. Dit is pas de vijfde dag dat ze wakker is. Maar het is in ieder geval een goed teken: ze probeert zich te oriënteren.'

Zijn woorden brachten de duizeligheid terug. Waar had hij het over? Moest ik me oriënteren in hun wereld?

'Ik ben op de gang,' vervolgde Cal. 'Als je me nodig hebt, dan hoor ik het wel.'

Matt knikte.

Toen hij mijn vragende blik zag, boog hij zich naar me toe en gaf me een kus op mijn wang. 'Maak je geen zorgen, liefste. Je doet het hartstikke goed.'

Waarom vertelde hij het me niet gewoon? Was hij soms bang dat ik het niet aan zou kunnen, dat de schok te groot zou zijn? Hij zou toch beter moeten weten.

'Ik weet waar ik ben,' verkondigde ik. De bewering klonk zwaar en moeizaam, alsof mijn batterij leeg was. Waarschijnlijk kon Matt me niet eens verstaan.

Maar dat kon hij wel, en zijn antwoord was zacht: 'Je bent in het ziekenhuis, kleintje.'

Ik staarde hem verdwaasd aan. Waarom zei hij dat? Dat kon niet. Want wat deed hij dan hier? En waarom was Cal er? Hij vergistte zich. Of was het dan misschien toch een droom? Had ik het ongeluk met mijn vader wél overleefd en sliep ik?

'Cal,' wist ik nog net uit te brengen.

Matt keek me vragend aan. 'Wat zeg je?'

Ik gebaarde met mijn ogen – iets anders kon ik niet bewegen – naar de plek waar Cal heen was gelopen. 'Cal.'

Een bezorgde blik verscheen in zijn ogen en hij pakte mijn hand. 'Je keel? Heb je last van je keel? Je hebt een zware klap te verduren gehad, liefste. Maar je bent nu aan het herstellen en dat is het belangrijkste.'

Op dat moment liep Cal voorbij op de gang.

'Daar!' stootte ik uit, met mijn laatste restje energie.

Matt volgde mijn blik. 'O,' knikte hij. 'Je wilt dat ik Josh erbij roep?'

Maar alweer, hoezeer ik het ook probeerde tegen te houden of uit te stellen, werd de drang om mijn ogen te sluiten te zwaar.

Matt, die nog steeds mijn hand vast had, verdween.

Ik had geen idee hoeveel dagen er waren verstreken, maar vandaag was ik eindelijk in staat lang genoeg wakker te blijven om Matt de kans te geven me te vertellen wat er echt aan de hand was. Maar ik wist niet zeker of ik hem goed begreep.

Ook Cal was weer van de partij, hij stond naast Matt en glimlachte naar me. 'Je hebt een zwaar ongeluk gehad, Tender,' herhaalde hij de woorden die Matt had gesproken. 'Maar nu je wakker bent komt alles goed.'

'Mijn vader,' bracht ik uit, al had ik het gevoel dat ik deze vraag al eerder had gesteld, 'hoe gaat het met mijn vader?'

Cal keek naar Matt, maar die haalde hulpeloos zijn schouders op. 'Dat vraagt ze iedere keer,' zei hij zachtjes. Hij boog zich naar me toe, en zei: 'Met je vader gaat alles goed.' Hij glimlachte, en voegde eraan toe: 'Hij komt iedere dag bij je kijken, samen met je moeder.'

Mijn ogen vulden zich met tranen bij dit antwoord. Wat erg, mijn vader had het dus ook niet gered. Ook hij was in het hiernamaals, zweefde hier ergens rond en kwam blijkbaar steeds even bij zijn dochter kijken. Maar mijn moeder...? Hoe kon dat? Had zij in mijn flat soms het boek over lucide dromen gevonden en was het haar, in haar verlangen om zowel mijn vader als mij weer terug te zien, wel gelukt om die vaardigheid onder de knie te krijgen? Schakelde zíj nu dagelijks heen en weer tussen droom en werkelijkheid, net zoals ik tot voor kort had gedaan? Maar –

'Je hebt zes dagen in coma gelegen,' zei Cal. 'Als gevolg van het ongeluk.'

Ik knikte. Dat vreselijke ongeluk was het laatste wat ik me concreet kon herinneren en het lag pijnlijk vers in mijn geheugen. Mijn arme vader. Als ik gewoon met de bus naar huis was gegaan dan was het allemaal heel anders gelopen. Als die lantaarnpaal er niet had gestaan, als... Maar het was gebeurd en we hadden het geen van beiden overleefd. Ik had alleen nooit gedacht dat de dood zo raar zou voelen als dit.

Matt streek met zijn hand door mijn haar. 'Ik ben zo blij dat je er weer bent, ik was echt bang dat ik je voorgoed kwijt was.'

Nu pas zag ik dat hij zijn arm in een mitella had. 'Wat is er met je gebeurd?' vroeg ik geschrokken.

Weer kruisten de ogen van Cal en Matt elkaar.

Toen glimlachte Cal en zei: 'Dat heeft hij je al verteld, maar het geeft niet dat je het steeds vergeet. Het gaat iedere dag een stukje beter met je, je geheugen zal zich uiteindelijk volledig herstellen. Let maar op.'

Ik staarde naar het gips om Matts arm.

'Je hoeft niet zo bezorgd te kijken,' zei Matt met een glimlach. 'Vergeleken met jou ben ik er heel goed van afgekomen. Alleen een gebroken arm.'

Daar kwam die vervloekte slaap weer. De donkere kracht sloop mijn hoofd binnen en maakte alles zwaar, drukte op mijn hersenen tot mijn schedel hun gewicht nauwelijks nog kon dragen. Maar ik mocht niet wegzakken, want ik wilde het begrijpen, móést het begrijpen, voordat ik mijn ogen liet dichtvallen. 'Maar... wat... is... er... dan... met... je... gebeurd?' drong ik met mijn laatste krachten aan.

'Jullie hebben een ernstig auto-ongeluk gehad, Tender,' zei Cal weer.

Ik zuchtte. Hoorden ze dan niet dat we in cirkels spraken? Dat van dat auto-ongeluk wist ik nou wel, dat zou ik heus niet meer vergeten. Waarom bleven ze dat steeds herhalen? Mijn vader en ik waren gecrasht omdat de geest van Jessica woest op mij was: duidelijk. Maar wist Cal dat eigenlijk wel? Misschien moest ik hem vertellen over de oorzaak zodat hij...

Voordat ik nog iets kon zeggen, voelde ik hoe mijn wimpers mijn wangen raakten. En hoezeer ik het ook probeerde, ze kwamen niet meer omhoog.

'Ga maar weer even rusten,' zei Cal zacht. Zijn stem kwam van ver.

Matt gaf een kus op mijn voorhoofd.

Ik bleef steeds langer wakker. Mijn gedachten werden helderder, samenhangender. Al was het nog steeds onmogelijk om te bevatten wat me was verteld.

Ik was niet dood, beweerden ze.

Zowel Matt als Cal had me vreemd aangekeken toen ik zei dat ik wist dat we in het hiernamaals waren, allebei hielden ze vol dat we in de levende wereld waren.

'Maar hoe kan dat dan?' vroeg ik weer. 'Hoe kan het dan dat jij hier bent en dat ik je kan zien? Dat ik jullie beiden kan zien?'

Matt zat aan mijn bed met zijn handen om de mijne gevouwen. 'Ik ben hier al die tijd al geweest. Ik was iedere dag bij je, zo veel als ik maar kon.'

Als ik zijn verhaal moest geloven, was hij namelijk helemaal nooit gestorven, maar was ik juist degene die er bijna niet meer was geweest.

'Je wilt niet weten hoe erg ik het mezelf heb kwalijkgenomen allemaal,' ging hij zacht verder. 'Hoe vaak ik mezelf niet heb verweten dat als ik maar iets beter had opgelet, dat ik dan die spookrijder eerder had kunnen zien aankomen. Dan had ik hem misschien wel kunnen ontwijken.'

Mijn god, die arme Matt was compleet in de war. Kon hij zich dan echt niet herinneren hoe het die avond in werkelijkheid was gegaan?

'We hebben hem toch inderdaad ontweken...?' vroeg ik voorzichtig. 'Weet je dat niet meer?'

Hij schudde zijn hoofd. 'We konden de andere auto niet ontwijken, liefste. We zijn er frontaal tegenaan geknald. Jij kunt je het ongeluk niet herinneren, dat weet ik. En de arts zei dat ze niet weten of dat gedeelte van je geheugen, die paar seconden, zich ooit zal herstellen. Misschien is de schok te groot en heb je het onbewust verdrongen.'

Het duizelde me. Ik keek hem aan, deed mijn best om te blijven luisteren en te begrijpen wat hij zei. Maar zijn versie van het verhaal leek totaal niet op de mijne. In wiens waarheid was ik terechtgekomen? En welke was de echte?

Matt sprak over wat er in zijn werkelijkheid was gebeurd op de avond van onze verloving. In zijn verhaal was de tegenligger, een man, achter het stuur in slaap gevallen en vervolgens zo onverwachts op onze weg verschenen dat een botsing onvermijdelijk was geweest. De klap was enorm. Volgens Matt was ik er het slechtste vanaf gekomen en in een coma geraakt. Mijn longen waren beschadigd, en om mijn lichaam optimaal kans op genezing te geven hadden ze me na achtenveertig uur nog vier extra dagen kunstmatig in coma gehouden.

Matts eigen verwondingen waren wonderbaarlijk licht gebleven. Slechts een gebroken arm, wat gekneusde ribben en een lichte hersenschudding had hij eraan overgehouden. Hij had maar één nacht in het ziekenhuis hoeven doorbrengen en daarna was hij bij mijn bed komen waken, zo vaak als hij kon. 'Ik heb herinneringen opgehaald aan alle leuke dingen die we samen deden,' glimlachte hij daarover. 'Aan onze eerste afspraakjes, de vakanties.' Ook Gwen en mijn ouders waren regelmatig bij me langsgekomen.

Ik deed mijn ogen dicht, maar mijn oren bleven open. Ik luisterde naar zijn stem terwijl hij sprak over deze ongelooflijke, nieuwe realiteit, één waarin hij nog gewoon leefde. Mijn hoofd zat vol wol en zwarte gaten, maar toch drong het besef langzaam steeds dieper tot me door. Matt was er nog! Hij was nooit dood geweest.

'Slaap je weer?' vroeg hij zacht. 'Of hoor je me nog?'

Ik opende mijn ogen en keek hem aan. Met een laatste restje energie glimlachte ik naar hem.

'Ik heb je gemist,' fluisterde hij.

Zijn woorden zweefden door mijn slaperige hoofd.

Ik keek naar zijn gezicht. 'Ik jou ook.'

Stukje bij beetje lukte het me om te begrijpen, écht te begrijpen, wat me was verteld. Om het te aanvaarden en te onthouden, en om het voorzichtig aan te erkennen als de werkelijkheid. Soms verdacht ik mezelf er van dat ik dit droomde, maar het besef dat het allemaal wel degelijk echt was drong steeds meer tot me door. *Matt en ik hadden een ongeluk gekregen na ons verlovings-etentje en ik was in een coma geraakt.* Ik herhaalde dit vreemde, nieuwe feit voortdurend keer op keer. *Matt was er al die tijd nog gewoon geweest, en ons leven, onze toekomst, alles was er nog. Ik zou er zo in kunnen terugglippen.*

Maar toch klopte er iets niet. Want als dit geen droom was, waarom zag ik Cal dan steeds? Hoe was het hem gelukt om hier aanwezig te zijn, om zich te manifesteren in de levende wereld? En waarom had Matt hem Josh genoemd?

Matt keek me, net als de vorige keren, niet-begrijpend aan toen ik weer een poging deed hem ernaar te vragen. 'Josh? Waarom wijs je toch iedere keer naar hem?' vroeg hij. 'Wil je hem iets vragen?'

'Wie... is... hij?' fluisterde ik. Mijn god, ik had nooit geweten dat praten, of zelfs gewoon wakker zijn, zo vermoeiend was.

Maar ik was nu al een paar minuten wakker en de slaap deed er alles aan om me over te nemen. Ik proefde de vermoeidheid zelfs in mijn mond, waar ze mijn kaken verzuurde. Mijn wimpers trokken naar beneden alsof er gewichtjes aan hingen.

Matt fronste zijn wenkbrauwen. 'Wie hij is?'

Ik knikte, opgelucht dat hij het eindelijk begreep.

'Dat weet je inmiddels toch,' zei hij, terwijl hij over mijn voorhoofd streek. 'Josh werkt hier, hij is verpleegkundige. Of bedoel je dat niet?'

Moeizaam opende ik mijn mond, maar Matt zei: 'Shhh, stil maar, je ligt jezelf helemaal uit te putten. We kunnen straks verder praten. Ga eerst maar weer even slapen.'

Tegen mijn wil in voelde ik mijn ogen dichtvallen.

Het was alsof mijn hersenen in slow motion werkten. Dingen die ik voorheen meteen zou hebben begrepen, zweefden nu eerst tijdenlang in cirkels door mijn hoofd voordat ik erin slaagde het te verwerken. Maar geleidelijk aan raakte ik gewend aan de gang van zaken in het ziekenhuis, aan de bliepjes en piepjes, de bedrijvigheid van de verpleegkundigen, de lucht. En ik was steeds langer en vaker wakker.

Volgens Josh maakte ik grote vooruitgang.

Mijn herstel verliep voorspoedig. Inmiddels zat ik rechtop in bed, met twee kussens in mijn rug. Eten kon ik – langzaam en voorzichtig – eindelijk zelfstandig, ik was van de sondevoeding af. Er was me verteld dat mijn hersenen geen schade hadden opgelopen, maar dat ze wel weer van voren af aan moesten leren actief te worden voor handelingen als praten, eten en lopen. Dat het praten en eten nu al zo goed ging, was een zeer gunstig teken. Zelfs tandenpoetsen lukte al. Morgen zou ik van de intensive care af mogen en worden overgeplaatst naar een gewone afdeling in het ziekenhuis. En als ik dit tempo van progressie volhield, zou ik over een paar weken naar een speciaal revalidatiehuis gaan. Ze hadden me al op de wachtlijst gezet. Daar zou ik vervolgens leren om al mijn spieren weer te gebruiken. Mijn armen kon ik al bewegen, maar lopen lukte nog niet. Door de coma moesten ook mijn spieren weer helemaal opnieuw leren functioneren.

Mijn arts, die zich had voorgesteld als dokter Nichopoulos, was bij mijn bed komen zitten en had me ingelicht over mijn verwondingen: over mijn longen die licht beschadigd waren geraakt en over de bloeding die ik had gehad bij mijn milt en lever. Maar ook dat was inmiddels zeer goed aan het herstellen.

Josh kwam een paar keer per dag kijken hoe het met me ging, en steeds als ik hem zag moest ik glimlachen om zijn vertrouwde gezicht. Nu mijn krachten terugkwamen maakte hij vaak een praatje met me, en ik merkte dat ik ernaar uitkeek. De dagen waren lang in een ziekenhuis, en vooral de momenten waarop Matt er niet was konden eenzaam en verloren voelen. Ik was ontwaakt in een wereld die ik nog steeds niet echt kende.

'Jouw herstel geeft hoop,' merkte Josh op terwijl hij met een oorthermometer mijn temperatuur opnam.

'Hoop op wat?'

'Dat er ook voor mijn broer nog een goede afloop mogelijk is.'

'Jouw broer?'

Hij knikte ernstig. 'Hij ligt in de kamer hiernaast. Ook in coma. Hij is tegelijk met jou binnengebracht, maar helaas is hij nog niet bijgekomen.'

'Wat erg…' zei ik zacht. 'Heeft hij ook een ongeluk gehad?'

Even was Josh stil. Hij keek de kamer rond, liet zijn blik rusten op de kaarten die boven mijn hoofd hingen: vrolijk gekleurde beterschapwensen van mijn ouders, familie, vrienden. Toen haalde hij diep adem, en zei: 'Mijn broer was de bestuurder van de andere auto, Tender.'

Een steek schoot door mijn hoofd, maar pas toen Josh me bedroefd bleef aanstaren drong het tot me door wat hij wilde zeggen. 'De andere auto? Je bedoelt toch niet…'

Josh knikte. 'Het was Caleb met wie jullie in botsing kwamen. Naar wat ze hier hebben kunnen achterhalen, was hij achter het stuur in slaap gevallen. Maar goed, dat had je geloof ik al gehoord. In zijn bloed hebben ze een grote hoeveelheid aan sporen van melatonine, een belangrijk bestanddeel van slaapmiddel, gevonden.'

De steek in mijn hoofd werd heftiger en duwde tegen mijn ogen. Schor vroeg ik: 'Zei je Caleb…? Is dat hoe jouw tweeling-broer heet?'

Hij keek me verbaasd aan. 'Hoe weet je dat we een tweeling zijn? Ik zei alleen maar dat hij mijn broer is.'

Ik gaf geen antwoord. Mijn hoofd barstte bijna uit elkaar door de kolossale omvang van dit nieuwe feit. Cal bestond echt. Cal was de spookrijder.

'Iedere dag opnieuw hoop ik dat dit de dag wordt waarop hij zal ontwaken uit zijn coma,' zei Josh zacht. 'Want hoe langer hij erin blijft, hoe kleiner de kans op herstel.'

Ik knikte, door de vele gedachten nog steeds niet in staat om wat te zeggen. Toen hij wegliep om de rest van zijn ochtend-ronde te doen, moest ik mijn ogen sluiten om de duizeligheid terug te dringen. Droom en werkelijkheid waren tegen elkaar aangeketst, zo hevig dat de hele wereld om me heen draaide.

's Middags, nog voordat Matt er was, kwam mijn moeder op bezoek. De hele ochtend had ik aan Cal liggen denken en voortdurend om me heen gekeken of ik Josh zag zodat ik hem wat meer vragen over zijn broer kon stellen, maar ik had hem niet gezien.

Het was de eerste keer dat mijn moeder me aantrof in een heldere staat, en toen ik naar haar glimlachte glinsterde de op-luchting in haar ogen. Om te vieren dat ik weer kon eten had ze een pak stroopwafels meegenomen. Veel te vroeg natuurlijk, want mijn lichaam was daar nog lang niet aan toe, maar ik glimlachte om het symbolische gebaar. We hadden alle reden voor een feest. Een gesprek van langer dan een kwartier viel er nog altijd niet met me te voeren, maar dat was al een enorme vooruitgang.

Mijn moeder had dezelfde dankbare glans op haar gezicht als

die ik bij Matt steeds zag, en weer besefte ik hoe bezorgd ze allemaal wel niet geweest moesten zijn de afgelopen weken. En dat terwijl ik er zelf niets van had geweten. Al die tijd dat ik had liggen treuren om Matts dood, was híj het in werkelijkheid geweest die doodongerust was over mij.

Na tien minuten stond mijn moeder weer op en boog zich over me heen om me een kus op mijn wang te geven. 'Tot morgen, lieverd. Rust maar goed uit.'

Ik snoof de vertrouwde geur van haar parfum op. 'Tot morgen.'

Toen ze wegliep keek ik haar na. Voor haar was alles weer goed. En voor mijn vader, voor Matt, voor mij.

Maar niet voor Josh. En niet voor Cal.

En hoe dankbaar ik ook was voor mijn eigen herstel, de gedachte aan de man in de kamer naast me liet me niet los.

Matt kuste me teder. 'Hoe voel je je vandaag?'

'Minder moe dan gisteren.'

Matt knikte tevreden. 'En ik hoorde van Josh dat je morgen naar een gewone afdeling gaat!'

Ik glimlachte moeizaam. Ik ging inderdaad weg, maar Cal niet. Cal zou nog steeds hier liggen, slapend, dromend, en niet echt aanwezig.

Ik had besloten om Matt ernaar te vragen.

'Wist jij dat de broer van Josh in de kamer hiernaast ligt?' vroeg ik toen hij zat zo nonchalant mogelijk.

Matt knikte ernstig. 'Ik ben bij hem wezen kijken toen Josh me voor het eerst over hem vertelde. Want in eerste instantie was ik natuurlijk boos: ik wilde weten welke roekeloze klootzak het verdomme op zijn geweten had dat mijn verloofde in coma lag. Maar toen ik hem eenmaal zo zag liggen daar, eigenlijk net zo hulpeloos als jij, voelde ik alleen nog maar verdriet. Dit gun je gewoon echt niemand.' Hij keek naar de gang. 'En voor Josh is het zo enorm moeilijk. Vooral ook omdat hij en zijn broer een tweeling zijn, die hebben natuurlijk een waanzinnige band met elkaar.' Hij wreef in zijn ogen en zijn stem was schor toen hij zei: 'Ik zal nooit vergeten hoe ik me voelde toen jij nog niet wakker was. Het doet me nog steeds pijn om er zelfs maar aan terug te denken. Terwijl we bij jou in ieder geval nog wisten dat je kunstmatig in coma werd gehouden en dat er goede hoop was dat je het zou gaan redden. Bij de broer van Josh is het nog maar de vraag of hij wakker gaat worden.'

'Lijken ze veel op elkaar?'

'Ze zijn identiek, de gelijkenis is bijna eng.' Toen ik zweeg, ging hij verder: 'Josh vertelde me dat ze hier op de afdeling hebben geopperd om zijn broer over te plaatsen naar een ander ziekenhuis omdat het voor Josh mentaal misschien te zwaar is om steeds zijn broer te moeten verplegen, maar daar wilde hij niets van weten. Hij draait zelfs dubbele diensten om maar zo veel mogelijk bij hem in de buurt te kunnen zijn. Misschien denkt hij dat zijn aanwezigheid helpt, of zo.'

'Zoiets dacht ik al,' knikte ik, 'dat hij extra werkt, bedoel ik. Want ik zie Josh hier veel vaker en langer rondlopen dan de rest van het personeel. De meeste anderen ken ik niet eens van naam.'

'Helaas vertelde hij me dat als zijn broer niet binnen een paar weken bijkomt uit zijn coma, de kans dat hij ooit zal ontwaken minimaal is. Dan zal hij voor altijd blijven slapen, gevangen in de droomwereld. Is dat niet het meest tragische wat je ooit hebt gehoord?'

Ik slikte.

Matt legde zijn hand op mijn wang. 'Gaat het?'

Zijn woorden suisden in mijn oren. Ik keek op en knikte.

'Je leek ineens zo ver weg met je gedachten. Als je moe bent dan moet je het zeggen, hoor. Dan laat ik je slapen. Je moeder is natuurlijk ook al geweest, dus je zult wel uitgeput zijn.'

Ik glimlachte. 'Het blijft vreemd dat ik steeds zo moe ben, terwijl je eigenlijk zou denken dat ik voorlopig wel even lang genoeg heb geslapen, vind je niet?'

Hij grijnsde. 'Ja, dat is waar.'

'Eigenlijk zat ik aan Cal te denken,' zei ik eerlijk. 'Het is gewoon zo verschrikkelijk.'

'Cal?'

'Ja, zo heet hij toch? De broer van Josh?'

'O ja, dat is waar. Caleb, geloof ik. Ik was het vergeten. Ja, het is inderdaad afschuwelijk. En dan heeft het verhaal ook nog eens zo'n tragische geschiedenis, het houdt gewoon niet op. Als je hoort waarom die jongen überhaupt zo'n grote hoeveelheid slaappillen in zijn lichaam had zitten...'

Ik keek hem aan, klaarwakker. 'Waarom dan?'

Matt wreef met zijn vingertoppen over zijn kin. 'Tja, het is eerlijk gezegd wel een beetje een eigenaardig verhaal, hoor. Toen Josh het mij vertelde wist hij zelf volgens mij ook niet zo goed wat hij er nou mee aan moest...'

Ik hield mijn adem in. 'Vertel.'

Hij glimlachte. 'Ach, eigenlijk zal jij het misschien juist wel mooi vinden. Het heeft in jouw ogen waarschijnlijk iets romantisch, ik weet hoe je bent.'

Er kwam een zuster binnen en hij pauzeerde even. Ik herkende de jonge vrouw, ze was een paar keer bij mij geweest. Een vriendelijk type, maar dat waren ze hier eigenlijk allemaal. Dit keer kwam ze echter niet voor mij, maar voor de man in het bed aan de andere kant van deze kamer, die – zo had ik van Josh gehoord – een hartaanval had gehad en hier al drie dagen lag. Matt wachtte even tot ze de gordijnen om het bed van de man had dichtgetrokken, en wendde zich toen weer tot mij. Hij vervolgde zachter: 'Oké, dit is wat Josh mij vertelde,' zei hij. 'Caleb had een vriendin. Jessica heette ze, geloof ik.'

Hoestend verslikte ik me in mijn eigen speeksel.

Matt fronste. 'Gaat het?'

Ik nam een slok water uit het bekertje dat naast me stond en gebaarde ongeduldig dat hij verder moest gaan.

'Nou, goed, ze waren dolverliefd op elkaar, en volgens Josh had Caleb zelfs plannen om zijn vriendin ten huwelijk te vragen.' Hij pauzeerde even door me een zachte kus op mijn mond te geven. 'Dat gevoel ken ik natuurlijk maar al te goed,' zei hij met een knipoog en ik glimlachte. 'Maar helaas,' vervolgde hij, en zijn gezicht werd weer ernstig, 'verliep het voor hen wat minder goed, want Jessica kwam om het leven. Van de ene op de andere dag is ze totaal onverwachts gestorven, gewoon 's nachts in haar slaap. De oorzaak was een soort hersenbloeding of zo, als ik het goed heb onthouden. Caleb werd 's ochtends wakker en ze lag dood naast hem.'

Ik werd koud.

'En naar wat ik van Josh heb begrepen, kon zijn broer hier niet mee omgaan. Heel begrijpelijk, ik zou mezelf ook geen raad weten als jij er niet meer zou zijn. Ik heb aan den lijve ondervonden hoe slopend zo'n gevoel van gemis kan zijn toen jij nog in coma lag. Ik voelde me zo… *alleen*.'

Ik wilde reageren, wilde zeggen dat ik begreep hoe hij zich moest hebben gevoeld, maar het lukte niet. Mijn gedachten waren blijven steken bij wat ik zojuist had gehoord. Matt sprak verder, maar het drong maar half tot me door wat hij zei.

'… maar die Caleb draaide een beetje door. Hij sloot zich op in zijn huis, wilde niemand meer zien. Zelfs Josh hield hij op afstand.'

'Het zal heel moeilijk voor hem zijn geweest,' mompelde ik.

'Ja, maar het vreemde was: hij wilde alleen nog maar slapen. Slapen, slapen en nog eens slapen. Hij raakte zelfs verslaafd aan slaappillen en bracht al zijn dagen door in bed. Om te kunnen dromen. Dat is wat hij Josh vertelde.' Mijn handen hadden de stang aan weerszijden van mijn bed beetgepakt en mijn knokkels zagen wit toen ik het koele ijzer omklemde. Iedere spier in mijn lichaam stond gespannen. 'Ga door,' zei ik.

'Nou, hier komt het dus: de reden dat hij zo veel wilde slapen is dat hij beweerde dat hij in zijn dromen Jessica weer kon zien. Hij geloofde oprecht dat ze in zijn dromen samen waren, dat hij haar daar had teruggevonden. Hij raakte volledig vervreemd van de realiteit. Ik vond het zo tragisch toen ik dat hoorde.'

Mijn gezicht werd koud en warm tegelijk. 'En Josh geloofde hem niet?'

Matt haalde zijn schouders op. 'Volgens mij niet. Wie gelooft er zoiets geks? Maar het geeft wel aan hoe enorm kapot die jongen was van het verlies van zijn vriendin.'

Mijn hoofd was zwaar.

'En het ergste van het hele verhaal is nog wel dat hij door die verslaving aan zijn slaappillen achter het stuur in een roes is geraakt, die avond. Het ongeluk dat daarop volgde had zijn dood kunnen zijn, en ook die van ons. Het heeft zó weinig gescheeld. En niemand weet wat hij überhaupt in de auto deed, waar hij naartoe ging of waar hij vandaan kwam.'

Even waren we allebei stil, onze gedachten bij het ongeluk, bij Cal, bij wat er had kunnen gebeuren.

'Misschien is het beter dat hij in coma blijft,' zei ik toen, zo zacht dat ik de woorden zelf niet eens verstond. 'Dan zijn hij en Jessica in ieder geval bij elkaar, en dat is wat ze allebei willen.'

Matt keek op. 'Wat zeg je?'

Maar ik schudde mijn hoofd, ik wist dat hij het niet zou begrijpen.

Josh kwam de zaal binnen om mijn bloeddruk te meten. Matt vroeg niet verder.

Het was de dag waarop ik naar een andere afdeling zou worden verplaatst. Met bed en al, want lopen ging nog niet. Ik zou vanaf morgen fysiotherapie krijgen om mijn benen en spieren na het lange liggen langzaam weer te laten wennen aan bewegen. De verwachting was dat ik over een paar dagen in staat zou zijn om met behulp van krukken mijn eerste stappen te zetten. Ook was me verteld dat ik later vanmiddag een rolstoel zou krijgen om mezelf tot die tijd te kunnen verplaatsen binnen het ziekenhuis. Dat zou goed voor me zijn, hadden ze gezegd, in plaats van de hele dag alleen maar in bed te liggen.

Op het moment van mijn verhuizing naar de andere afdeling waren mijn ouders naar het ziekenhuis gekomen om het grote moment mee te maken, en Matt was er natuurlijk ook. Ik lag niet meer aan een infuus en ook de plakkers op mijn borst waren weggehaald. In plaats van het witte ziekenhuishemd droeg ik een speciaal door mijn moeder aangeschaft slaapshirt, en ik zat al bijna de hele dag rechtop. Slapen deed ik alleen nog 's nachts en tussen de middag, en alles wees erop dat ik steeds meer de oude Tender werd.

Mijn ouders en Matt liepen mee naast mijn bed terwijl ik door Josh en een collega van hem de zaal uit werd gereden, door automatische schuifdeuren schoof, een lange gang aan me voorbij zag trekken en voor een lift tot stilstand kwam.

Josh drukte op de knop voor de lift en glimlachte naar me. 'Een mijlpaal, hoor, nu al naar een gewone afdeling! We zijn allemaal heel trots op je.'

'Anders wij wel,' zei mijn vader, die inderdaad straalde van trots. 'Ze heeft ons flink laten schrikken, maar de opluchting dat ze zo snel is opgeknapt valt niet te beschrijven. We zijn er zo dankbaar voor.' Vanuit mijn ooghoek zag ik hoe mijn moeder haar hand op zijn arm legde en naar hem glimlachte.

Even, voor een seconde maar en waarschijnlijk te kort om door de anderen te worden opgemerkt, sloeg Josh zijn ogen neer en ik voelde zijn pijn alsof het de mijne was. Ik wist dat hij aan zijn broer dacht, dat hij er alles voor over zou hebben om hier met Cal te staan, om hém naar een gewone afdeling te kunnen rijden. Zijn verdriet was zo sterk aanwezig dat ik moest slikken. Kon ik hem maar uitleggen dat het allemaal niet zo erg was als hij dacht: dat Cal juist gelukkig was, dat hij geen slaappillen meer nodig had om samen te zijn met zijn grote liefde. Dat ze nu bij elkaar waren, onverstoorbaar. Maar hij zou me niet geloven. Hij zou boos worden, gekwetst zijn zelfs, en zeggen dat ik niet zulke onzin moest verkondigen. Volgens Matt had Josh Cal zélf immers ook niet geloofd toen die hem vertelde dat hij in zijn dromen Jessica weer kon zien. Waarom zou hij het van mij dan wel aannemen?

De openschuivende liftdeuren trokken me uit mijn gepeins. Ik keek weer voor me, waar ik met grote ogen werd aangestaard door een kleine, oude vrouw die met een rollator in de lift stond. Ik herkende haar onmiddellijk.

Mevrouw Van den Brink liep de lift niet uit maar bleef staan, een verwarde uitdrukking op haar gezicht. Zoekend keek ze om zich heen. 'Waar ben ik?'

De collega van Josh legde een hand op haar arm en begeleidde haar uit de lift. 'U bent in het ziekenhuis, mevrouw.'

Achter haar dikke brillenglazen werden haar ogen groot. 'In het ziekenhuis? Wat doe ik hier dan?'

Josh boog zich naar ons toe. 'Deze mevrouw komt hier een paar keer per week,' legde hij uit. Hij sprak zacht zodat zij hem niet kon horen. 'We komen haar soms ook wel eens op onze eigen afdeling tegen. Haar man is een tijdje geleden in dit ziekenhuis overleden, en ergens in haar onderbewustzijn denkt ze kennelijk nog steeds dat ze langs moet komen om hem te bezoeken. Het probleem is alleen dat wanneer ze hier is, dat ze zich daar niets meer van kan herinneren.'

De lip van mevrouw Van den Brink trilde. 'Ik wil naar huis,' zei ze bevend. 'Hoe ben ik hier gekomen?'

De collega van Josh wierp hem een hulpeloze blik toe.

'Ik loop wel even met u mee naar de receptie,' zei Josh vriendelijk. 'Daar kunnen ze uw Vervoer op Maat terug naar huis regelen. Daar reisde u de vorige keer ook mee.'

We keken toe hoe hij wegliep, zijn arm om de gebogen rug van het oude vrouwtje geslagen. Schuifelend liep ze naast hem mee.

Toen hij even later weer bij ons stond, glimlachte hij. 'Sorry voor de vertraging. Ik vind het zo zielig voor dat mensje. Komt hier steeds opnieuw, terwijl ze het niet eens zelf doorheeft, omdat ze voortdurend op zoek is naar haar man die er niet meer is. Tragisch.'

'Wat erg,' stemde mijn moeder in. 'Die arme vrouw!'

'Ze heeft zelfs een keer aan jouw bed gestaan toen jij nog in coma lag,' zei Josh tegen mij. De lift was er weer en hij reed me naar binnen. 'Helemaal verdwaald. Stond tegen je te praten en alles. Ook toen hebben we haar naar de receptie gebracht, ze kennen haar daar inmiddels.'

Ik knikte en zei niets. Wat kon ik zeggen? Dat ik al lang wist wie deze vrouw was, dat ik haar eerder had gezien? Ik had Josh nog niet eens verteld dat ik hém – en Cal – in mijn droom had gezien. Wie zou het überhaupt geloven? Kijk, dat mensen tijdens hun coma in staat waren dingen op te vangen die tegen hen werden gezegd, was algemeen bekend. Om die reden had ook niemand het gek gevonden dat ik wist dat Gwen en Sonya zouden gaan trouwen: Gwen had erover gepraat toen ze tijdens mijn coma bij me had gezeten. Maar zoiets als mijn droom, dat bleef onverklaarbaar. Natuurlijk was het mogelijk dat die droom het resultaat was geweest van gesprekken die ik had opgevangen tussen Josh en Matt: Josh had Matt immers over zijn broer verteld en over Jessica, over de slaappillen en over het ongeluk. Onbewust had ik dat waarschijnlijk opgepikt. Maar hoe was het vervolgens mogelijk dat ik precies had geweten hoe mensen als Josh en mevrouw Van den Brink eruitzagen? Mijn ogen waren al die tijd dicht geweest.

De lift stopte en de deuren gingen weer open.

'Zo,' zei Josh, 'daar zijn we.'

Mijn ouders en Matt liepen als eersten de lift uit. Toen volgde ik in mijn bed. Josh liep nog steeds aan de voorkant en zijn collega duwde de achterkant.

Voor het eerst sinds ik was ontwaakt zag ik een andere omgeving dan de zaal waar ik al die tijd had gelegen. Matt, die naast me liep, glimlachte naar me. Na een paar automatische klapdeuren en een lange gang werd ik een zonnige zaal binnengereden waar drie andere vrouwen lagen, allemaal van middelbare leeftijd. Twee van hen lagen met een koptelefoontje op televisie te kijken en de derde sliep.

Ik werd op de enige lege plek naast het raam geparkeerd, naast de slapende vrouw. Ze lag met haar gezicht naar me toe.

Ik glimlachte toen ik zag wie ze was.

Toen ze haar ogen opende, knikte ik haar vriendelijk toe.

Ze glimlachte. 'Heerlijk zo'n dutje overdag. En welkom! Ze hebben je het mooiste plekje van de zaal gegeven, zie ik.'

'Ik kom van de Intensive Care.'

Ze knikte. 'Ik hoorde het. Je hebt in coma gelegen. Gefeliciteerd met je ontwaken, meid.'

'En hoe komt u hier terecht?'

'Je hoeft geen u te zeggen, hoor,' lachte ze. 'Noem me maar gewoon Vonda, dat doen ze hier allemaal. Ik ben hier terechtgekomen omdat ik een ongelukje heb gehad: ik ben van een trap gevallen en toen heb ik mijn heup gebroken. Ze hebben me een nieuwe heup gegeven en daar ben ik nu van aan het herstellen.'

'Van een trap gevallen?'

'Nou, geduwd is eigenlijk een beter woord, maar dat heb ik ze hier niet verteld.' Ze vertrok haar gezicht. 'De meeste mensen staan daar niet zo voor open, zeg maar. Maar jij wel, dat voelde ik al meteen toen ik je zag.' Toen ik haar afwachtend aankeek, vervolgde ze: 'Ik ben een medium, zoals ze dat noemen. En ik was bij iemand thuis om een klopgeest uit te drijven.' Ze lachte. 'Niet zo geschrokken kijken hoor, het is niet half zo eng als mensen denken. Het hoort er allemaal bij, zeg ik altijd maar, en als je weet hoe je ermee moet omgaan, dan is er niets aan de hand.' Ze zweeg even, en rolde toen met haar ogen. 'Nou ja, meestal dan. Soms gaat het toch niet helemaal goed, en dat was nu dus het geval. De aanwezigheid in dat huis was veel sterker dan ik had verwacht, en voordat ik wist wat er gebeurde werd ik met een enorme kracht van de trap geduwd.'

'Wat erg.'

Ze haalde haar schouders op. 'Nou ja, het is eigenlijk vooral vervelend voor die arme mensen die nu dus nog steeds last hebben van die entiteit. Kijk, voor mezelf is het vooral een les geweest om geen huisbezoeken meer af te leggen. Ik heb besloten dat ik vanaf nu de mensen alleen nog maar naar mij toe laat komen.'

'Een wijs besluit.'

Vonda ging rechtop zitten. Ze pakte haar bril van het kastje naast haar, drukte het ding op haar neus en knikte naar de ingelijste foto die naast mijn bed stond. Het was de foto van Matt die normaal gesproken thuis op mijn nachtkastje prijkte. 'Is dat je vriend?'

Ik glimlachte. 'Ja, dat is Matt.'

'Hij zal wel heel blij zijn dat je er weer bent.'

Ik knikte. 'En weet je, het klinkt misschien vreemd, maar eigenlijk ben ík juist ook heel erg blij dat híj er weer is. Tijdens mijn coma heb ik een hele bizarre droom gehad, waarin ik droomde dat ik alleen was en dat hij was overleden.'

Haar ogen kregen een meelevende blik. 'Dromen kunnen heel echt aanvoelen.'

'Geloof jij dat iemand die in coma ligt dingen kan zien en horen, en daardoor achteraf dingen kan weten die eigenlijk niet te verklaren zijn?'

'Natuurlijk,' zei ze. 'Beslist. Er is nog zo veel dat we niet weten over coma. Maar dat maakt het juist interessant, vind je niet?'

Ze knipoogde.

's Avonds, toen ons bezoek weg was en de andere dames op de zaal tv lagen te kijken, vroeg ik Vonda of zij geloofde dat het mogelijk was om in je droom contact te hebben met overleden mensen.

'Dat kan altijd, en juist in je droom,' antwoordde ze. 'De droomwereld kent geen grenzen. Hier, wacht even.' Ze duwde zichzelf op haar ellebogen overeind in bed, en pakte een boek dat op haar nachtkastje lag. 'Lees dit eens.'

Ik reed mijn rolstoel naar haar toe en pakte het boek aan. Het was een blauw boek. *Lucid dreams in 30 days*, stond er op de kaft.

'Hou maar even bij je,' zei Vonda. 'Ik denk dat je het best interessant zult vinden.'

De volgende dag werd Vonda ontslagen uit het ziekenhuis. Ze werd opgehaald door haar man, die mij vriendelijk toeknikte voordat hij haar in haar rolstoel wegreed. Vonda had me laten weten dat ik het boek over lucide dromen mocht houden. Toen ze de zaal uit reed, keek ze naar me om en schonk me een glimlach. Ik zwaaide.

Een oude, gerimpelde vrouw die haar kunstgebit in een glazen schaaltje op haar nachtkastje had staan en het grootste gedeelte van de dag slapend doorbracht, vulde Vonda's lege bed op.

Dankzij de fysiotherapie herstelden mijn spieren snel. Ik had geen hulp meer nodig om vanuit mijn bed in mijn rolstoel te komen, en met behulp van krukken kon ik zelfs al voorzichtig lopen. Over twee dagen zou ik naar het revalidatiecentrum gaan, had ik gehoord, maar als ik in dit tempo vooruit bleef gaan, dan zou ik daar hooguit een week hoeven blijven en kon ik daarna eindelijk naar huis. En naar Purr. Ik miste het beestje.

Matt kwam nog steeds twee keer per dag langs, en 's avonds waren de bezoekuren druk. Zowel mijn ouders als Gwen kwamen dagelijks, en ook de ouders van Matt waren al een keer komen kijken. Ze hadden een fruitmand voor me meegenomen en bij het weggaan had Marijke me, als een zeldzame blijk van genegenheid, een kus op mijn voorhoofd gegeven.

Josh kwam af en toe langs op de afdeling, meestal in zijn pauze, om een praatje te maken. Altijd vroeg ik hem naar Cal, maar het antwoord was iedere keer hetzelfde: hij was nog steeds niet wakker.

De lange werkdagen in combinatie met de zorgen om Cal begonnen hem op te breken, zag ik. Hij had donkere kringen onder zijn ogen en zijn schouders hingen naar beneden. Toen ik trots vertelde dat het me was gelukt om zonder krukken een paar stappen te lopen, glimlachte hij om het goede nieuws, maar zijn gezicht bleef droevig. Zelfs toen hij me vertelde dat zijn vriendin volgende week drie maanden eerder dan gepland zou terugkeren uit Australië om hem te steunen in deze moeilijke periode, bleven zijn ogen dof.

Ik moest het hem vertellen. Ik moest het proberen. Als ik hem zover kon krijgen dat hij me geloofde, dan zou het in ieder geval een soort troost voor hem kunnen zijn.

'Wil je mij naar hem toe brengen?' vroeg ik. Vandaag was mijn laatste dag in het ziekenhuis en het busje dat mij, in gezelschap van mijn ouders en Matt, naar het revalidatiecentrum zou brengen stond buiten al klaar.

Josh twijfelde. 'Weet je dat zeker? Die confrontatie is misschien emotioneel zeer moeilijk voor je, besef je dat wel? Kijk, je wílt Caleb natuurlijk niet beschouwen als de oorzaak van jouw situatie, maar dat is hij natuurlijk wel... Dat heb ik aan Matt ook uitgelegd.'

'Ik wil hem zien,' zei ik, en mijn toon liet er geen twijfel over bestaan. 'Eerder kan ik hier niet weg.'

Nog steeds aarzelde hij, maar toen wierp hij een blik op de ziekenhuisklok die aan de muur hing en zuchtte. 'Goed dan. Al is het alleen maar omdat ik je inmiddels goed genoeg ken om te weten dat je niet op andere gedachten te brengen valt en ik niet wil dat je ouders en je vriend beneden anders zo lang op je moeten wachten.'

Hij duwde mijn rolstoel de zaal uit, naar de lift.

Cal lag nog steeds op dezelfde kamer op de ic, en mijn adem stokte toen ik hem zag. Hij lag aan de sondevoeding en aan drie verschillende infusen. Om zijn voorhoofd was verband gewikkeld. Maar dat het Cal was zag ik meteen.

'Mag ik even alleen met hem zijn?' vroeg ik.

Josh keek me verbaasd aan, maar gaf gehoor aan mijn verzoek.

Voorzichtig kwam ik overeind uit mijn rolstoel en deed, terwijl ik me vasthield aan de stang van Cals bed, een paar stappen naar het hoofdeinde. Ik stak mijn hand uit om zijn wang aan te raken.

Mijn ogen prikten. Ik had het kunnen zijn, die hier zo lag. Maar ík was wakker geworden, ik had mijn leven terug. Ik had Matt terug.

Straks, als Josh me weer kwam halen, zou ik hem vertellen over de dromen. Wat zijn reactie ook zou zijn, ik kon het niet langer uitstellen: hij moest het weten voordat ik wegging. Ik moest hem ervan zien te overtuigen dat het nu juist goed ging met Cal. Dat was ik aan hem verschuldigd. En aan Cal.

Ik keek neer op Cals slapende, vertrouwde gezicht. Gelukkig kon hij zelfstandig ademen en hoefde hij niet aan de beademing te liggen. Zijn buik bewoog ontspannen op en neer en zijn mond stond op een kiertje. Ik staarde ernaar.

Verbeeldde ik het me of lag er een glimlach om zijn lippen?

Voorzichtig boog ik voorover om het beter te kunnen zien. Nee, ik vergiste me niet, hij glimlachte inderdaad. Hij was gelukkig. Cal was helemaal niet hier, hij was ergens anders, samen met zijn Jessica. Ze waren bij elkaar op een manier waar een steeds weer tijdelijke roes van slaappillen nooit voor had kunnen zorgen: samen in een eeuwige droom.

Niemand kon hen nu nog scheiden.

'Slaap zacht,' fluisterde ik.

De volgende personen wil ik graag bedanken.

Proeflezers Roos Boum, Micha Meinderts, Nicolet Steemers, Carien Touwen en Kurt Keizer;

dr. Ritu Saxena van MCRZ en Linda Groenendijk, voor hun informatie over ziekenhuizen en comapatienten;

Chris Budzynski, die mij het boek *Lucid Dreams in 30 Days* schonk en zo zorgde voor mijn eerste kennismaking met – en fascinatie voor – deze droomtechniek;

uitgeverij De Boekerij, voor de altijd plezierige samenwerking;

en uiteraard alle lezers!

Lees ook:

Elizabeth zit in 4b van het Mercatuscollege in Rotterdam. Ze wordt door een paar klasgenoten op een gruwelijke maar vrijwel onzichtbare manier gepest. Haar ouders zijn sinds een paar jaar gescheiden en haar moeder heeft zich op haar werk gestort om het verdriet te verdringen. Elizabeth raakt steeds meer geïsoleerd. Het enige positieve van haar klas is de aanwezigheid van Alec. Alec is een rustige, knappe jongen, die ouder en wijzer is dan de andere jongens. Hij heeft verkering met Riley, een uitzonderlijk mooi, blond en ook nog lief meisje.
Elizabeth stelt zich voor hoe het leven eruit zou zien als ze Riley was.
En dan neemt ze een fatale beslissing...

Judith Visser
Stuk
literaire thriller
ISBN 978-90-225-5087-8